고의적 스캔들

♥

2

고의적 스캔들 2

초판 1쇄 인쇄 2019년 11월 22일 초판 1쇄 발행 2019년 11월 29일

지은이 서혜은
펴낸이 연준혁

웹소설분사 이사 이진영
책임편집 오가진 윤가람
디자인 신나은

펴낸곳 (주)위즈덤하우스미디어그룹 출판등록 2000년 5월 23일 제13-1071호
주소 경기도 고양시 일산동구 정발산로 43-20 센트럴프라자 6층
전화 031-936-4000 팩스 031-903-3893
홈페이지 www.wisdomhouse.co.kr

값 13,000원
ISBN 979-11-90427-11-1 04810
ISBN 979-11-90427-09-8 (세트)

* 이 도서의 국립중앙도서관 출판예정도서목록(CIP)은 서지정보유통지원시스템 홈페이지(http://seoji.nl.go.kr)와 국가자료종합목록 구축시스템(http://kolis-net.nl.go.kr)에서 이용하실 수 있습니다. (CIP제어번호 : CIP2019046155)

서혜은 장편소설

고의적 스캔들 2

위즈덤하우스

차례

6장

사장의 연설을 끝으로 올해의 컨퍼런스가 끝이 났다. 재희를 향한 반응은 두 가지였다. 멀리서 수군거리는 반응 하나, 벌어진 상황에 대한 이야기를 듣고 싶어 하는 반응 하나.

재희와 안면이 있는 몇몇 타부서 직원들이 다가와 말을 걸고 싶어 했으나, 개발기획팀 직원들의 격한 반응에 다가오지 못하고 얼쩡거리다가 발길을 돌렸다.

"뭐예요! 이게 무슨 일이에요!"

은아가 주변을 둘러보다 단우가 없다는 걸 확인한 후, 재희에게 물었다. 그러나 대답할 틈 없이 직원들의 말이 쏟아졌다.

"어떻게 된 거예요!"

"와! 이게 뭐예요!"

"와, 와, 큰일이에요. 나, 너무 놀라서 말이 안 나와요."

지호가 심장을 부여잡고 말했다.

"지금 하고 있는 게 말이에요."

재희가 큰일 아니니 걱정하지 말라는 듯 대꾸했다.

"그만큼 놀랐다는 말이죠! 이게 무슨 일이래요!"

"와, 뭐예요? 재희 씨가 저 어마어마한 프레젠테이션을 어떻게 다 외웠어요? 아니, 외울 수 있다고는 해도 어떻게 준비한 것처럼 그렇게 발표를 잘할 수가 있어요?"

외웠다고 표현하기엔 그 한계를 넘어섰다. 마치 자기소개를 하듯이 유려하고 완벽한 발표였다. 너무 자연스러워서 귀에 쏙쏙 들어오기까지 했다.

"진짜 엄청 잘했어요."

"나는 우리 PPT 공란 보고 발표 망한 줄 알았어요."

재희를 에워싼 직원들이 머릿속에 떠오르는 말들을 여과 없이 쏟아부었다. 그 속에서 재희는 압사당할 것 같은 기분을 느끼며 어색하게 웃었다.

"그나저나 팀장님은 대체 어디 간 거예요? 무대 밑으로 내려가더니 그때부터 지금껏 보이질 않네요."

누군가가 단우를 찾았다. 그러고 보니 정말로 팀장인 단우는 어디 갔을까. 재희의 예상대로라면 자신이 발표하는 중간에 단우가 뛰어 올라오는 거였다. 마이크를 빼앗으려 하거나, 빔 리모컨을 빼앗으려고 하면 대놓고 물어볼 생각이었다.

'이 그래프 속 TJ의 점유율은 몇 퍼센트일까요?'

'이 노란색 원은 뭘 가리키는 걸까요?'

'대책 방안이 두 가지인데 뭘까요?'

일일이 다 물어볼 생각이었다. 단우 또한 발표를 준비했으니 대체로 알고 있겠지만, 프레젠테이션의 구석구석을 모두 만들고 토씨 하나까지 다 외운 자신과는 비교할 수 없을 거라 생각했다.

'제가 다 알고 있는 걸 발표자이자 팀장님은 왜 모르실까요? 마치 다른 사람이 만든 걸 가져와서 읽기라도 한 사람처럼 말이죠'

마지막엔 그 질문까지 던지려 준비했었다. 맞부딪쳐서 이 프레젠테이션의 제작자가 누구였는지, 이 무대의 원주인이 누구였는지에 대해 모두의 앞에서 보여 줄 생각이었다.

그런데, 왜인지 단우는 나타나지 않았다. 예상외긴 하지만 재희는 준비한 것들을 모조리 보여 줄 수 있어서 홀가분하면서 만족스러웠다.

재희는 숨을 깊게 들이마신 후, 자신을 빤히 쳐다보고 있는 직원들을 보았다. 이제 사실을 이야기해 줄 때가 왔다. 이들이 어떻게 받아들일지는 알 수 없었다. 자신이 할 수 있는 건 최대한 사실대로, 그리고 하고 싶은 말을 모두 다 하는 거였다. 재희는 차분한 어조로 그간 있었던 이야기를 꺼냈다.

처음 팀장에게서 발표자를 제안받았다는 사실을 들은 직원들의 표정이 미묘해졌다. 자신들도 모르게 그런 일을 하려고 했었냐는 표정이었다. 그들의 시선이 바쁘게 서로에게 오갔다.

이후 그 대가로 다른 게 아닌 부서 이동을 제안 받았다는 말에 다들 깜짝 놀랐다.

"아니, 이건 아니죠! 부서 이동이라니요!"

"가 봤자 개발기획2팀 아니면 운영팀일 건데. 개뿔. 거길 왜 가요! 난 또 진급이나 엄청 좋은 혜택이라도 있는 줄 알았더니, 벌을 받고 있어요?"

직원들이 깜짝 놀라서 소리쳤다.

"야심 있게 발표자를 하려고 했다는 게 섭섭하긴 한데, 그러면 대가도 빵빵하게 받아야죠. 어설프게 부서 이동이 뭐예요? 부서 이동이?"

"직급이 높아지는 것도 아니고. 오히려 거기서 적응해야 해서 더 힘들다고요."

"와, 나, 너무 섭섭해. 우리가 함께한 정이 얼만데."

"다른 팀은 몰라도 개네는 안 돼요."

직원들이 한마디씩만 해도 네 마디가 넘어갔다. 그런데 그들이 쉴 틈 없이 말을 쏟아내니 수십 마디가 머리 위로 쏟아졌다.

일일이 대답할 수 없는 상황이라 재희는 미안한 표정으로 말없이 웃었다. 차마 팀장인 김단우와 엮였던 일이 있는데 불편해서 함께 일할 수 없었다, 라는 말까지 할 수 없었다. 더불어 신선재도 점점 불편해지고 있다는 말까지도.

"부서 이동도 부서 이동인데, 내가 이런 것도 잘할 수 있는지 확인해 보고 싶기도 했어요. 그리고 뭐, 다른 사람들한테 인정받고 싶었던 것도 사실이고요. 알잖아요. 요즘 제 소문. 연하남 꼬셔서 연애 중인 여자 상사라는 거. 이왕이면 일 잘하는 여자 상사라는 말을 듣고 싶어서요."

재희가 변명처럼 덧붙인 말에 직원들은 느릿하게 고개를 끄덕였다. 처음 보는 사이도 아니고, 그간 보온 재희라면 별 욕심이 없는 선택이었을 거라고 생각했다. 더군다나 요즘 재희에 대한 소문이 썩 좋지 않았던 걸 떠올리면 조금은 이해되었다.

그러나 그 무엇보다도, 그들에겐 어떤 섭섭함도 상쇄시킬 만큼 인상 깊은 게 있었다.

"사실은 짜릿했어요. 마지막 장에 내 이름이 나오는 거 보고, 민망한데 그게 또 왜 그렇게 좋은지 모르겠어요."

지호가 어깨를 으쓱거리며 소년처럼 좋아했다.

"나도! 나도! 유치하긴 한데 진짜 너무 좋았어요. 이거 넣은 거, 재희 씨죠?"

"네."

재희가 웃으며 고개를 끄덕였다. 이걸 꼭 해 보고 싶기도 했다. 프레젠테이션에 함께 노력한 직원들의 이름이 들어가는 것. 유치하다고 해도 꼭 하고 싶었다. 월급만큼이나 그런 소소한 보상으로 살아가는 게 직장인들이니까.

"그런데……. 재희 씨 괜찮겠어요?"

뭔가 떠올린 듯 은아가 조심스럽게 말을 꺼냈다.

"팀장님 말이에요. 가만히 안 계실 건데……."

은아의 어물거리는 말에 직원들이 입을 딱 다물었다. 공기 중으로 껄끄러운 분위기가 흘러갔다. 모두가 생각하고 있었지만 차마 말하지 못하고 있었던 이야기였다. 재희가 이미 각오하고 있다는 듯 덤덤하게 웃었다.

"이재희 씨!"

개발기획팀만 남은 거대한 홀에 누군가의 목소리가 쩌렁쩌렁 울렸다. 목소리만으로 누군지 알아본 직원들의 고개가 느릿하게 뒤로 돌아갔다. 호랑이도 제 말하면 온다더니, 그곳엔 살벌한 표정으로 서 있는 단우가 있었다.

• • •

단우가 선재에게서 풀려난 건, 재희의 발표가 모두 끝이 나서였다. 마음 같아선 선재의 얼굴에다 주먹을 내리꽂고 싶지만, 무대 뒤에서 팀장이 팀원을 팼다는 소문이 퍼지면 평판에 흠이 간다는 생각에 가까스로 이를 악물고 참았다. 마치 그런 생각을 읽은 사람처럼 선재는 빙긋 웃으며 물러났다.

흥분으로 인해 눈이 돌 것 같은 상태로 단우가 가장 먼저 한 건, 상황 파악이었다.

그리고 발표가 시작되기 20분 전, 재희가 '개발기획팀 이재희' 명찰을 보여 주며 진행 직원에게서 USB를 받아갔다는 사실을 알아냈다.

"팀장님의 지시로 왔습니다. 리허설 때 오류를 발견해서 수정하라고 하셔서요."

그럴싸한 변명이었다. 개발기획팀이라는 명찰까지 보여 주니 진행 요원은 그 변명을 곧이곧대로 믿고 USB 파일을 건네주었다.

그걸 받아간 재희가 그래프 속의 몇 개를 무작위로 삭제하고, 마지막에 직원들의 이름을 추가해서 반납했으리라는 추측은 어렵지 않게 할 수 있었다. USB 파일을 받은 진행 요원은 시간이 촉박하니 '확인 잘 했으니 이대로 진행하시면 될 거예요'라는 이재희의 말을 철석같이 믿고서 대충 확인했을 테고.

대충 확인했으면 프레젠테이션이 뜨는지 안 뜨는지만 봤을 거라, 내용물이 중간 중간 사라진 것까진 파악하지 못했을 거다.

이재희는 아주 작정했다. 자신을 엿 먹이기로.

그리고 그 계획은 어이없게도 대성공이었다. 단우가 모든 상황을 파악한 후 머리가 돌 것 같았다.

이재희를 어떻게 해야 할까.

그 생각으로 머리가 터질 것 같았다. 그동안 가깝게 지내온 임원과 타부서 팀장의 연락이 왔지만 받을 기분이 들지 않아 모조리 무시했다.

단우는 곧장 발표가 있었던 홀로 향했다. 타부서 직원들이 썰물처럼 빠져나간 빈 홀에 가장 먼저 보인 건 직원들과 함께 홀가분한 얼굴로 웃고 있는 재희였다. 그녀의 곁을 에워싼 채 직원들이 즐거워하고 있었다. 홀로 동 떨어진 기분과 함께 직원들에게 배신감마저 들었다.

그러나 직원들의 처우는 나중의 일이었다. 단우는 재희를 따로 불러 최대한 사람들의 인기척이 없는 곳으로 데려갔다.

건물 옆쪽의 한적한 곳에 서자, 재희는 이미 이곳을 아는 사람처럼 주변을 둘러보다가 헛웃음을 지었다.

"여길 팀장님이랑 오게 될 줄 몰랐네요."

이곳에서 울다가 단우를 들이박기로 다짐했던 재희가 감개무량하다는 듯 작게 중얼거렸다. 그 사정을 모르는 단우는 실없는 소리라 치부하며 입을 열었다.

"이 일을 책임질 자신은 있겠지? 그러니 이런 짓을 했겠지."

단우의 목소리가 바닥을 기듯이 낮아졌다. 사냥 직전 몸을 낮춘 맹수 같은 분위기가 그에게서 흘러나왔다. 그만큼 단우에게선 자신을 찢어 죽이고 싶어 하는 기세가 형형하다는 게 느껴졌다. 재희는 대답하는 대신 숨을 들이마시며 허리를 곧게 폈다. 그러고는 단우를 똑바로 쳐다보았다.

"제 일에 대한 책임은 방금 다 졌어요. 약속대로 제가 한 일의 발표까지 끝냈죠. 그런데 왜 그러시죠? 상이라도 주시게요?"

재희가 빙긋 웃으며 뻔뻔하게 되물었다. 조심스럽고, 눈치를 보던 이재희 대신 다른 사람이 서 있는 것 같았다.

"하."

짧게 헛웃음을 지은 단우의 뺨이 금세 딱딱하게 굳었다.

자신이 이재희를 너무 어설프게 봤다. 자신이 무슨 짓을 해도 크게 반항하지 못하기에 만만하게 봤었다. 그에 비해 가진 재능이나 능력이 아까울 정도로 좋았다. 기획력, 프레젠테이션 능력, 자료 조사, 기발한 아이디어까지. 이렇게 그릇이 작은 여자가 갖고 있기엔 넘치는 능력이었다. 그래서 이재희의 유능함만 몇 번 쓰고 처리하려 했다.

그런데 이렇게 뒤통수를 칠 줄이야.

자신이 한방 먹었다.

하지만.

"상대를 잘못 골랐어, 이재희 씨."

단우의 입술이 삐딱하게 기울었다. 그의 입장에선 이번 일은 그냥 넘어갈 수 없었다. 여기까지 올라오기 위해 그는 수많은 일을 자

15

행했고, 원하는 결과를 어떻게든 이루어 내었다. 고작 이런 방해 하나로 허물어질 만큼 자신이 녹록지 않다는 걸 눈앞의 이 여자는 모르고 있었다.

자신의 서슬 퍼런 경고에도 이재희는 덤덤했다. 마치 모든 걸 다 안다는 눈으로, 혹은 모든 정리를 다 마친 사람처럼 그녀는 그를 피하지 않고 마주보았다.

"그거 아세요?"

재희의 뜬금없는 물음에 단우의 눈이 가느스름했다.

"드라마나 영화, 만화에서 그런 말을 한 사람치고 끝이 딱히 좋은 캐릭터는 없었다는 거."

"……."

"보통 그런 캐릭터들이 그간 스스로 쌓아 온 악행에 자멸하더라고요."

"……."

"그러니 조심하세요. 혹시 모르잖아요. 과거의 스스로에게 거나하게 뒤통수를 얻어맞을지. 하실 협박 다 끝난 것 같으시니 이만 가 보겠습니다."

재희는 정중하게 묵례까지 한 후, 돌아섰다. 단우의 시선이 등 뒤를 뚫을 것 같았지만 재희는 그럴수록 꼿꼿한 자세로 당당하게 걸었다.

· · ·

　　작게 열어 둔 창문 틈으로 기분 좋은 바람이 솔솔 불어 들어왔다.

　　"잘했어. 잘한 거야."

　　침대에 누워 바람을 만끽하던 재희는 포갠 두 손을 가슴께에 올린 채 중얼거렸다. 그녀는 잔뜩 긴장해 퉁퉁 부은 다리를 벽에 기댄 채 천장을 바라보았다. 어두컴컴한 천장 위로 오후에 있었던 일이 떠올랐다.

　　"내가 응원할 테니까."

　　구석진 곳에 숨어 있던 자신을 찾아낸 선재가 그 말을 던지고 사라진 후, 재희는 그곳에 서서 한참을 울었다.

　　스스로 던진 괜찮냐는 질문에 침묵으로 대응할 수밖에 없는 현재에 대한 창피함. 타인이 훼손하도록 방치해 둔 스스로에 대한 미안함, 묵과할 수 없는 분노들이 뒤엉켜 눈물이 되어 흘렀다.

　　무엇이 그리 무서웠을까. 아니, 모든 게 다 무서웠다. 자신이 저지르면 회사를 관둬야 할지도 모르니까.

　　안온한 현재의 삶을 유지시켜 줄 월급이 더는 들어오지 않는다는 것, 구직 시장에 내던져진다는 것, 자신이 일을 관둔다고 했을 때 돌아올 부모님의 실망스러운 반응, 더는 부모님께 용돈을 드릴 수 없을 상황에 대한 두려움.

그런 것들을 감당하기 힘들 정도로 자신은 지쳐 있었다. 그래서 스스로 입을 틀어막고 웅크리고 있었다.

그 모든 것들이 스스로의 가치보다 앞설 수 있는 게 아니라는 것도 잊은 채.

미래에 대한 두려움을 내려놓고 일을 저지르고 나니 오히려 홀가분했다. 지금 불어오는 바람만큼이나.

오히려 생각보다 별것 아니었다는 생각이 들었다.

발끝을 까딱거렸다. 재희는 머리맡에 던져 둔 휴대폰으로 흘깃 시선을 돌렸다.

선재도 자신이 한 일을 들어서 알고 있을 텐데……. 어쩌면 하루 종일 안 보였으니 멀리서 보고 있었을 지도 모른다.

재희는 손을 뻗어 휴대폰을 들었다. 액정을 몇 번 두드리니 익숙한 이름이 떠올랐다.

[신선 같은 신선재]

언젠가 술을 마시고 애어른처럼 구는 선재가 얄미워서 바꿔 놓은 이름이었다. 그러고 다시 바꿔야지 하면서도 웃기기도 하고 귀찮아서 미루고 미루다보니 여기까지 왔다. 저장해 놓은 이름은 장난스러운데, 더는 웃음이 나지 않는다.

고맙다는 말을 해야 하는데…….

전화 버튼을 향해 가던 손끝이 누군가가 잡은 것처럼 멈췄다. 그

가벼운 말을 전하기가 이렇게 어렵다. 얼마 전까지만 해도 자다 깨서 아무렇지 않게 전화할 정도로 편한 번호였는데…….

내가 고맙다고 말하면, 네가 뭐라고 대답할지……. 이젠 겁이 난다.

어두운 얼굴로 고민하던 재희는 결국 전화 대신 문자를 보냈다.

• • •

[오늘 정말 고맙다. 덕분에 한방 먹였어. 피곤할 텐데 답할 필요 없어. 잘 자고, 내일 회사에서 보자.]

정말 이재희스러운 문자였다. 이재희스럽게 지내라고 했더니, 자신에게까지 이재희스럽다. 고맙다는 말은 해야겠고, 길게 대화는 나누기 난처하니 끝인사까지 한방에 끝낸 거다.

뚝, 뚝.

샤워를 한 후 젖은 머리에서 떨어진 물방울이 액정 위에 동그랗게 맺혔다. 선재는 손으로 액정을 닦아 냈다. 이미 확인한 문자를 선 자리에서 읽고, 또 읽었다. 마침표로 향했던 시선은 다시금 '오늘'이라는 문자의 첫 글자로 향했다.

이게 며칠 만에 자신에게 처음 하는 연락이라는 걸 아는 건지, 모르는 건지.

문자를 외울 것처럼 읽던 선재의 시선이 재희의 집과 맞닿은 벽으로 향했다. 벽을 담은 눈동자가 깊고 어두워졌다. 오랫동안 샤워를 하며 가까스로 가라앉힌 감정이 부스스 피어오른다.

때론 너무 가볍고, 또 어떨 때에는 너무 무거운 감정이었다. 환기시킬 창문도 없는 제 마음 안에서, 가득한 이재희가 나풀댄다. 가라앉히려고 할수록 더 부풀고, 모른 척하려 해도 어느새 제 위로 소복이 쌓인다.

선재는 시선을 돌려 다시 문자를 바라보았다. 볼 게 이것밖에 없다는 듯이.

[잘 자고, 내일 회사에서 보자.]

잘 자라니. 며칠째 잠도 못 자는 사람한테.

휴대폰을 힘주어 거머쥔 선재는 낮은 한숨을 내쉬며 눈을 감았다. 그러자 기다렸다는 듯 하나의 장면이 떠올랐다.

요즘 들어 유난히 자주 머릿속을 맴도는 오래전 그 시간들이.

7장

병원 창밖으로 오후의 빛이 치고 들었다. 병실을 비스듬히 가로지르는 햇살에 시선을 둔 선재는 침대 옆에 우두커니 서 있었다.

"선재야. 원영이 아줌마 말 잘 들어야 한다. 엄마 말 듣고 있지?"

환자복을 입은 지선은 벌써 다섯 번도 넘게 한 당부를 하고 있었다.

"네."

선재가 무심히 대답했다. 그 대답에도 지선은 마음이 놓이지 않는 듯, 선재의 팔을 꽉 움켜쥐고 있었다.

어디에 내놔도 자랑스럽고, 어른스러운 아들이지만 그래도 걱정이 되는 건 어쩔 수 없다는 표정이었다. 아직 중2였다. 엄마 눈에는 제 품을 벗어나 다른 집에서 지내기엔 어리게만 보이는 나이였다.

"걱정하지 마세요."

선재는 의연하게 대답했다.

"그래. 선재는 괜찮은데 네가 더 난리네. 걱정하지 말고 넌 푹 쉬어. 선재는 내가 알아서 잘 챙길 테니까."

원영의 말에도 선재의 모친은 쉽게 선재에게서 시선을 떼지 못했다.

"네가 고생할 텐데……. 너한테 미안하고, 아들도 걱정이고."

"고생은 무슨. 그리고 또 걱정할 건 뭐야. 우리 아들 밥해 줄 때 밥한 공기 더 뜨면 되고, 빨래 돌릴 때 같이 돌리면 되는 건데. 일곱 살아들도 아니고 힘들게 뭐 있어? 오히려 우리 태우가 선재 보고 배울 수 있는 좋은 기회지, 뭐. 전교 1등 친구 만들어 주기 열풍이라는데 알아서 우리 집에 와서 지낸다니 얼마나 좋아? 나는 엄청 좋아."

일부러 신나서 하는 원영의 말에 지선의 얼굴 위로 아들에 대한 뿌듯함과 조금의 안도가 뒤엉킨 미소가 번졌다.

"고마워, 원영아. 정말 이 신세는 내가 어떻게든 꼭 갚을게."

"내가 그 말 하지 말랬지. 신세니 뭐니. 내가 예전부터 말했잖아. 계곡에서 죽을 뻔한 거 네가 안 구해 줬으면 난 여기에도 없어. 어디 그것뿐이니. 어휴, 말하려니 입 아프다. 말하다가 지쳐서 네 옆자리에 눕기 전에 푹 쉬어."

"응. 고맙다, 정말."

마지막 인사를 끝으로 선재는 원영의 차를 얻어 타고 그녀의 집으로 향했다.

"말로는 많이 들었는데 이렇게 같이 있는 건 오랜만이다. 그치? 중학생 된 후로는 바빠서 그런지 얼굴도 제대로 못 봤었네. 전에 심부름할 때나 겨우 보고."

어색함을 풀려는 듯 운전하는 동안 간간이 선재에게 말을 걸어왔다. 대부분 선재가 뭘 좋아하는지에 대한 물음이었다.

그때마다 선재는 '크게 가리는 것 없어요'라고 의연하게 대답했다. 중2지만, 자신이 더부살이 하는 상황이고 눈치를 봐야 하는 입장이라는 것쯤은 금세 눈치채고 있었다.

그러자 원영은 '그럼 뭘 싫어하니?'라고 물었다. 그 질문에 대한 대답 역시 크게 다르지 않았다.

"가리는 거 없어요. 그러니 편하게 생각해 주세요. 필요한 게 있으면 부탁드릴게요. 그러니 먼저 챙기려고 노력하지 않으셔도 괜찮아요. 마음만으로도 충분히 감사합니다."

"어머, 세상에나. 정말 어른스럽구나. 우리 아들이랑 이야기하다가 너랑 이야기하니까 어른이랑 대화하는 거 같다. 우리 아들은 세상 철부지인데."

원영이 수다스러운 웃음을 터트렸다. 그러면서 자연스럽게 원영은 자신의 자식에 대한 이야기를 꺼냈다. 선재에겐 낯선 이들의 이야기였다.

원영과 지선은 가까운 친구 사이였지만, 가족 간의 교류는 크게 없었다. 지선과 원영은 자식과 남편 없이 여자들끼리 모여 놀고 싶다고 말했지만, 언젠가 술에 취한 엄마의 주정을 듣고 그 진짜 이유를 알았다.

"원영이는 참 좋겠다. 술에 취해도 데리러 와 주는 남편도 있고…….
예쁜 딸도 있고. 어쩜 그리 예쁜 가족이 있을까."

남편과, 딸 하나, 아들 하나를 낳아 남 부럽지 않게 살고 싶었던 게 바람이었다는 엄마의 말이 뒤따랐다.

선재가 세 살이 되던 해, 교통사고로 남편을 잃고, 아들 하나를 아등바등 키운 엄마는 절대로 이룰 수 없는 바람이었다.

부러움 때문에 가족 모임을 하지 않는다는 걸 눈치챘지만, 선재는 늘 그렇듯 티 내지 않고 삼켰다.

삼킨 무언가가 자신의 안에서 무거운 추로 매달리는 걸 느끼면서.

"선재야. 태우는 얼마 전에 지나치면서 봤지?"

원영의 부름을 듣고서야 선재는 상념에서 깨어났다. 그러나 내색하지 않고 계속해서 원영의 이야기를 듣고 있었던 것처럼 자연스럽게 '네.' 하고 대답했다.

선재는 머릿속으로 엄마의 심부름 때문에 원영의 집에 갔다가 마주쳤던 태우를 떠올렸다. 트레이닝복 차림으로 불쑥 튀어나왔던 녀석. 자신을 보고 유난히 얼굴을 찌푸렸었다.

"태우랑 한 방에서 지내면 돼. 좁긴 하겠지만 그래도 나쁘진 않을 거야. 그나저나 다행이야. 너희 학교랑 우리 집이 크게 멀지 않아서. 그러고 보니 우성 중학교면 가림 고등학교랑 가깝겠구나!"

"네. 바로 옆 학교예요."

"어머! 그렇구나! 가림 고등학교에 우리 딸이 다녀."

원영의 설명이 이어졌다. 딸은 고등학생 2학년이고, 이름은 이재희라고 했다. 선재는 적당히 대답하며 차창 너머를 바라보았다.

풍경이 빠르게 지나가고 있었다. 늘 그렇듯 그 풍경을 무감한 눈으로 응시했다.

원영의 집으로 들어서자마자 선재는 제 앞을 가로막은 키 큰 녀석을 보았다. 오는 내내 원영이 하던 이야기 중 가장 많은 지분율을 차지한 태우였다.

"너냐. 내 방을 차지하러 온다는 녀석이."

"……"

만화에나 나올 법한 고루한 대사를 읊는 태우를, 선재는 말없이 바라보았다. 딱히 대꾸할 말도 없고, 그럴 마음도 들지 않았다.

"재수 없게 생겼네."

인상을 팍 쓴 얼굴에 못마땅함이 가득했다. 학교에도 이런 녀석이 더러 있었다. 제 마음에 안 들면 텃세를 부리는 녀석들.

선재는 대체로 그런 녀석들을 무시했다. 그런데 지금은 그럴 수 있는 상황이 아니었다. 그렇다고 친한 척하고 싶은 마음도 없었다. 대뜸 재수 없다는데 친하게 지내고 싶은 마음이 들 리가 없었다.

이런 귀찮은 상황이 생길까 봐 원영의 집에 오고 싶지 않았다. 자신이 홀로 집에 있는 걸 걱정한 모친이 하루에 수십 번도 넘게 전화하지만 않았어도, 그래서 오히려 병원에 입원해 있는 동안 얼굴이 해쓱해지지만 않았더라도 오지 않았을 거다. 다른 사람도 아니고 엄마의 속을 썩이는 아들이 되고 싶진 않으니까.

"너, 말할 줄 모르냐? 사람이 말을 하면 대답을 해야 할 거 아냐!"

"할 줄 알아."

"그런데 왜 내 말 씹어? 다시 말할 테니까 딱 대답해. 내 방을 빼앗으러 온 녀석이, 너냐!"

역시 대답해 주고 싶은 마음이 생기지 않는 물음이었다. 그러나 지금 거절하면 계속해서 물을 것 같아, 어쩔 수 없이 대꾸했다.

"침범은 아니고, 잠시 빌려 쓰러."

"그게 그거지!"

선재는 얼굴이 찌푸려지려는 걸 간신히 참았다. 딱히 말이 통하는 녀석이 아니라는 예감이 들었다. 다행히 차를 주차하고 들어온 원영이 상황을 수습해 주었다.

원영은 친절하게 선재가 어디서 지내게 될 건지, 집은 어떤 구조인지, 배가 고프면 언제든 냉장고를 열어 먹고 싶은 건 다 꺼내 먹어도 된다고 이야기해 주었다. 그러자 주변에서 얼쩡거리던 태우가 소리쳤다.

"안 돼! 다 꺼내 먹는다는 게 무슨 소리야! 우리 엄마 반찬, 장난 아니거든. 다 먹지 마라. 저 반찬통에 담긴 반찬의 절반은 전부 내 거니까 무조건 반 이상 남겨. 알았어?"

눈을 무섭게 뜬 태우가 으르렁거렸다.

"인석아! 친구랑 나눠 먹어야지. 네가 일곱 살이야?"

원영이 노려보며 말하자, 태우가 금세 꼬리 내린 개처럼 처량한 표정으로 말했다.

"엄마 요리가 맛있어서 그렇지! 그러게 누가 밖에서 먹는 것보다 맛있게 만들래! 안 되겠어! 난 다음에 엄마처럼 요리 잘하는 여자 만나야겠어."

"네가 배워, 네가. 네 입에 들어가는 거 네가 만들어야지, 벌써부터 남의 귀한 집 딸 고생시키려 하고 있어."

구박하면서도 원영의 입가에는 짙은 미소가 머물러 있었다. 화난 척 애교를 부리는 아들의 말이 싫지만은 않은 듯했다.

태우는 급식이 맛없어서 그러니 학교에 싸갈 반찬 몇 개만 만들어 달라고 애교를 부렸고, 원영은 못 이기는 척 그렇게 해 주겠다고 이야기했다.

선재는 낯선 표정으로 그 광경을 바라보았다. 자신과 엄마의 대화는 대부분 엄마의 질문과, 그의 대답으로 이루어져 있었다.

대체로 잘 지냈니, 학교 잘 다녀왔니, 오늘 하루 잘 보냈니 등의 안부인사. 아주 가끔 엄마가 해 주는 원영 아줌마네 이야기들. 그 이상의 대화는 나누기 힘겨웠다.

겨우 인사 몇 마디 아는 외국인들끼리 만난 것처럼, 서로에게 건넬 말들은 한정적이었고 대화의 고갈은 빨랐다.

그래서인지 태우와 원영의 사이가 신기하고, 조금 부러웠다.

"응. 여보. 선재 왔어. 응."

통화를 하던 원영이 옷을 갈아입겠다는 수신호를 보내며 안방으로 사라졌다. 갑작스레 태우와 단둘이 남게 된 선재는 식탁 의자에 앉았다.

태우가 무시무시한 표정으로 쏘아 보았다. 선재는 그런 시선을 담담히 받아들였다. 남자들끼리 있으면 불필요한 기선제압이나, 유치한 서열 싸움을 하는 법이었다. 되도록 하고 싶지 않지만, 걸어온다면 굳이 피할 생각은 없었다. 태우가 뭐라고 말을 하려는 찰나였다.

벌컥, 화장실 문이 열렸다. 물에 빠진 처녀 귀신이 튀어나온 게 아닌가 싶은 몰골의 여자 하나가 불쑥 튀어나왔다.

잠시 상황을 파악하려는 듯 눈을 굴리던 여자는 머리를 수습하려고 쓸어 넘겼다가 손에 머리카락이 걸린 듯했다. 포기한 듯 수건으로 대충 머리를 싹 말아 올리자 여자의 얼굴이 눈에 들어왔다.

하얗고 조막만 한 얼굴. 선명한 이목구비에 반쯤 벌어져 있는 촉

촉한 입술.

한눈에 봐도 예쁘장하게 생겼다. 여자는 난처한 듯 얼굴을 구겼다가 금세 포기한 듯 덤덤한 표정을 했다.

선재는 저 여자가 원영이 말한 태우의 누나라는 걸 알았다. 종종 엄마를 통해서도 들었었다. 아주 똑똑하고, 예쁘고, 착한 딸이라고. 그래서 그런 딸을 가진 원영을 지선은 몹시 부러워했다.

"안녕하세요."

자신보다 나이가 많은 연장자였기에, 선재가 먼저 인사를 건넸다. 그러자 재희는 가볍게 대답한 후, 제 방으로 쏙 들어갔다.

"야."

재희가 사라지자마자 태우가 얼굴을 구긴 채 선재를 불렀다. 대답 대신 쳐다보니 태우가 위협적으로 다가왔다.

"같이 지낸다니까 친절한 내가 미리 알려 줄게. 우리 집에서 조심해야 할 게 세 가지 있어. 하나는, 냉장고. 다 털어먹지 마라. 다 먹으면 진심으로 화낸다. 나 눈 뒤집어지면 장난 아니다. 그리고 두 번째, 술 취한 아빠. 건드리면 밤새 노래 듣는다. 참고로 우리 아빠 음치다. 그런데 또 헬스를 다녀서 체력은 겁나 좋아. 그래서 장난 아니고 진짜 밤새 노래 듣는다. 저번 주에 잘못 건드렸다가 주민 신고까지 당했다. 그러니 꼭 참고 해라. 그리고 제일 중요한 세 번째, 방금 방에 들어간 저거."

"……"

태우의 손끝이 재희가 들어간 방을 가리켰다. 목소리를 낮춘 태우가 작게 속삭였다.

"저거 조심해라."

"……."

"저게 예쁘장하니 멀쩡해 보이는데 미쳤어. 쬐그만해서 만만해 보이는데 한 대 처맞으면……. 진짜 욕 나온다. 근데 아파서 욕하지? 또 때려. 욕했다고. 와, 진짜 못돼 처먹었어."

"……."

"아빠가 누나를 싸고 돌아서 나쁜 놈들이 덤비면 때리라고 격투기 가르쳤는데, 미쳤지. 그냥 내비 둬도 위험한 거한테 운동까지 시켰으니까. 하아, 진짜."

그간 쌓인 게 많은지 말을 하다 말고 태우는 하늘을 보며 시근덕거렸다.

딱히, 그래 보이지 않는데.

그렇게 생각했지만, 굳이 소리 내어 말하지 않았다. 초면인 태우와 방금 들어간 여자가 얼마나 미친 여자인가에 대해 시시비비를 가리고 싶지 않았다.

그 후, 한집에 사는 내내 별다른 일은 일어나지 않았다. 원영은 상냥했고, 태우의 아버지는 장난기가 많고 농담을 즐겨 하는 호탕한 성격이었다. 술에 취해 노래만 부르지 않는다면 완벽한 가장이었다. 당장이라도 텃세를 부릴 것 같던 태우는 생각 외로 다루기 쉬운 편이었다. 본인의 침대, 수집 중인 만화책, 냉장고의 반찬만 건드리지 않으면 이를 드러내지 않았다.

그리고…….

선재의 시선은 소파로 향했다. 소파에 비스듬히 걸터앉아 있는 여자의 손에는 문제집이 들려 있었다.

그 모습을 보던 태우가 식탁 위에 있는 반찬통을 차례차례 비우다 말고 질린다는 표정을 지었다.

"무슨 문제집을 잡지 보듯이 하고 있냐고. 질린다, 진짜 징그러워."

"저렇게 해야 전교 1등 하는 거야. 그나저나 반찬 좀 그만 먹어. 무슨 밥 한 공기에 반찬 세 통을 비워! 짜!"

대답을 한 건 원영이었다.

"엄마 반찬이 그만큼 맛있는 거야."

며칠간 지켜본 태우는 엄마에 대한 애정 표현과 칭찬을 아끼지 않고 퍼부었다. 그런 점이 선재는 여전히 적응되지 않았다.

"먹는 만큼 공부도 해야 할 텐데."

웃는 것도 잠시, 원영의 얼굴에 수심이 드리웠다.

"괜찮아. 걱정하지 마."

태우가 천하 태평한 얼굴로 손을 내저으며 제 앞에 있는 반찬통 하나를 또 비웠다.

"하아, 큰일이다. 너희 누나는 책을 닳도록 보고, 넌 책이 1년이

지난 책도 새 책이니……. 반 섞어서 나누면 참 좋겠다."

원영의 말에 태우가 고개를 절레절레 내저었다.

"난 안 하는 거야."

"못 하는 거겠지."

다 듣고 있었다는 듯 건넨 재희의 말에 태우가 발끈했다.

"안 하는 거라고."

"공부 못 하는 애들이나 그렇게 말하는 거고."

"와, 진짜. 공부 잘한다고 잘난 척 장난 아니네. 공부 잘해서 뭐 어디다가 쓰려고!"

"어디다 써먹으려면 공부 못 하는 것 보단 잘하는 게 낫겠지."

차분하게 정곡을 찌르는 재희의 말에 태우는 반박하지 못하고 또 눈을 치켜뜬 채 시근덕거렸다. 아무래도 시근덕거리는 저 습관은 재희 때문에 생긴 듯했다.

"그래도 인물은 내가 나아."

"딱히 그렇게 생각하지도 않지만, 네 말대로 얼굴 반반하다고 해도 멍청이를 어디에 써."

"어디든 쓰겠지!"

"그래. 그렇지만 세상은 머리 좋고 잘생긴 사람을 더 선호해. 요즘 여자들도 똑똑하고 잘생긴 남자들 좋아하거든."

다시 한번 정곡을 얻어맞은 태우는 또 시근덕거렸다. 그런 태우를 한심하게 바라보던 재희의 시선이 무심코 태우의 곁에 있던 선재에게 닿았다. 선재는 자신도 모르게 눈을 가늘게 떴다. 재희는 별 반응 없이 다시 문제집으로 눈을 돌렸지만, 선재는 시선을 떼지 못했다.

이 집의 사람들은 대부분 온도가 비슷했다. 표현하는 방식이 각기 다를 뿐 따뜻하고, 다정한 편이었다. 그중 재희는 유일하게 무심한 분위기를 풍겼다. 남의 눈을 의식하지 않았고 다른 사람들에게 큰 관심이 없어 보였다.

자신과도 첫인사 후 여태껏 대화를 나눈 적이 없었다. 사실, 마주할 일도 없었다. 그나마 얼굴을 보는 시간은 주말 오전이었다.

가끔 답답하다며 나와서도 소파에 반쯤 기대어 또 책을 봤다. 누가 말을 걸기 전까지 크게 입을 여는 법이 없었고, 자신에게 먼저 알은체하는 법 없었다. 자신이 인사를 하면 시크하게 '어, 안녕.' 하고 답하는 게 전부였다.

온도가 너무 달라서일까, 자꾸만 시선이 가고 살펴보게 되는 것은.

"야, 내 말 듣고 있냐?"

태우의 물음에 선재의 시선이 겨우 옮겨갔다. 태우는 계속해서 자신이 읽고 있는 만화에 대해 설명했다. 선재는 그의 말을 대충 흘려들으며 젓가락을 들어 식사했다. 이야기를 집중해 듣고 싶어도 신경의 대부분이 자꾸 곁눈에 걸린 재희에게로 향한 탓이었다.

•　•　•

　선재는 제 곁에 이재희에 대한 정보가 넘실거리고 있다는 걸 뒤늦게 깨달았다. 여태껏 '가림 고등학교 전교 회장'으로 유명했기에 자신이 알지 못했을 뿐. 남의 고등학교 전교 회장을 알아서 뭐하나 싶기도 했고, 별 관심이 없었기에 남자인지 여자인지도 몰랐다.

　그러다 가림 고등학교 전교 회장의 이름이 '이재희'라는 게 알려졌다. 가림 고등학교에 다니는 누나를 둔 학생이 소문을 퍼트린 덕이었다. 자연스럽게 학생들은 '가림 고등학교 전교 회장'이라는 긴 명칭보다 훨씬 짧은 '이재희'라고 불렀다.

　이재희는 여러모로 유명했다. 대한민국에서 제일 유명한 대학교 세 곳에 가장 많은 학생을 진학시켜 명품 고등학교로 불리는 곳에서 전교 회장을 한다는 것, 예쁘장한 얼굴을 갖고 있다는 것, 고1때부터 전교 1등을 몇 번 빼고 놓치지 않았다는 것.

　외모, 성적, 품행에서 완벽한 합일을 이룬다는 점에서 선생님들의 애정을 듬뿍 받았다. 벽 너머에 있는 우성 중학교의 선생님들도 마찬가지였다.

　"옆 학교 이재희처럼 되려면 너희도 열심히 해야 한다."

　"이재희가 이 학교 출신인 거 알지? 선배 본 좀 받아라. 이 녀석들아."

여학생들은 질투 혹은 동경했고, 남학생들은 이상형으로 꼽았으나 다가가지 못했다. 중2의 패기로도 이재희는 범접하기 힘든 사람이었다. 물론, 범접해도 상대해 주지 않겠지만. 함께 사는 자신에게조차도 눈길 한번 제대로 주지 않았다. 아니, 한배에서 태어난 친동생마저도 딱히 상대해 주는 것 같지 않았다.

이재희는 그녀만의 목표가 분명했고, 그 목표를 향해 가는 동안 귀찮은 것들은 모조리 무시했다.

"오늘 학교 오다가 이재희 봤음. 와, 교복 모델인 줄 알았네. 진짜 선생님이 딱 좋아할 차림이던데."

친구 하나가 재희 목격담을 늘어놓기 시작했다. 그 말에, 책상에 앉아 공부하던 선재는 주말 오전마다 소파에 삐딱한 자세로 누워 문제집을 보던 이재희를 떠올렸다.

"도도하더라."

도도하기보단 무신경한 쪽에 가까웠다. 남이 뭐라고 하든 말든.

"얼마 전에 논술 경시대회에서 상 받았다며."

태우를 말로 이기던 실력은 논술에서도 빛을 발하는 모양이었다.

"진짜 모범생이다. 드라마에 나오는 모범생. 집에서도 드라마처럼 하고 있는 거 아니냐?"

집에서 헐렁한 트레이닝복 차림으로 어슬렁거리며 냉장고 문을 열던 이재희가 떠올랐다. 소문 속의 이재희와 자신이 직접 본 이재희는 극과 극이었다.

"이재희 동생 있을까? 있으면 좋겠다."

태우가 들으면 입에서 욕을 뿜을 소리였다.

"남자친구는 없겠지?"

친구의 말에 선재는 불쑥 태우의 말이 떠올랐다.

　

"저거 데려갈 남자도 웬만한 놈 아니면 힘들 거다. 쯧."

　

"가림고에서 교내 연애하다가 걸리면 벌칙이라던데, 우리 누나
말로는."

옆자리에 앉아 있던 반 친구가 말했다. 툭 던진 그 말의 파장은
상당했다.

"뭐? 너희 누나 가림고임?"

"어."

"이 미친 새끼가. 그 중요한 걸 왜 이제 말해? 와 씨. 혹시 이재희
랑 친구야?"

"아니. 학년이 다르지. 우리 누나는 1학년이거든."

"아 씨, 너무 아깝다."

"네가 왜 아까운데?"

"혹시 아냐? 이재희가 너희 집에 놀러올지? 그때 나도 가 보려고
했지. 가까이서 봐도 예쁠까?"

……가까이 봐도, 예쁘다. 길게 뻗은 눈매가 특히.

선재는 무심히 속으로 대답했다. 그러나 그는 재희에 대해 아는 티를 내지 않았다. 그녀의 집에서 잠시 머무르고 있다는 사실이 알려지면 귀찮은 일에 휘말릴 것 같았다. 자신을 집에 데려가 달라는 둥, 어떤지 이야기해 달라는 둥.

그리고 이상하게도 이재희에 대한 관심이 지대한 녀석들에게, 이재희를 보여 줄 마음이 들지 않았다.

• • •

"이태우!"

샤워를 하고 나오던 선재는 낮은 목소리를 듣자마자 명치에 무언가가 꽂히는 걸 느꼈다. 뒤이어 눈을 질끈 감게 하는 통증이 뒤따랐다. 얻어맞자마자 알았다.

태우가 조심하라고 했던 게 이거구나, 하고. 조심하라고 할 만했다. 아주 잠깐 벌어진 입에서 아무 말도 나오지 않았다. 방심하고 있었던 만큼 통증은 어마어마했다.

태우는 맞고 욕하지 말라고 했는데, 욕할 힘도 없었다. 허리를 반쯤 숙인 채 눈을 감고 있자 머리맡에서 당황한 목소리가 들렸다.

"어? 너였어? 하, 어쩜 좋아. 미안해. 네가 태우 티셔츠 입고 있어서 태우인 줄 알았어. 괜찮아?"

그러니까 태우 티셔츠를 입은 자신을 태우로 오해하고 한방 먹이려고 화장실 앞에서 계속 기다리고 있었다는 말이었다. 억지로 반쯤 허리를 펴자 당황한 재희의 얼굴이 눈에 들어왔다. 때려 놓고 많이 놀랐는지 허리를 굽혀 자신의 얼굴을 들여다보고 있었다.

"괜찮아? 재선아?"

재희의 눈동자가 빠르게 움직였다.

"……선재예요. 신선재."

"아, 그래. 선재야. 미안해."

"……."

여태껏 제 이름도 제대로 몰랐다는 사실에 선재는 어이가 없었다. 자신은 하루에도 몇 번이나 이재희의 이름을 듣는데. 태우에게서, 반 친구들에게서,

그리고…… 자신의 머릿속에서.

"괜찮아?"

허리를 곧게 펴자마자 재희가 다시 물어왔다. 재희의 손이 허공에서 뱅글뱅글 돌았다. 동생 친구의 배를 막 만질 수도 없고, 그렇다고 차렷 자세로 서 있기도 어색한 듯했다. 이제 어느 정도 괜찮아졌지만, 선재는 허리를 곧게 펴지 않았다. 자신의 앞에서 얼쩡거리는 이재희는 처음 봐서 신기했다.

선재는 눈을 내리깐 채 재희를 마주보았다. 기분이 이상했다. 분명 자신이 재희를 보고 있는데, 점점 재희가 쳐다보고 있을 자신이

신경 쓰였다.

머리가 엉망이지 않을지, 표정이 이상하지 않을지, 젖은 얼굴이 별로이진 않을지.

"많이 아파? 병원 갈까? 내가 사실 좀 세게 때렸거든. 이태우, 이 자식이 또 내 방에 들어와서 지갑에 든 돈을 다 갖고 가는 바람에…… 하아."

다시 생각해도 성질난다는 듯 재희가 머리를 쓸어 넘겼다.

"태우, 나갔어요."

"그랬겠지. 튀었겠지."

재희의 입에서 자조 섞인 대답이 흘러나왔다.

"네 티셔츠 입고 나갔지?"

"네."

"너한테 이거 입으라고 그랬고?"

"네."

"하, 이 자식이 작정했네."

재희가 잠시 눈을 꽉 감았다가 떴다. 일부러 이런 짓을 해 놓고 간 것을 확신하는 얼굴이었다. 그 생각에 선재도 동의했다. 그렇지 않고서야 그렇게 급하게 옷을 갈아입혀 놓고 도망치듯 나갔을 리 없으니까. 화를 억누르던 재희는 흘깃 선재를 쳐다보았다.

"걸을 수…… 있어?"

당연히 걸을 수 있었다. 말도 안 되게 아프긴 했지만, 못 걸을 정도는 아니었다. 하지만 선재는 손을 내밀었다. 괜찮다는 생각보다 손을 내민 행동이 빨랐다.

"부엌까지 데려다주실래요? 밥 먹고 도서관 가야 해서요."

생각보다 말이 먼저 나왔다. 자신이 그런 말을 했다는 사실에 선재는 뒤늦게 놀랐다. 데려다 달라니. 충분히 걸을 수 있는 상태인데. 하지만 티 내지 않았다.

"그 정도면 병원 갈래?"

"조금 있으면 괜찮아질 것 같아요. 오늘 도서관도 가야 하고요."

"……그래."

재희는 조금 미심쩍어 했지만 지은 죄 때문인지 거절하지 않았다. 부축 정도야, 라는 표정으로 순순히 그를 데리고 식탁으로 향했다.

선재는 흘깃 옆을 바라보았다. 어디서 본 건 있는지 자신의 팔을 어깨에 걸고, 손으로 자신의 허리를 감싸고 있었다. 스킨십에 거침이 없었다. 오히려 부축을 부탁한 자신의 몸이 긴장으로 딱딱하게 굳었다.

생각보다 재희의 키는 컸다. 그래 봐야 자신의 어깨까지 올 정도였지만. 자신을 붙든 팔도 얇았다. 이 얇은 팔로 자신을 부축하겠다고 용감하게 나선 게 신기할 정도였다. 지금 자신이 조금이라도 힘을 풀면 이 작은 몸은 풀썩 쓰러질 거다.

신기하다. 이렇게 작은데, 늘 실제 크기보다 1.5배는 큰 느낌이었다. 그런 게 존재감이라고 하는 건가.

무심히 그런 생각을 하는 사이 재희가 그를 식탁 의자에서 앉혔다. 선재가 일어나려고 하자 손을 들었다.

"됐어. 앉아 있어. 내가 차려 줄게."

재희는 그렇게 말한 후, 냉장고에서 반찬을 꺼내 식탁을 차리기 시작했다. 모조리 태우가 저녁에 먹겠다고 벼르고 벼르던 반찬들이었다. 이런 유치한 방법으로 복수를 하는 재희의 행동에 선재는 설핏 웃음이 나왔다.

"먹자. 차린 건 없지만……이 아니구나. 많네. 하여튼 많이 먹어."

재희는 그제야 자신이 꺼낸 반찬통이 일곱 개가 넘어간다는 걸 파악하곤 잠깐 놀란 표정을 지었다.

그러고 보면 재희는 집에서 밥을 잘 챙겨먹지 않았다. 평일엔 학교를 마치고 독서실에 다녀오느라 아침을 제외한 식사는 밖에서 먹었고, 주말도 오후부터 밤까진 줄곧 독서실에 박혀 있었다.

자신은 이렇게나 많이 아는데, 재희는 자신을 재선이라 불렀다. 뒤늦게 잔잔한 충격이 밀려들었다.

"도서관 어디 가?"

처음으로 재희가 먼저 말을 걸어왔다.

"대명 도서관이요."

"같이 가자."

재희가 툭 던진 말에 분명 밥을 먹고 있는데 순간 맛이 느껴지지 않는다.

왜 갑자기? 이름도 잘 모르는 자신과?

당황한 자신을 알아보기라도 한듯 재희가 태연하게 말했다.

"나도 오늘 거기 갈 거거든. 귀찮아서 택시 타고 갈 건데 혼자 가는 것보단 둘이 가는 게 낫잖아. 길에 버스비 버리지 말고 같이 타고 가자고."

"……"

"싫으면 말고."

싫을 리가 없었다. 오히려 좋은 쪽이었다. 왜인지 설명할 수 없지만, 그랬다.

"독서실은요?"

"오늘 독서실 수리한대. 어제 합선돼서 전기 나갔거든."

재희가 짜증 난다는 표정으로 말했다.

"같이 가요, 그럼."

어차피 시험 기간이라 도서관에 중학생들은 별로 없을 거다. 있더라도 이 순간만큼은 크게 신경 쓰이지 않았다. 재희와 함께 갈 수 있다는 사실이 지금은 더 중요했다.

재희는 그래, 하고 답한 후 식사했다. 평소보다 느리게 식사를 하며 선재는 생각했다. 재희에게 묻고 싶은 게 많았다. 하루 종일 공부하면 안 힘드냐, 왜 방에서 잘 나오지 않냐, 우리 학교에서 유명한 거 아냐 등등.

그런데 어떻게 물어야 할지 모르겠다. 입도 벙긋하기 힘들다. 어쩌면 이런 쓸데없는 걸 묻고 싶은 게 아니라 정말로 묻고 싶은 게 따로 있어서인지 모른다.

누나는, 어떤 사람이에요? 이재희라는 사람이 궁금해서요.

그러나 차마 그 말을 할 수 없었다. 자신을 이상하게 쳐다볼 테니까.

"너, 전교 1등이라며."

재희가 조용히 식사하던 중에 불쑥 물었다. 재희 생각을 하던 선재의 손이 움찔했다.

자신의 이름은 제대로 몰라도 전교 1등이라는 사실은 알고 있었던 건가. 이것 역시 기분이 이상했다.

"네. 어떻게 알았어요?"

"엄마랑 태우가 매일 이야기해서."

그러고 보니 태우는 가끔 '야, 전교 1등'이라며 자신을 부르곤 했었다. 그 부름을 들었던 모양이었다. 아마 그것도 알려고 한 게 아니라, 어쩌다 보니 알게 된 거겠지.

"혹시 태우가 모르는 거 물어보면 멍청해서 싫더라도 가르쳐 줘라."

"……."

무뚝뚝하게 부탁해 왔다. 명치를 아무렇지 않게 때리고, 마주하면 으르렁대는 것밖에 없으면서도 태우의 성적이 걱정은 되는 모양이었다.

사실 온가족이 걱정할 만한 성적이긴 했다. 자신도 태우가 전교 꼴찌를 할 줄 몰랐으니까. 그것도 다른 사람들이 따라올 수 없을 정도의 독보적인 성적으로.

"걔 진짜 멍청해서 알려 주면 답답해서 미칠 거 같다는 거 알아. 나도 가끔 어떻게 이런 걸 모를 수가 있을까 하고 감탄하거든. 그래 도…… 부탁할게."

차갑고 냉정한 재희의 목소리에서 동생을 향한 염려가 느껴 졌다.

"내가 맛있는 거 사 줄게."

초등학생한테도 안 먹힐 유혹을 참 무뚝뚝하게도 했다. 그런데 저 말도 안 되는 유혹에 솔깃했다. 맛있는 걸 '같이' 먹는다는 조건 으로.

하지만 부족했다. 이재희 한정으로 그러하듯 생각보다 말이 먼 저 나왔다.

"가르쳐 줄게요. 매일, 옆에서."

재희가 놀란 듯 토끼눈으로 쳐다보았다.

"대신, 누나도 가르쳐 주세요."

"나는 걔 못 가르쳐. 전에 가르치다가 문제집 던졌어. 돌에다가 새기는 게 빠르겠더라."

재희가 단호하게 대답했다. 다른 건 다 해도 자신의 동생을 가르치는 일만큼은 할 수 없다는 확고한 의지가 느껴졌다. 그런 애를 자신에게 부탁한 건가 싶었다. 그러나 선재는 내색하지 않고 말했다.

"아뇨. 절 가르쳐 달라고요."

"……."

"모르는 문제 있으면 찾아갈게요."

"너희 학교에 선생님 없니?"

재희가 학교 가서 선생님한테 물어보라는 말을 둘러 했다.

"주말엔 못 만나니까요."

"그건 그렇네. 그래. 좋아. 그럴게. 너를 가르치는 게 내 정신건강에 좋을 것 같으니까."

재희가 순순히 대답했다. 선재는 휴대폰을 재희에게 내밀었다.

"번호 가르쳐 주세요. 물어보러 가기 전에 문자할게요."

건네는 휴대폰 끝이 살짝 떨린다. 누군가에게 먼저 휴대폰 번호를 알려 달라고 말한 건 처음이었다.

"와, 너. 정말 예의 바르다."

재희는 순수하게 감탄했다.

"이태우는 가끔 노크도 없이 방문 여는데."

그러다가 재희가 던진 책에 맞는 걸 몇 번 목격했었다. 재희는 문제집과 친한 만큼, 정말 잘 다뤘다. 문제집으로 그렇게 사람을 때릴 수 있다는 걸 처음 알았다.

그런데 또 그게 무섭거나 과격해 보이지 않아서 이상했다. 그저 조금 우습고, 그런 남매 사이가 신기했다. 자신에게 형제나 남매가 없어서 그런 모양이었다.

"다 먹었으면 치우자."

식사를 마친 재희가 자리에서 일어나며 말했다. 때마침 식사를 마친 선재가 식탁 위를 치웠다.

"설거지는 내가 할 테니까 머리 말리고 와."

"제가 할게요."

싱크대 앞에 선 재희의 곁에 다가서서 고무장갑을 빼앗았다. 그러자 재희가 다시 빼앗았다.

"그러고 있을 시간 없어. 생각보다 시간 많이 흘렀거든. 얼른 가서 준비나 해. 빨리 나가게."

재희가 선재의 어깨를 밀었다. 꼼짝도 하지 않자 재희가 고개를 들어 쳐다보았다. 반짝거리는 눈동자가 다시 한번 재촉했다.

"얼른."

재희의 말에 선재는 가만히 그녀를 내려다보다 숨을 멈췄다. 이상하게 재희의 말은 거스르기가 힘들었다. 머리를 말리러 방으로 가던 선재는 재희에게 얻어맞은 명치를 살살 문질렀다.

너무 세게 얻어맞았나 보다. 재희랑 가까이 있을 때마다 숨이 잘 쉬어지지 않는 걸 보니.

. . .

태우는 귀가하자마자 재희에게 문제집 모서리로 얻어맞았다. 한참 얻어터진 태우는 '저게 책이야! 무기야! 내가 이러니 문제집을 싫어하는 거야! 하도 저걸로 얻어 터져서!'라며 화를 냈지만 이번만큼은 그의 잘못이기에, 아무도 편들어 주지 않았다. 그저 아프다고 울부짖는 태우의 목소리만 집 안에 공허하게 울려 퍼졌다.

선재는 매일 싫다고 반항하는 태우를 데리고 짧게는 10분, 길게는 30분씩 공부했다. 정말 기본의 기본조차 없는 녀석이라 선재는 태우에게 문제집을 던졌다는 재희의 마음을 십분 이해할 수 있었다. 공부머리도 없는데, 노력조차 하지 않는 케이스였다.

그러나 그는 꾹 참고 견뎠다. 그 대가는 주말마다 찾아왔다. 일주일에 한 번 재희에게 궁금한 것들을 물었다.

사실 문제집에 문제풀이가 다 있는 데다 웬만한 건 다 아는 터라 물어볼 만한 게 없었다. 그래서 중3 예습을 해 가며 물어볼 만한 것들을 겨우 찾아내서 갔다. 그것들은 자신이 봐도 꽤 어려웠다.

그러나 재희는 중학생 수학 문제가 어려워 봤자라는 듯이, 눈으로 슥 훑고는 친절하게 설명해 주었다.

이후, 자신조차 포기할 정도로 어려운 문제를 가지고 찾아가도 재희의 태도엔 변함이 없었다. 조금의 시간이 더 걸릴 뿐.

그 조금의 시간이 선재에겐 특별한 시간이었다. 그는 문제를 들여다보는 재희를 옆에서 가만히 바라보았다.

내리깐 시선, 일자로 다물린 입술, 문제집의 문제를 읽느라 움직이는 눈동자, 차분하게 흘러내려온 머리카락.

재희는 문제를 풀었고, 자신은 재희를 눈에 담았다. 그건 습관이 되었다.

"와, 너 이런 것도 해? 이태우는 이게 뭔지는 알고 있을까?"

재희는 선재의 학습력에 감탄했고, 동시에 동생의 성적을 떠올리며 한심하다는 듯 말했다.

"그래도 조금씩 공부하고 있어요."

"그래. 해야지."

"성적도 조금씩 오르고 있어요."

"걔 성적에 하락할 게 뭐 있어? 유지 아니면 상승이지. 고생하고 있어."

"……."

"고마워."

재희가 툭 던진 듯 말했다.

"또 궁금한 거 있으면 찾아와. 그런데 좀 미안하네. 넌 매일 가르쳐 주는데, 난 일주일에 한 번만 봐주는 게. 흠, 시험 끝나면 찾아와. 맛있는 거 사 줄게."

재희가 슬쩍 눈을 접으며 웃었다. 이상하게 눈을 뗄 수 없었다. 가만히 마주보고 있을 뿐인데 세상이 아득해지는 듯했다. 그 속에서 재희만 또렷하게 빛나고 있었다.

"……네."

선재는 간신히 대답하며 돌아서서 나왔다. 종종 대화도 나누고, 일주일에 한 번씩 공부 이야기도 나누었다.

그러나 그것뿐. 관계는 크게 달라지지 않았다.

• • •

지선의 병세가 차도를 보여 퇴원하게 되면서, 선재는 집으로 돌아갔다. 그날마저 재희는 집에 없었다. 집으로 돌아온 지선과 선재는 늘 그렇듯 비슷한 패턴으로 지냈다.

일명 '보험왕'이 되어 바쁘게 밤낮과 주말 없이 지내는 엄마, 늘비어 있는 집. 그곳에 홀로 지내는 자신.

태우는 그 사실을 알고 찾아오더니 크고 넓은 집을 보고는 감탄에 감탄을 이어 했다.

"야, 와, 씨. 이거 뭐야? 와! 좋겠다! 집에 혼자 있다니! 그것도 이렇게 큰 집에!"

"너희 집도 커."

말만 저럴 뿐 태우의 방도 웬만한 집의 안방만 했다.

"야, 집이 크면 뭐 해! 내가 있을 곳은 방 하나뿐인데! 넌 집이 전부 다 네 거잖아! 거실이 온통 게임 판이라니. 야, 저거 뭐야? 미친. 플스냐? 와, 게임 씨디 봐! 이건 또 뭐냐? 야, 이거 다 네 거야? 네가 혼자 써? 이걸 다?"

태우가 침을 튀겨 가며 물었다. 눈은 튀어나올 듯이 커져 있었고, CD를 쥔 손은 부들부들 떨리고 있었다.

선재는 어, 하고 덤덤히 대답했다. 태우는 눈에 빛을 내며 부러워했다. 그러나 선재에게 게임기와 CD는 좋은 친구이자, 외로움의 대가였다.

엄마는 혼자 둬서 미안하다며 놀 거리들을 한가득 사 주었다. 그걸로 엄마는 미안함을 대신했고, 선재는 엄마에게 투정 부릴 기회를 잃었다.

그는 한 번만 손을 잡아 달라는 말을 하는 대신 딱딱한 조이스틱을 잡아야 했다. 아무리 잡고 있어도 딱딱하기만 그 조이스틱을.

"야! 그러면 진즉 말했어야지! 우리 집이랑 바꿀래? 내가 여기서 있을게, 네가 우리 집 좀 가 있어. 와, 미친. 나는 여기서 일주일 동안 살 수 있어!"

"우리 집에 아줌마 반찬 없는데."

원영의 반찬에 환장하는 태우에게 괜찮겠냐는 듯 물었다.

"야! 그게 무슨 문제야? 그건 싸 오면 되지! 나, 너희 집에 일주일만 있으면 안 돼? 여기서 학교 왔다 갔다 하게. 우리 엄마한테 네가 말 좀 해 봐. 네 말이라면 우리 엄마 끔뻑 넘어가잖아. 전교 1등이랑 있는다고 하면 이해해 줄 거야. 어?"

태우가 간절한 표정으로 말했다. 선재가 말없이 쳐다보자, 시선의 의미를 파악한 태우가 금세 풀 죽은 목소리로 중얼거렸다.

"그렇지? 안 된다고 하겠지?"

안 된다고 하고도 남을 거다.

"너희 누나부터 안 된다고 할 거 같은데."

"그러게. 난 엄마보다 누나가 더 무서워. 와, 근데 진짜 일주일만 여기서 살고 싶다."

새 것이나 다름없는 조이스틱을 귀중한 보물이라도 되는 양 만지는 태우를 가만히 쳐다보았다. 한번 살아 보라고 하고 싶었다. 게임에 이겨 환호를 내질러도, 게임에 져서 짜증이 나도 뭐라고 하는 사람이 없는 곳에서 게임하는 게 어떤 기분인지, 그게 얼마나 적막하고, 외로운지를.

• • •

도서관 앞에 자리한 큰 나무에서 낙엽이 후두둑 떨어지고 있었다. 어깨에 내려앉은 낙엽을 손을 대충 떼어 낸 선재가 고개를 들었다.

시험 기간을 코앞에 두자 평소보다 많은 사람들이 들이닥친 탓에 도서관의 쉼터엔 쉴 자리가 없었다. 평소에도 도서관을 자주 찾아 지리에 빠삭했기에 그는 주저함없이 도서관 건물 뒤쪽에 자리한 좁은 골목으로 향했다.

어젯밤 내린 비에 길목 군데군데 더러운 물웅덩이가 져 있었다. 간간이 누군가가 마신 커피 캔, 음료 캔이 나뒹굴고 있었다. 보아하니 방치된 지 꽤 오래된 것 같은데 청소를 하지 않는 모양이었다. 이렇게 더러운 덕에 사람들이 찾지 않았다.

주변을 조심스럽게 살핀 선재는 벽에 기대섰다. 더러운 걸 알지만 지금은 다른 곳에 신경이 팔려 크게 신경 쓰이지 않았다. 허공에 멈춘 손이 머뭇거렸다. 한 번, 두 번, 세 번쯤 머뭇거린 끝에 품에서 담뱃갑을 꺼냈다.

유난히 자신에게 호의를 보이는 소위 논다는 녀석이 선물이랍시고 던져 준 거였다.

"곧 시험이네. 또 개같이 해야지? 전교 1등 파이팅!"

마치 자신에 대해 잘 안다는 듯 하는 말이 거슬렸지만, 그보다도 손에 들린 담배가 더 신경 쓰여 대꾸하지 못했다. 돌려줄 틈 없이 가 버렸고, 그 담배는 내내 자신의 가방 안에 담겨 있었다.

"담배 피우면 잠시 해방된다니까."

자신과 꽤 가깝게 지내는 친구들 중 한 명도 담배를 피웠다. 아무리 학교에서 담배가 안 좋다고 이야기해도 통하지 않았다. 피울 녀석들은 뭘 해도 피우고, 피우지 않는 녀석들은 누군가가 입에 물려 줘도 피우지 않았다.

그렇다면 자신은 어느 쪽일까. 여태껏 누군가의 제안에도 줄곧 담배를 피우지 않았었다. 그런데, 이젠 좀 궁금해졌다. 담배를 피우면 정말로 잠시 해방되는 건지. 정말로 머릿속에 아무 생각도 들지 않는 건지.

손에서 잡고 있는 게 어색한지 담뱃갑이 서툴게 빙글빙글 돌았다. 그걸 가만히 들여다보고 있으니 불현듯 목소리 하나가 떠올랐다.

"우리 아들 덕분에 엄마가 어깨 펴고 살아. 다른 아줌마들이 엄마를
얼마나 부러워하는지 몰라. 잘생기고 착하고 전교 1등하는 아들이
있다고. 어떻게 해야 전교 1등 하는 아들 가지냐고 묻는데 엄마가
얼마나 으쓱으쓱하던지. 고마워, 아들."

엄마는 그저 고맙다는 말을 한 거였다. 알고 있다. 그러나 그 말은 언젠가부터 그에게 부담으로 다가왔다.

언젠가 딱 한 번 고열로 인해 과학 시험지 답변을 줄줄이 잘못 써서 전교 55등으로 밀려났던 순간, 엄마의 반응을 선재는 또렷하게 기억하고 있었다.

1이 아닌 다른 숫자가 적혀 있는 게 당황스러운 듯 떨리던 눈동자.

생각지 못한 반응에 당황스러웠지만 이내 엄마가 왜 이런 일이

일어났는지 물어볼 거라 생각했다. 그러면 차분히 자신이 그날 아팠다는 걸 설명하려 했다. 그러나 돌아온 건 자신을 걱정스럽게 바라보는 엄마의 눈이었다.

"선재야. 요즘 뭐 힘든 일 있어?"

생각지 못한 말에 말문이 막혔다.

"무슨 일 있었던 거야? 응?"

"별일 아니에요. OMR에 마킹을 잘못했어요."

"그래? 정말 그런 거지?"

"네. 다음부턴 이런 일 없을 거예요."

"그래. 그럼 다행이고."

엄마는 한숨을 내쉬며 전교 등수가 적힌 종이를 두 번 접어 식탁 끝에 밀어두었다. 전교 1등이 찍힌 성적표가 어머니의 지갑 속에 고이 보관되는 것과는 전혀 다른 상황이었다.

그 후 엄마는 크게 내색하지 않았지만, 그를 몇 번이고 흘깃흘깃 쳐다보았다. 마치 달라진 점을 찾으려는 사람처럼.

그 미묘한 분위기 속에서 선재는 깨달았다. 아버지가 돌아가신 후 홀로 자신을 키워 준 엄마를 기쁘게 하고 싶어서 했던 전교 1등은, 어느새 당연한 것이 되었다는 것을. 이제 전교 1등을 하지 않으면 그것마저도 엄마에게 걱정거리라는 것을.

학년이 올라갈수록 경쟁은 치열해졌다. 다행히 전교 2등과 큰 격차로 전교 1등을 하고 있었지만, 그는 늘 절벽 앞에 서 있는 기분이었다.

고등학생이 되면 경쟁은 더욱 치열해질 거고, 엄마의 기대는 여전할 테니 자신은 떨어지면 안 되었다.

그러나 힘든 내색도 할 수 없었다. 고객들에게 시달려 늦은 밤 소주를 한 잔 마시고서 잠드는 엄마에게 '공부가 힘들다'는 투정은 사치였다.

그래서였을지도 모른다. 이재희가 눈에 들어온 것은.

성적 전쟁터나 다름없다는 가림 고등학교에서 전교 1등을 하고 있는 그녀는 불안하거나 초조한 기색이 전혀 보이지 않았다. 자신처럼 능숙하게 숨기고 있는 걸지도 모르지만, 만약 그렇다면 그것 또한 대단했다. 부담감을 아무렇지 않게 감추는 것도 생각보다 꽤 힘든 일이니까.

대체 어떻게 그럴 수 있을까. 그보다도 자신은 그만큼을 감당할 수 있을까.

고민이 끝없이 이어졌다. 동시에 숨이 막혔다. 소파에 앉아서도 문제집을 들여다보고 있는 이재희가 곧 자신의 미래인 것 같아서.

이재희처럼 거뜬하게 해낼 자신이 없었다. 자신의 모든 시간을 공부에 매몰시킬 준비도 되어 있지 않았다.

그저 이렇게 보이지 않는 손에 등 떠밀려 살아도 되는 걸까.

담뱃갑의 비닐을 벗기는 속도가 빨라졌다. 이윽고 각을 열자 가지런히 진열되어 있는 담배개비들이 보였다. 선재의 눈이 가늘게 흔들렸다. 담배를 피우는 건 사람이지만, 시간이 지나면 담배가 사람을 맛본다고 했던가. 공익 광고에서 나왔던 문구를 떠올렸지만 담배를 쥔 손이 쉽사리 풀리지 않았다.

오히려 새하얀 담배가 자신의 무고함을 알리는 듯했다.

괜찮아. 썩 나쁘지 않아. 피우면 자유로워질 거야.

들리지 않는 소리에 설득당한 선재가 홀린 눈으로 담배를 빼낼 때였다.

"야."

불쑥 들리는 목소리에 정신이 번쩍 든 선재가 좌우를 살폈다. 아무도 없었다.

"위."

목소리를 따라 고개를 드니 창문에서 자신을 내려다보고 있는 여자가 보였다. 방금 전까지 자신의 머릿속을 사정없이 휩쓸고 다니던 재희가 무표정한 얼굴로 쳐다보고 있었다. 3층 창문에서 내려다보는 그녀의 시선이 묘하게 자신의 얼굴에서 엇나가 있었다.

그러다 문득 담배가 떠오른 선재가 손으로 가렸지만, 이미 재희는 다 알고 있다는 표정을 짓고 있었다. 자신이 뭐라고 할 틈도 없이 창문에서 머리를 쏙 뺀 재희가 사라졌다.

낭패였다.

선재가 얼굴을 확 구겼다. 문득 재희가 선도부를 했었다는 게 떠올랐다. 태우가 '난 우리 누나 무서워서 담배 못 피워. 개코거든. 아빠가 몰래 피웠다가 일주일 내내 잔소리 듣고 끊었잖아. 담배보다 이재희가 더 무섭다고'라며 했던 말도 떠올랐다.

왜 하필이면 이재희일까. 차라리 선생님이 더 나았겠다 싶었다. 선생님은 벌점을 주고 말테지만, 이재희는 자신에게 굉장히 실망할 테니까. 앞으로 자신을 상대해 주지 않을지도 모른다. 어쩌면 아줌마에게 말해 태우와 어울리게 하지 말라는 말을 할지도 모른다. 그러다 엄마의 귀에 들어가기라도 한다면…….

그렇게 생각하자 저절로 어금니에 힘이 실렸다. 턱이 툭 불거져 나오도록 어금니에 힘을 주었다가 풀길 반복하던 선재는 담뱃갑을 움켜쥐어 박살 낸 후, 바닥에 내던졌다. 이렇게 해도 당혹스러움이 풀리지 않았다.

그나저나 홀연히 사라진 재희는 어디로 간 걸까. 공부하러 간 걸까. 아니면 아줌마에게 말하러 간 걸까. 그것도 아니면 태우도 담배를 피우는지 확인하러 간 걸까.

머릿속으로 이재희가 할 만한 행동을 떠올리다가 그마저도 관두었다. 이럴 시간에 이재희한테 가서 뭐라도 이야기를 해야겠다 싶었다. 믿을지 안 믿을지 모르겠지만, 오늘 담배를 피우려고 한 건 처음이었다고. 그러니 어머니에게 알리지 말라는 당부도 해야 할 듯싶었다. 제 어머니가 알면 쓰러질지도 모른다는 변명까지도 준비했다.

선재가 재희를 찾아 한발 내딛을 때였다. 인영 하나가 모퉁이를 돌아 불쑥 나타났다.

"아주 가지가지 한다, 너."

후드 모자를 덮어쓴 재희가 바닥에 나뒹구는 담배와 선재를 번갈아 보았다.

"바닥에 쓰레기 투기 벌점 2점, 담배 소지 벌점 5점. 도합 벌점 7점."

"……."

선도부 출신 아니랄까 봐 나타나자마자 벌점부터 메겼다. 그러더니 흘깃 고개를 들어 자신을 노려보듯 쳐다보았다.

"저거 어디서 났어?"

"친구한테 받았어요. 오늘이 처음이고요. 원래 담배 안 피워요."

선재가 순순히 대답하자, 재희는 작게 한숨을 내쉬었다.

"대체 어느 친구가 이런 걸 주든? 그 친구가 이태우는 아니지?"

"아니에요, 절대로."

태우가 연관 없는 이 일에 휘말릴까 봐 선재가 단호하게 대답했다.

"그래. 아니겠지. 걔가 그렇게 치밀하게 냄새를 제거하고 다닐 만큼 머리 좋은 애가 아니거든."

그 말을 끝으로 잠시 침묵이 흘렀다. 선재는 처분을 기다리는 죄인처럼 그 자리에 서 있었다.

"엄마한테는……."

말하지 말아 주세요, 라는 말을 하려 할 때였다.

"무슨 일이야?"

재희의 물음에 선재가 무슨 소리냐는 듯이 쳐다보았다.

"무슨 일 있었으니까 담배를 피우려고 했을 거 아냐. 네가 단순히 호기심에 담배를 피우겠다고 나설 애도 아니고. 무슨 일이냐고."

재희가 고요하면서도 선명한 눈으로 선재를 응시했다. 잘못을 지적하는 게 아니라, 잘못의 이유를 물어오는 재희의 질문에 선재는 잠시 할 말을 잃었다. 허를 찔린 기분이었다.

"아무 일도 없었어요."

선재가 가까스로 대답했다.

"그럼?"

무슨 대답을 해야 할지 모르겠다.

"그냥 힘들었어?"

불쑥 들린 말에 뱉으려던 뒷말이 입 안에서 나가지 못하고 멈췄다.

"힘들었냐고."

"……."

뭘 묻는 건지 몰라 선재의 눈이 가느스름해졌다.

"공부하는 거."

무뚝뚝하게, 그러나 정확하게 찌르고 들어오는 말에 선재의 표정이 퍼석 깨어졌다. 누구도 궁금해하지 않고, 누구도 알지 못했던 진실의 휘장을 재희는 손쉽게 걷어 냈다.

"너, 공부 잘하긴 하지만 공부하는 거 별로 안 좋아하잖아."

재희는 거침없이 진심을 찔러 댔다. 언제부터 자신에 대해 그렇게 잘 알고 있었나 하는 삐뚤어진 마음까지 들었다.

"……아닌데요."

너무 정곡을 찔린 나머지 부정했다.

"아니긴. 도서관 갈 때마다 나라 잃은 표정으로 가면서."

재희가 속일 걸 속이라는 듯 대꾸했다. 자신의 생각이 맞다고 확신하는 얼굴이었다.

"공부하는 거 싫어하잖아, 너."

"……."

"나, 사실은 너랑 같이 도서관 온 날 너 봤어. 진짜 지쳐 있는 표정이더라. 그러고 보니 난 중학생 때 도서관 이렇게 열심히 안 다녔어. 그런데 넌 뭐에 쫓기는 사람처럼 도서관 오더라?"

재희의 말 한마디 한마디가 가슴을 푹푹 찌르고 들어왔다.

"누나는요? 누나는 공부하는 거 좋아요?"

선재는 도무지 재희가 던진 질문에 대답할 자신이 없어서, 돌려 물었다.

"나? 아니. 힘들지. 그런데 고등학교 와서는 이걸 좀 즐기는 편이야. 전교 1등 하는 것도 좋고, 전교 회장하는 것도 재미있고. 전교 회장에 전교 1등하면 선생님들이 뭘 좀 봐주기도 하거든. 그런데 넌 그런 걸 즐기는 게 아니잖아."

빛을 머금은 재희의 눈동자가 자신을 곧게 쳐다보았다. 그 시선만큼이나 확신에 찬 어투였다. 선재는 다시금 부인하려다가 입을 다물었다. 자신의 부인이 구질구질하게 느껴졌다. 대신 침묵으로 긍정했다.

"어떻게 알았어요?"

한참 만에 선재가 물었다. 가라앉은 목소리가 다른 사람의 것처럼 흘러나왔다.

"우리 학교 전교 2등이 딱 너 같거든."

"……."

"공부를 싫어하는데, 머리가 좋아. 조금만 해도 성적이 잘 나오거든. 설상가상으로 또 의사 집안이야. 그러니 집안의 기대는 얼마나 크겠어? 걔가 딱 너 같은 표정이랑 너 같은 자세를 하고 다녀."

"그런 사람을 전교 2등으로 만들었으면, 누나는 엄청 머리가 좋은 거네요."

"나는 말했잖아. 즐기는 쪽이라고. 원래 즐기는 쪽을 못 이겨. 그리고 머리가 나쁜 편이 아니기도 하고."

"혹시 지금 자랑하고 있어요?"

"응. 자랑할 만하잖아."

지나치게 뻔뻔한 말인데도 밉지 않았다. 오히려 겸손하게 군답시고 손을 내저었다면 별로였을 것 같았다. 재희의 말에 희미하게 웃던 선재의 얼굴에서 서서히 웃음이 사라졌다.

그늘진 음습한 뒷길로 습한 바람이 불어쳤다. 시선을 내리깐 선재가 한숨을 작게 내쉬었다.

"힘들었어요. 아니, 힘들어요."

벌어진 입술 틈으로 한숨처럼 고백이 새어나왔다. 힘들다는 말을 처음 해 봐서인지 자신의 목소리를 제 귀로 다시 듣는 게 생경했다. 시작이 어려울 뿐, 뒷말은 쉽게 흘러나왔다.

"그냥 힘들어요. 하고 싶지 않은 걸 잘하는 척 해 내는 게. 앞으로도 그래야 한다는 게."

자세히 말하고 싶지만, 그렇게밖에 말할 수 없었다. 구구절절 말하기엔 어디서부터 말해야 할지 감이 잡히지 않았다.

그의 밑도 끝도 없는 말을 들은 재희는 한참 말이 없었다. 그러더니 저벅저벅 걸어와 아무렇지 않게 그가 서 있는 근처 벽에 기대섰다. 뭔가를 한참 생각하던 재희가 고개를 들어 그를 보았다.

"맛있는 거 사 줄까? 맛있는 거 먹으면 기분 풀리는데."

잠시 이마를 긁적거리던 재희가 금세 아무렇지 않은 얼굴로 물었다. 어린애를 달랠 때나 하는 그 말에 선재는 자신도 모르게 헛웃음을 터트렸다. 한참 고민하더니 기껏 한다는 말이 저런 거였다.

저런 말에 넘어갈 나이라고 생각하는 건가.

"뭐 사 줄 건데요?"

그런데 지금만큼은 넘어가고 싶다.

"뭐 먹고 싶은데?"

"누나가 먹은 것 중에 제일 맛있는 걸로 소개해 주세요."

그게 이재희 식의 공감과 위로라는 걸 아니까. 그리고, 그 위로를
받고 싶으니까.

"그래. 따라와."

재희가 앞장서서 걸었다. 선재는 후드를 푹 눌러쓴 채 편안하게
걸어가고 있는 재희의 뒷모습을 바라보다 선재는 저도 모르게 웃
었다.

. . .

재희가 사 준 건 그녀가 다니는 독서실 근처 분식집이었다. 떡볶
이, 김밥, 순대, 튀김 등을 끝도 없이 시켰다. 이걸 누가 다 먹으라고
시키나 하는 표정으로 선재가 쳐다보자, 재희가 되레 당황한 표정
을 지었다.

"뭐야, 이거 다 못 먹어?"

"둘이서 먹기는 너무 많은 것 같은데요."

"이태우는 이거 혼자서 다 먹던데?"

진심으로 놀란 듯 재희가 눈을 동그랗게 뜬 채 물었다.

"모든 남자들이 태우 같진 않아요."

"아, 그렇지? 그래. 개는 뇌도 위로 만들어져 있으니까."

재희가 깨달음을 얻었다는 듯 낮게 탄식했다. 그녀의 농담에 선재는 저도 모르게 피식 웃었다. 동시에 재희가 남자라곤 태우 말고 겪어 본 적이 없는 것 같아 웬지 모르게 기분이 좋아졌다.

분식을 나눠 먹는 동안 별다른 이야기를 하진 않았다. 대체로 대화는 재희가 끌어 나갔다. 이 근처 독서실 중 자기가 다니는 독서실이 제일 괜찮더라, 분식은 떡볶이가 최고다, 가림 고등학교 소문이 너무 부풀려져 있다 등등. 생각보다 재희는 말을 잘하는 편이었다. 집에서 줄곧 입을 다물고 있던 사람과 달랐다.

선재는 대체로 듣기만 했다. 오히려 그게 좋았다. 듣는 척하면서 재희의 얼굴을 쳐다볼 수 있으니까.

가까이서 본 재희의 얼굴은 맑고 깨끗했다. 다른 애들이 도도하다고 말했지만, 그의 눈에는 시원시원하고 털털해 보였다. 실제로 집에서도 그렇고, 태우 말을 들어 보면 자신의 학교에 퍼진 소문과 달리 학교에서도 친구들이라 곧잘 어울린다고 했다.

선생님과의 상담을 다녀온 원영이 남편과 하는 이야기를 들었던 것을 떠올려 보면 재희는 태도가 안 좋은 녀석들도 화려한 말기술과 전교 회장이라는 권력을 이용해 쉽게 굴복시킨다고 했다. 여러모로 재희는 당찬 구석이 있었다.

식사를 마친 후, 재희는 '집에 데려다줄게'라며 앞장섰다. 그 말에 선재는 저도 모르게 웃었다.

"누나가요?"

"응. 왜? 안 돼?"

"보통 남자가 데려다주지 않아요?"

"얘가 뭐래. 연장자가 데려다주는 거야."

선재가 몇 번이나 거절하고 데려다주겠다고 이야기했지만, 재희는 고집을 꺾지 않았다. 실랑이가 길어지자 쓸모없는 대화가 피곤하다는 듯 재희가 먼저 앞장섰다. 그러다 몇 발 못가 획 돌아섰다.

"근데 너희 집 어디야?"

"모르면서 앞장섰어요?"

선재가 황당한 표정으로 물었다.

"응."

사람이 그럴 수도 있지, 라는 표정으로 뻔뻔하리만큼 당당하게 이야기했다. 그런 재희의 반응에 선재는 희미하게 웃었다. 자신이 상상해 온 재희보다 실제 재희는 훨씬 더 단순하고 털털했다.

그게 이상하게 더 좋았다.

"말해 줘. 앞장설 테니까."

선재는 대답 대신 재희의 옆에 섰다.

"나란히 가죠. 일일이 설명하는 것보다 그게 나을 것 같으니까요."

선재는 재희의 가방을 대신 들며 대답했다. 재희의 가방은 생각보다 무거웠다. 저 작은 몸으로 이걸 어떻게 들고 다니는 건가 싶었다.

길을 가는 내내 별다른 말을 하지 않았다. 음료수를 마시고 있어서 그럴 수도 있고, 얕은 대화의 소재가 동이 나서 그럴 수도 있었다.

분식집에서 자신의 집까지는 생각보다 가까웠다. 혼자 걸을 땐 꽤 먼 거리였는데 함께 오니 순식간에 자신의 집 앞이었다.

"가방 줘."

재희가 손을 내밀었다.

"집에 어떻게 갈 거예요?"

"택시 타고."

"데려다줄게요."

"됐어. 내가 널 데려다줬는데, 네가 날 다시 데려다주는 건 무슨 상황이야? 시간 낭비할 필요 없잖아. 고마운 거면 다른 부탁이나 들어줘."

뭐냐는 듯 선재가 가만히 쳐다보았다. 그러자 재희의 표정이 몹시 진지하게 변했다.

"혹시 이태우가 자고 간다 그러면 절대로 받아 주지 마. 시험 공부하러 너희 집에 가서 자고 오겠다는 말도 안 되는 소리를 해 대던데 싹 무시해. 무조건 내가 안 된다고 했다고 하고. 알았지?"

태우 이야기만 나오면 재희는 눈빛부터 달라졌다. 선재는 알겠다는 듯 고개를 끄덕였다.

"그래."

원하는 대답을 얻었음에도 재희는 머뭇거리며 돌아가지 않았다. 선재도 잘 가라는 말을 하지 않고 재희를 쳐다보았다. 마침내 마음을 먹은 듯 고개를 든 재희가 선재의 얼굴을 똑바로 올려다보았다.

"그리고 이런 말 어떻게 들릴지 모르겠는데……. 그냥 흘려들어."

"……."

"네가 무슨 사정으로 그렇게 필사적으로 매달리는 건지 모르겠는데, 적당히 해도 돼."

"……."

"굳이 네가 안 좋은 선택을 할 만큼 괴로운 일이라면 접어도 괜찮다는 말이야. 어떤 것도 너보다 중요한 건 없으니까."

희미하게 웃고 있던 선재의 얼굴이 천천히 굳어지자, 재희가 조금 당황한 듯 말끝을 흐렸다.

"그냥, 그렇다고."

"나한테 왜 이런 이야기를 해 주는 건데요?"

선재가 물었다.

모르는 척 지날 수도 있는 일이었다. 아니, 담배를 들고 있는 자신을 못 본 척할 수도 있었다. 왜 갑자기 자신에게 나타나 밥을 사먹이고, 위로를 해 주며, 이런 말을 하는 거냐고. 왜 애써 붙들고 있는 마음을 사정없이 뒤흔드냐고 묻고 싶었다.

"말했잖아. 네가 우리 학교 전교 2등이랑 비슷해 보였다고. 걔가 정말 불행하거든. 난 네가 그렇게 되지 않았으면 했고."

재희가 멋쩍은 듯 미간을 긁적였다.

"……왜요?"

자꾸만 캐묻고 싶다. 마치 듣고 싶은 말이 있는 사람처럼. 이런 질문까지 들을 거라 생각지 못한 듯 재희가 난처한 표정을 지었다. 슬쩍 미간을 찌푸리던 재희가 잠시 고민하다 입을 열었다. 그 사이, 선재는 눈도 깜빡이지 않은 채 재희를 바라보았다.

"그야 넌 내 동생의 친구이자, 엄마 친구의 아들이니까."

"……."

선재의 표정이 탁 풀렸다. 그럼 그렇지. 그런 이유일 거라 어렴풋이 예상했지만, 막상 들으니 허탈했다.

"그리고 네가 꽤 괜찮은 애 같아서."

그러나 뒤이어진 말에 선재의 눈빛이 흔들렸다.

"그러고 보면 너 웃는 거 한 번도 본 적 없거든. 웃는 게 보고 싶기도 하고……. 뭐, 그냥 그래. 그런 사사로운 이유인데 말하고 나니 더 소소한 것 같네."

재희의 이어진 대답에 텅 비어 있던 선재의 표정이 알 수 없는 감정으로 차츰차츰 차올랐다. 정말 사소한 말이었다. 네가 괜찮아 보인다는 말. 그리고 웃는 모습이 보고 싶다는 그 말. 그런데 그 말에 또 희망을 갖게 된다.

"왜? 내가 너무 간섭을 심하게 해? 꼰대 같아?"

재희가 오지랖이 넓었냐는 듯 얼굴을 찌푸렸다.

"아뇨."

선재는 재희가 다른 오해를 할까봐 얼른 대답했다.

"그럼 다행이고. 이만 가 볼게. 안녕."

재희는 선재가 뒤이어 뭐라고 하려는 걸 보지 못한 채 돌아섰다. 몇 걸음 크게 걸어가던 재희가 금세 홱 돌아섰다. 얼른 집으로 들어가라는 듯 손을 휘휘 내젓더니 이내 골목 너머로 사라졌다. 미련이나, 아쉬움이라곤 일절 없는 시원시원한 걸음걸이였다. 그 광경을 눈 한번 깜빡이지 않고 바라보았다.

"굳이 네가 안 좋은 선택을 할 만큼 괴로운 일이라면 접어도 괜찮다
는 말이야. 어떤 것도 너보다 중요한 건 없으니까."

마음이 따가워서 움직일 수 없었다.

오후로 향하는 골목 위로 이르게 저녁의 분위기가 느껴졌다. 어스레한 빛이 일자로 이어진 골목에, 재희가 사라진 골목의 귀퉁이에 빠짐없이 내려앉았다. 모든 것이 아득하게 느껴질 만큼 고요했다. 부는 바람마저도 잠시 멎은 시간의 틈에서 선재는 느릿하게 눈을 감았다가 떴다.

처음으로 알았다.

하나의 풍경이 이렇게 사진처럼 머릿속에 남을 수 있다는 사실을.

그리고 동경이 한순간에 애정이라는 다른 이름으로 변할 수 있다는 사실 또한.

...

처음으로 짝사랑을 시작하게 되었지만, 재희와의 관계는 별달리 달라지지 않았다. 그럴 상황이 아니라는 게 더 맞는 말이긴 했다. 순식간에 시간이 흘러 수험생이 된 재희는 수능을 코앞에 두고 정신없이 바빴고, 자신 또한 준 수험생이 되어 가림 고등학교에 진학하기 위해 집중해야 했다.

세 살의 나이차는 그다지 크지 않은 듯하면서도 컸다. 자신이 중학생일 때 재희는 고등학생이었다. 자신이 고등학생이 되면 재희는 대학생이 될 거다. 자신이 대학생이 된다고 해도 군대를 가야 했다. 그 사이에 재희는 사회인이 되어 있을 거다. 닿을 듯 닿지 않는 시간을 떠올리던 그는 쥐고 있던 펜을 몇 번이나 놓쳤다.

어떤 노력을 해도 3년의 차는 자신이 어쩔 수가 없었다. 왜 하필 3년 차이일까. 2년 차이면 그나마 괜찮았을 텐데. 아니, 차라리 동갑이었다면……. 그랬더라면 만나지 못했을 수도 있겠다 싶으니 그건 또 싫었다.

수많은 생각이 머릿속에서 세워졌다 무너지길 반복했다. 이렇게 정신을 못 차리게 된 건, 주말에 제 집으로 놀러온 태우랑 나눈 대화 때문이었다.

"우리 누나 어제 또 어마어마하게 큰 꽃다발 들고 왔더라. 옆 학교 놈이 줬다는데 진짜 눈이 뻤지. 다들 이재희한테 속고 있는 거야. 도 도하기는 무슨. 그냥 싸가지가 없는 거지. 귀찮아서 말 안 하고 다니 는 건데 그걸 모르고. 어휴."

태우는 속이 답답하다는 듯 소리치고는 재희한테 까불다가 얻어 맞아 생긴 상처를 어루만지며 투덜댔다.

재희가 인기 많다는 건 이미 잘 알고 있었다. 하지만 고3인데도 고백을 받고 다닐 줄은 몰랐다. 시기가 시기이니만큼 괜찮을 거라 고 방심하고 있던 터라 뒤통수를 얻어맞은 것처럼 얼얼했다.

"종종 고백 받나 봐?"

넌지시 떠보듯 던진 제 질문에 태우는 조이스틱을 꽉 움켜쥐더 니 뒤이어 와락 얼굴을 찌푸렸다.

"어. 연상, 동갑, 연하. 아주 가지각색이지. 이따금씩 고백 받고 와. 다들 미쳤다니까? 돌았어, 아주 그냥. 눈이 뻤어. 예쁘기는 개뿔."

"……연하도?"

선재의 미간이 좁아졌다.

"어. 같은 학교 2학년한테 고백 받았대. 누나가 쓰레기통에 버린 카드 보니까 수능 마치고 밥 사 주겠다고 적혀 있더라. 미친 거 아니냐? 누나가 수능 마치면 당장 지가 수능 봐야 하는데 뭔 밥이야, 밥은. 그렇게 돈 많이 남아돌면 나를 사 주지."

"널 왜 사 줘?"

"나한테 사 주면 고마워라도 하지, 이재희한테 사 주면 고맙다는 말도 못 들어! 하여튼 다들 눈이 크게 뻤어."

태우는 목에 핏대를 세우며 이재희에게 고백하는 눈 뻔 자들에 대해 분노했다. 그 모습이 얼핏 자신보다 고백을 더 많이 받은 것에 대한 질투처럼 느껴졌지만, 선재는 구태여 소리 내어 말하지 않았다.

그 눈 뻔 녀석들 중 하나가 바로 옆에 있다는 말 또한 있는 힘을 다해 삼켰다.

"그래서 누나는 어쩌겠대?"

더 이상 눈에 들어오지 않는 화면에 무의미한 시선을 둔 채 물었다. 조이스틱을 만지는 손길은 이미 멈춘 지 오래였다.

"어쩌긴. 우리 누나 성격 몰라? 바로 꽃다발 쓰레기통에 버렸지. 길
바닥 위에 아무데나 버릴 수가 없어서 어쩔 수 없이 집까지 갖고 왔
다더라. 엄마는 그 예쁜 걸 버린다고 아까워하고."

"……."

"뭐, 당연한 일이지. 꽃다발 버리는 건. 심지어 꽃다발 준 녀석이 연
하인데."

"연하인 게 왜?"

"우리 누나, 연하 싫어하거든."

"왜?"

물어보는 선재의 목소리에 넌지시 날이 섰다. 그러나 게임에 반
쯤 정신이 팔린 태우는 알아채지 못했다.

"자기보다 어린 남자는 다 나 같을 것 같아서 싫대. 아, 근데 말하고
나니 짜증 나네. 내가 뭐 어때서? 이런 피지컬이 쉽게 나오는 건 줄
아나, 진짜? 나만큼만 되어도 성공한 거지."

"연하 싫어하거든."

피지컬이 문제가 아니었다. 재희의 첫 번째 기피 대상 중 하나가
제 할 일 안 하고, 말 많은 남자라는 걸 애써 외면한 태우는 본인의
피지컬을 강조하며 분노했다. 소파에 앉은 태우가 뒤이어 시끄럽
게 떠들어 댔지만, 어떤 소리도 들리지 않았다.

그 말이 머릿속에 내리꽂혀 아무 생각도 들지 않았다. 재희의 성
격상 어른스러운 사람을 좋아할 거라고 생각했지만, 연하를 싫어
할 줄은 몰랐다. 그것도 태우 같다는 이유로.

그렇다면 태우와 같이 다니는 자신은 정말로 동생으로 여길지도
모른다. 더욱이 공부가 힘들어서 담배를 피우려는 어쭙잖은 행동
까지 들켰으니 얼마나 어리게 보일까.

긴 한숨을 내쉰 선재가 기어코 쥐고 있던 펜을 내려놓았다. 생각
이 끝나자마자 그는 손으로 얼굴을 덮었다. 공부가 눈에 들어올 리
없었다.

"선재야."

침묵을 깨는 목소리에 의자에 몸을 파묻고 앉아 있던 선재의 고
개가 돌아갔다. 문 너머로 엄마가 고개를 빼꼼 내밀고 있었다. 선재
가 올게 왔다는 듯 몸을 돌렸다.

"잠시 대화 가능하니?"

"네. 말씀하세요."

방으로 들어온 엄마의 손에는 그가 한 시간 전에 식탁 위에 올려 둔 성적표가 쥐어져 있었다. 힘주어 잡았는지 성적표의 귀퉁이가 구겨져 있었다. 침대에 걸터앉은 후에도 엄마는 잠시간 아무 말도 하지 못했다. 입술만 한참 달싹이는 걸 선재는 가만히 지켜보았다.

"선재야."

"아무 일도 없어요."

동시에 말했다. 무슨 말이냐는 듯 눈을 동그랗게 뜨는 엄마를 쳐다보던 선재가 입을 열었다.

"성적이 떨어지긴 했지만, 아무 일 없다고요."

"어떻게 아무 일도 없는데 이럴 수가 있어? 전교 등수가 두 자리가 되었는데."

두 자릿수라지만, 전교 12등이었다. 이렇게 걱정을 살 만한 등수는 아니었다.

"가림고에 갈 거라면서. 고작 12등 해서 되겠어?"

"네. 갈 수 있어요."

여태껏 해 온 것들이 있어서 충분히 가능했다.

"너, 요즘 자꾸 게임만 하던데……."

걱정이 가득 쌓인 엄마의 얼굴을, 선재는 말없이 바라보았다.

그에게 엄마는 고마운 사람이자, 미안한 사람이었다. 차 사고가 날 당시 아버지는 옆자리에 앉아 있던 어린 그를 감싸 안았다. 그

대가로 다시는 눈을 뜰 수 없게 되었고, 자신은 살아남았다. 그 사실을 안 날부터 줄곧 엄마에게 미안했다. 사고를 낸 게 자신이 아니라는 걸 알면서도, 자신이 살아남는 탓에 과부가 되어 버린 것 같아서.

남편과, 그 남편을 닮은 아들과 딸을 키우고 싶어 하는 엄마의 꿈을 자신이 으깬 것 같았다. 자신이 아니라 아버지가 살아계셨다면 엄마는 어쩌면 지금쯤 원하는 대로 아들과 딸을 새롭게 낳아 가족을 이루고 살지 않았을까.

그게 아니면 차라리 자신도 아버지를 따라 갔더라면 엄마는 새롭게 시작할 수 있지 않았을까. 새로운 가정에서 본인이 원하는 대로 살 수 있었을 텐데.

그 모든 가능성을 자신이 차단한 것 같았다. 그런 주제에 엄마에게 새롭게 연애를 하고 결혼하라는 말이 나오지 않았다. 다른 사람을 아버지라고 부르고 싶지 않았다.

이런 이기심과 죄책감에 그가 할 수 있는 건 실망시키지 않는 착한 아들이 되는 거였다. 모범이 되고, 성실한 아들. 어디 가서도 아들이라고 어깨 펴고 말할 수 있는 아들. 그 아들이 되기 위해 스스로 원하는 것들을 접어 없애더라도.

"엄마."

선재는 시선으로 엄마의 얼굴을 찬찬히 훑어내렸다. 죄책감을 느낀 이후, 엄마 얼굴을 한 번도 제대로 보지 못했다. 오랜만에 들여다보는 엄마의 얼굴은 어린 시절 자신이 기억하는 것과 많이 달랐다. 이렇게 된 것마저 자신의 탓 같아 여전히 마음이 무겁다.

하지만 계속 이렇게 스스로를 채근하며 살 수 없었다. 재희의 말처럼 때때로 스스로를 먼저 생각해야 할 때도 있으니까. 이러다가 자신이 무너져 내릴 것 같았다.

"응. 왜? 선재야. 불렀으면 말을 해야지."

엄마의 채근에도 무거운 입술은 열릴 기미가 보이지 않았다. 엄마의 재촉이 두 번 정도 지속된 끝에야 간신히 입을 열었다.

"전교 1등, 이제 못할 것 같아요."

"……."

"……아니, 하고 싶지 않아요."

마침내 입 밖으로 말이 나왔다. 숫자 1처럼, 홀로 굳건히 서 있어야 하는 이 등수가 힘들었다.

떨어지면 안 돼. 넘어져도 안 돼. 실수해도 안 돼.

그 모든 것들이 숨 막힌다고 말하려 할 때였다.

"왜? 무슨 일 있어?"

엄마의 표정이 심각해졌다.

"아뇨."

"그럼?"

돌아온 대답은 생각보다 차분했다.

"힘들어서요."

"……."

"계속 유지해야 한다는 게."

"정말 다른 일은 없는 거야?"

"네."

"그래. 그럼 하지 마."

"……."

여전히 엄마의 대답은 차분하고 간결했다. 표정 또한 이전과 별다를 바 없었다. 너무 화가 나서 표정이 없는 건가 싶었다.

"힘들면 안 해야지. 난 또, 한참 무게 잡기에 무슨 소리인가 했네."

그러나 이어지는 엄마의 대답은 여전히 시원시원했다.

"전교 1등 이제 못할지도 모른다고요."

선재가 엄마의 눈을 똑바로 쳐다보며, 한 번 더 짚듯이 말했다.

"그래. 하지 마."

"……."

너무 간단히 말하니, 허무했다. 동시에 희미하게 화가 밀려올라왔다.

"전교 1등 좋아하셨잖아요."

그렇게 좋아해 놓고 이렇게 쉽게 포기한다는 게 믿기지 않았다. 엄마가 자신의 말을 제대로 듣고 있지 않는 게 아닐까 하는 의심마저 들었다.

"좋아했지. 단, 네가 좋아한다는 전제하에. 네가 공부하는 걸 좋아하고, 전교 1등 유지하는 걸 즐긴다면 기꺼이 응원해 주려고 했어. 아니, 사실은 네가 전교 1등 하는 걸 엄마도 좋아했어. 그런데 나한테 중요한 건 전교 1등이 아니라 아들이니까. 난 네가 행복한 선택을 했으면 좋겠거든. 나쁜 일만 빼고."

엄마의 단순한 말에 선재의 표정이 허물어졌다. 몸에 힘이 쭉 빠졌다. 그는 손으로 얼굴을 반쯤 가린 채 물었다.

"……그럼 대체 전교 1등 성적표만 챙긴 이유가 뭐예요?"

"어머. 그것까지 봤어? 그럼 그것 때문에 오해한 거야? 그야, 네가 크면 보여 주려고 했지. 네가 죽을 때까지 전교 1등 하진 않을 테니까. 이런 희귀한 건 잘 챙겨 둬야 한다고 생각했어. 물론 다른 사람한테 자랑할 의도가 있기도 했지만."

"……성적 떨어지면 예민하게 군 건요?"

"그야 당연히 너한테 무슨 일이 있는지 알지. 친구들이 괴롭히거나, 혹은 여자친구랑 헤어졌다거나, 뭐 그런 일들이 생긴 줄 알고 걱정돼서 물어본 거였지."

"……."

"그것 때문에 오해했다면 미안해. 그런 줄 미처 몰랐네."

엄마가 빙긋 웃으며 담백하게 말했다. 선재는 말문이 막힌 표정으로 엄마를 쳐다보았다. 그간 고민했던 게 무색할 정도로 간단한 결론이었다.

엄마는 그저 엄마의 방식대로 자신을 걱정했을 뿐이고, 자신은 자신대로 해석해서 행동했을 뿐이었다. 대화 한번 나누면 이렇게 간단히 결론날 일을 오래도록 빙빙 돌았다.

"하."

기가 막혀 한숨이 튀어나왔다. 긴장감이 사라지자 어깨가 훅 내려앉았다. 선재는 손으로 눈가를 꾹 눌렀다.

그런 줄도 모르고, 이렇게 긴 고민을 했다니…….

허무했다.

"그나저나 아들이랑 이렇게 오랫동안 마주 보고 이야기하는 건 오랜만이네. 그간 공부한다고 바빠서 엄마랑 있어 주지도 않더니."

엄마가 말했다.

"엄마가 바쁘셨어요."

"그것도 그렇지. 서로 바빠서 그런 거겠지? 그럼 오늘은 데이트를 해 볼까?"

엄마가 자리에서 일어나며 환하게 웃었다. 선재는 여전히 자리에 앉은 채 엄마를 올려다보았다. 문득 웃고 있는 엄마의 얼굴 위로 희미한 기억 하나가 겹쳐졌다.

이런 시절, 놀이터에서 실컷 놀다가 돌아가는 길이었다. 노을이 짙게 내려앉은 골목길 끄트머리에 엄마가 서 있었다. 역광이라 얼굴은 보이지 않지만, 실루엣만으로도 알 수 있었다. 자신의 엄마라는 걸. 더러운 꼴로 있는 힘을 다해 달려갔다. 자신을 줄곧 기다리고 있던 엄마는 기꺼이 두 팔을 벌려 더러운 그를 안아 주었었다.

그때 달려가면서 봤던 그 얼굴과 지금의 엄마 얼굴이 겹쳐졌다.

세상 행복을 다 얻은 듯한 엄마의 얼굴. 찬란하게 빛을 뿜어내던 노을, 그보다 더 아름다웠던 그때의 엄마로.

"맛있는 거 해 주세요."

선재는 어린아이로 돌아간 것처럼, 조르듯 말했다. 아들이 철들고서 처음 하는 그 말에 엄마는 놀란 표정을 짓더니 활짝 웃었다.

"그래. 우리 선재가 좋아하는 맛있는 거 먹자."

• • •

그날 함께하는 식사 자리에서 수많은 약속이 오갔다.

한 달에 한 번 엄마와 단둘이 데이트하기, 전교 100등 밑으로는 떨어지지 않기, 하고 싶은 일이 생기면 가장 먼저 말해 주기, 여자 친구 생기면 말해 주기, 맛있는 집 알게 되면 가장 먼저 말해 주기 등.

그러나 그 모든 약속들은 몇 번 지켜지지 못했다.

사고였다.

아버지와 비슷한 교통사고로, 엄마는 그 자리에서 즉사했다. 친인척이 없는 그를 도운 건, 재희네 가족이었다. 장례식 진행, 조의금 정리, 보험금 수령까지 넋이 나간 그를 대신해서 최선을 다해 진행해 주었다.

누군가에게 생각지 못하게 얻어맞으면 얼얼해서 아무 생각도 들지 않는 것처럼, 그는 한동안 울지 못했다. 장례식장에서, 납골당에서 사람들이 서럽게 울면 전염이라도 된 것처럼 몇 방울의 눈물이 흘렀지만 그게 전부였다.

자신의 집으로 가자는 원영의 제안을 거절하고 집으로 돌아온 선재는 한동안 거실 소파에 앉아 있었다.

여느 때와 다름없이 엄마가 출근한 평일 저녁 같았다. 조용한 집도, 베란다 창 너머로 시시각각 변해 가는 세상의 색깔마저도. 혼자 밥을 먹고 기다리면 지친 얼굴로 웃으며 엄마가 들어올 것 같았다.

습관처럼 부엌으로 향한 선재는 식사를 하려고 밥솥을 열었다. 그러자 밥솥에서 쉰내가 훅 몰려왔다. 선재는 냄새를 못 맡은 사람처럼 그 밥을 퍼서 식탁 위에 두었다. 냉장고를 열어 반찬통을 꺼냈다. 반찬 뚜껑을 열자 상한 몇몇 반찬들이 눈에 들어왔다. 선재는 입 안에 꾸역꾸역 쉰밥과 상한 반찬들을 입에 밀어 넣었다.

마치 엄마가 응급실에 실려 갔던 시간부터 납골당에서의 시간이 없었던 것처럼. 자신의 이런 행동들이 사흘간의 기억을 없애 줄 수 있을 것처럼 그는 밥을 싹 비웠다.

그러곤 10분도 못 가 변기통에 고스란히 뱉어 냈다. 변기통에 물을 내린 후 비척거리며 나온 선재는 다시 부엌으로 향했다. 새로 밥을 지어 놓고, 반찬을 다시 냉장고에 넣어 놓았다. 그리고 필요한 집안일을 찾아 해 놓은 후 거실 소파에 앉았다.

시간이 흘러 창밖으로 짙은 어둠이 몰려왔다. 선재는 한자리에 앉아 고집스럽게 엄마를 기다렸다. 왠지 엄마가 올 것 같았다.

그렇게 하염없이 기다리던 그는 자정이 되어서야 휴대폰을 들었다. 눈 감고도 찍어 넣을 수 있는 열세 자리의 숫자를 넣은 후, 통화 버튼을 눌렀다.

삐리릭. 삐리릭.

벨 소리가 집 안에서 울렸다. 선재의 시선이 느릿하게 현관문 쪽으로 향했다. 엄마의 짐이 담겨 있는 가방에서 들리는 소리였다.

휴대폰을 쥔 손에 서서히 힘이 실렸다. 안간힘을 다해 무표정하게 유지하고 있던 얼굴이 서서히 금이 갔다.

가방 위로 마지막에 보았던 납골함이 겹쳤다. 가방 안에 담긴 휴대폰처럼, 엄마는 납골함에 있었다.

그래, 그랬다.

있는 힘을 다해 미루어 놓고 있던 현실이 둑이 터진 후 밀려드는 물처럼 쏟아져 들어왔다. 휴대폰을 쥔 선재의 손이 부들부들 떨리더니, 이내 얼굴이 일그러졌다. 울고 싶었다.

그러나 덩치가 큰 울음은 목에 걸려 나오지 않았다. 그는 그저 끅끅거리며 뱉지 못할 울음에 고통만 호소했다.

• • •

딩동. 딩동.

울리는 벨 소리에 선재가 힘겹게 눈을 떴다. 이불을 머리끝까지 덮고 외면했지만, 벨 소리는 집요했다. 힘겹게 몸을 일으킨 선재가 인터폰의 전원을 끄려고 앞에 섰다가 멈칫했다. 화면에 익숙한 사람들이 보였다. 태우와 재희였다.

"애 없는 거 아냐?"

"시끄럽고, 벨이나 눌러."

"어디 간 거지?"

"벨 누르라고."

티격태격하는 소리가 스피커를 향해 흘러 들어왔다. 모르는 척하고 싶었지만, 짐을 가득 들고 있는 걸 보니 원영이 보낸 모양이었다. 아줌마의 성의까지 무시할 수 없어서 인터폰 버튼을 눌렀다.

"무슨 일이에요?"

-왁! 깜짝이야! 집에 있었어?

인터폰에서 소리가 나자마자 저만치 떨어져 있던 태우가 겁먹은 표정으로 소리쳤다.

"무슨 일이야?"

-문 열어. 이 새끼야. 어디서 인터폰으로 대화질을 하려고 해? 얼른 안 열어?

"얼른……."

돌아가, 라는 말을 하려 했다. 그러나 제 말을 알아챈 사람처럼 태우가 먼저 말했다.

-너한테 줄 게 있어서 왔어. 주고만 갈 테니까 문 열어.

"아니. 나는……."

-열라고. 얼른.

선재가 무슨 말을 하려고 할 때마다 태우가 번번이 가로챘다. 말을 계속해서 한 건 태우였지만, 그의 시선은 인터폰 끄트머리에 있는 재희에게로 향했다. 재희는 마치 인터폰 너머가 보이는 사람처럼 줄곧 자신을 바라보았다. 눈이 마주친 것 같은 이상한 기분이 들었다.

-계속 여기서 말해? 누가 이기는지 끝까지 해볼래?

태우의 고집에 선재는 하는 수 없이 문을 열었다. 아니, 정확히 말해 말없이 쳐다보고 있는 재희가 신경 쓰였다. 그리고 자신의 엄마 장례식장에서 아들인 자신보다 더 많이 운 재희 가족들을 문전박대할 수 없었다.

"엄마가 이것 좀 가져다주래서."

문을 열고 들어오자마자 태우는 들고 있던 5단 도시락을 내밀었다. 그 반찬 위로 자신이 버렸던 엄마의 반찬들이 겹쳤다. 자신의 엄마가 해 준 반찬은 썩었고, 이제 다시는 그 맛을 보지 못하게 될 거다. 그 사실이 잔인할 정도로 선명하게 다가왔다.

너는 반찬을 해 줄 엄마가 있구나. 나는 이제 엄마도, 아빠도 다 없는데.

이상하게도 비참함이 몰려와 선재는 말없이 태우를 바라보았다.

"다 네가 좋아하는 것들이야. 엄마한테 부탁했어. 너 이럴 때일수록 잘 먹어야 한다고 잔뜩 해 주셨어."

"……."

"알지? 내가 우리 엄마 반찬 양보하는 건, 아주 많이 아낀다는 증거라는 걸."

태우의 말이 묘하게 머릿속 어딘가를 톡톡 건드렸다. 그러나 선재는 아무렇지 않은 척 입을 열었다.

"고마워. 가져다줘서."

선재는 태우에게 말하면서 재희를 바라보았다.

"내가 밥 차려 줄까?"

태우가 어색한 표정으로 물었다.

"아니. 내가 챙겨 먹을게."

"야, 말이 되는 소리를 해라. 네 꼴을 보니 그 말에 신뢰가 안 가. 야. 아무래도 너, 못 믿겠다. 같이 밥 먹자."

"다음에. 나 밥 먹었어."

선재가 건조한 목소리로 대꾸했다.

"밥 먹기는. 네 머리를 봐라. 저 방금 일어났습니다, 라고 말하고 있거든?"

"됐으니까 돌아가."

"그러지 말고 밥 먹어. 우리 엄마 반찬이라니까? 내가 엄마한테

86

특별히 말해서 부탁한 거라니까? 너도 좋아하는 것들이라니까."

평소라면 싱겁게 웃고 말았을 이야기지만, 그의 말 속에 담긴 '엄마'라는 단어가 묘하게 신경에 거슬렸다.

누가 신경 써 달라고 했던가. 해 달라고 한 적도 없는 반찬을 가지고 와서 꾸역꾸역 들이미는 태우의 태도가 성가셨다.

짜증이 치민 선재가 아무 말 없이 바라보자 태우가 '내가 차려 줄게'라며 반찬통을 들고 그를 지나쳤다. 그곳에 냉장고가 있었다. 자신의 엄마의 반찬이 고스란히 있는 곳이었다. 이제 당분간 그 어떤 것도 넣고 싶지 않은 그 냉장고.

"됐다고."

선재의 입술에서 차가운 목소리가 새어 나왔다. 그의 눈빛이 선득하게 변했다.

"되긴 뭘 돼."

"태우야."

뭔가를 눈치챈 듯 재희가 말리는 투로 태우를 부를 때였다.

"반찬 가지고 생색낼 거면 돌아가."

말이 머리를 거치지 않고 곧바로 입으로 흘러나왔다. 동시에 손은 태우의 어깨를 잡아 세웠다. 태우가 생각지 못한 힘에 휘청거렸다.

선재의 말에 찬물이라도 한 바가지 뒤집어쓴 것처럼 집 안이 고요해졌다. 방금까지 어색하게나마 밝은 톤을 유지하고 있던 태우의 표정이 확 달라졌다.

"뭐랬냐, 너 지금?"

평소라면 이런 상황에서 관뒀겠지만, 아니. 이런 상황조차 만들지 않았겠지만 열린 입술은 닫히지 않았다.

"가져가라고. 그렇게 소중하면 너나 먹어. 난 됐으니까."

어디서 치솟은 분노인지 알 수 없었다.

엄마를 치고 합의금으로 고작 3천만 원을 제시한 정신 나간 가해자를 향한 묵은 분노인지, 번번이 사고로 사랑하는 사람을 데려가는 하늘을 향한 분노인지. 아니면 동정을 받고 있다는 더러운 기분 때문인지, 이런 엉망인 꼴을 재희에게 보였다는 사실 때문인지 구분되지 않았다.

하나 확실한 건 태우나 재희에게 낼 화는 아니었다. 그러나 한번 터져 나온 분노는 대상을 가리지 않고 쏟아져 나왔다.

"너한테나 소중하지, 나한테는 별로 소중하지 않거든. 생색내는 것 같고."

선재의 말에 굳어 있던 태우가 후 하고 한숨을 내쉬었다.

"야, 네가 좀 많이 슬픈 건 알겠는데."

태우가 화난 듯 얼굴을 찌푸렸다.

"알아? 네가?"

선재의 입술이 비틀어졌다. 한번 엇나간 말들은 바로 잡아지지 않았다. 재희가 지켜보고 있는데도 말이 멈추지 않았다.

"무슨 수로?"

"……"

"대체 네가 어떻게?"

어떻게, 누가, 이해할 수 있을까. 한순간에 사랑하는 사람을 빼앗긴 마음을. 엄마가 차려 준 따뜻한 밥상을 받아먹는 녀석이, 엄마가 없는 빈 집에 남은 자신을 무슨 수로 이해할 수 있을까. 이건 기만이자 동정이었다.

"하, 신선재. 너, 진짜. 너 걱정돼서 온 사람한테 할 소리냐? 나는 네가 걱정돼서 하루 종일 밤에 잠도 못 자고, 아침 되자마자 부랴부랴 달려온 건데!"

"바란 적 없어. 이런 말 듣기 싫으면 다시는 찾아오지 마."

말하면서도 스스로가 경멸스러웠다. 기껏 자신을 생각해서 온 사람들에게 이렇게밖에 말하지 못하는 자신이. 그러나 끝까지 멈출 수 없는 자신이.

"하, 진짜. 못된……. 됐다. 너랑 무슨 말을 하냐. 그래. 간다, 가."

욱한 태우가 신경질적으로 신발을 꿰어 신고 현관문을 밀고 나섰다. 재희가 태우를 불렀지만, 그는 뒤돌아보지 않았다. 얼결에 홀로 집에 남은 재희가 난처한 표정으로 미간을 문질렀다. 선재가 입술을 깨물었다. 이건 자격지심이자 피해의식이었다. 그들이 자신에게 어떻게 해주었는데. 아는데, 알면서도 이런다.

선재가 먼저 사과하려고 입을 열 때였다.

"미안해."

되레 사과가 돌아왔다. 선재가 무슨 소리냐는 듯한 표정으로 쳐다보자, 재희가 여전히 난처한 듯 얼굴을 구기고 있었다.

"우리가 성급했던 거 같아. 너한테는 지금 반찬이 필요한 게 아닐 텐데. 그걸 여기 와서 알았어. 그래도 정말로 네가 걱정돼서 찾아온 거야. 기분 나쁘라고 그런 건 절대로 아니고."

재희가 잠시 말을 하다 멈췄다. 그러다 조심스럽게 다시 말을 이었다.

"그리고 우리 외할머니도 차 사고로 돌아가셨어. 우리도 힘들었지만, 엄마가 엄청 힘들어하셨어. 그걸 나랑 태우는 지켜봐야 했고. 그래서 너만큼은 아니지만, 그게 어떤 마음인지 조금은 알고 있어서 와 본 거였어. 우리는 그래도 가족끼리 버텼지만, 너는……."

혼자니까.

재희가 침묵으로 뒷말을 하고 있었다.

"그래서 더 걱정됐어."

재희의 말이 차분하게 이어졌다. 선재는 재희의 얼굴을 더는 지켜보지 못한 채 눈을 내리깔며 입술을 깨물었다. 바짝 마른 입술이 깨물자마자 툭 하고 찢어져 피가 맺혔다. 집 안에 숨 막히는 고요가 흘렀다.

"그게 널 괴롭게 했다면 미안해. 가 볼게."

재희가 돌아섰다. 자신이 등 떠밀었다는 걸 알면서도, 선재는 멀어지는 재희를 보자 덜컥 겁이 났다.

정말, 혼자니까.

그 생각이 들자 소름끼쳤다.

"냉장고가 가득 차 있어요."

재희를 잡으려는 듯, 아무 말이나 뱉었다. 반쯤 돌아선 재희가 말 없이 응시했다. 선재의 시선이 바닥 어딘가를 더듬더듬 헤맸다. 잠시 후, 자신이 한 말을 깨달았다. 냉장고가 가득 차 있다니. 고작 뱉은 말이 이런 말이라니.

"먹을 순 없지만, 그래도 지금은 냉장고를 저렇게 두고 싶었어요."

그러나 말이 멈춰지지 않았다. 오히려 입 안에 담겨 있던 말들이 와르르 쏟아졌다.

"아직은, 그리고 싶어요."

아무리 따뜻한 마음이라도 지금은 받아들이고 싶지 않다고 말하고 싶은데, 정작 나온 말들은 엉망진창이었다.

최악이다. 이 상황도, 자신도.

"그래. 맞아. 아직 시간이 필요했을 텐데."

머리를 헝클며 자조적인 표정을 짓던 선재의 행동이 뚝 멈췄다. 이런 말도 안 되는 말을 재희는 잘도 이해했다. 동시에 몹시 미안해하고 있었다.

"그걸 잊었네."

"……."

"다음에 냉장고 다른 걸로 채우고 싶을 때 연락해. 가득 채워 줄 테니까."

이어진 재희의 말이 제 안에서 이상하게 몸집을 부풀린 슬픔이 투둑 소리와 함께 깨어졌다.

"그리고 다시 한번 미안해. 우리가 섣불렀어."

그 사과에, 자신의 슬픔을 온전히 이해해 보려는 재희의 노력 앞에서 슬픔의 조각들이 잡을 틈 없이 새어 나왔다. 고개를 숙인 선재가 한 손으로 눈가를 가렸다.

벌어진 입술에서는 뭉개진 울음소리가 새어 나갔다. 차마 울지 못했던 울음이 재희의 앞에서 꼴사납게 터져 나왔다. 멈추고 싶은데 브레이크가 빠진 것 같았다. 참으려고 할수록 거센 울음이 닫힌 입 안에서 비명처럼 새어 나갔다.

그 사이, 자박자박 다가오는 발소리가 들렸다. 작은 손이 제 등을 쓸어내렸다. 마치 어린아이를 달래듯이. 작은 손에서 전해진 온기가 등에서 허리로 내려갈 때마다 참을 수 없는 슬픔이 새어나갔다.

제 눈에서 새어 나간 눈물이 바닥을 적셔 갔다. 눈물이 흐른 뒤, 텅 빈 마음 위로 명명하기 힘든 감정이 조용히 내려앉았다.

• • •

재희가 돌아간 건 아침인지 점심인지 모를 식사를 마친 후였다.

그냥 돌아가기 아쉬우니 한 끼라도 같이 먹자는 재희의 말에 선재는 고개를 끄덕였다.

재희는 순식간에 밥상을 차렸고, 식사하는 내내 별 대화는 오가지 않았다. 식사를 마친 후 설거지를 해 주겠다는 재희를 등 떠밀어 보낸 후, 선재는 조금 후회했다. 그래도 재희가 있을 때가 조금 더 나았다.

홀로 덩그러니 집에 남은 선재는 섬처럼 거실 한쪽에 웅크리고 앉아 있었다. 시간이 지겹게도 흐르지 않았다. 억지로 게임도 해 보고, 잠도 청했다. 그렇게 하루 종일 뒹군 끝에 선재는 배터리가 간당간당한 제 휴대폰을 보았다. 충전기를 찾아 이리저리 헤매다가 그의 시선이 한곳으로 향했다.

"선재야, 엄마 충전기가 고장 나서 그런데 네 것 좀 쓸게!"

자신의 충전기를 빌려 안방으로 쑥 들어가던 엄마의 모습이 잔상처럼 떠올랐다.

그날 밤, 그게 마지막 모습일 줄이야. 알았다면 조금 더 오래도록 봤을 텐데, 조금 더 살갑게 대답해 줬을 텐데. 조금 더…….

이젠 부질없는 수많은 후회가 치솟았다가 사라졌다. 잠시 입술을 깨문 채 서 있던 선재는 뭔가에 홀린 사람처럼 엄마의 방문 앞에 섰다. 엄마가 돌아가신 후 한 번도 열어 보지 않은 방문이었다. 마치 그곳만 보이지 않는 사람같이 피해 다녔는데, 더는 이럴 수 없을 것 같다는 이상한 예감이 들었다.

문고리는 쉽게 돌아갔다. 문을 열자 자신이 잘 알고 있는 익숙한 향기가 훅 밀려들었다. 선재의 시선이 느릿하게 방 안을 훑었다.

출근하기 직전 급하게 정리한 듯 삐뚤어진 침대 이불, 협탁 위에 놓인 책, 그 가운데 꽂혀 있는 책갈피, 엉망진창으로 배열된 화장대, 출근하다가 고난 걸 발견하고 급하게 벗었는지 바닥에 나뒹굴고 있는 스타킹.

사랑하는 사람이 남겨 놓은 생의 흔적에 선재는 방문 고리를 꽉 움켜쥐었다. 그의 시선이 마지막으로 화장대 귀퉁이에 놓인 책으로 향했다.

《프로 게이머의 생활》

그 책을 보자마자 언젠가 엄마와 했던 대화가 떠올랐다.

"선재야, 넌 공부 말고 하고 싶은 거 따로 있어?"

"……."

"하고 싶은 게 있구나? 뭐야. 말해 줘."

"엄마가 안 좋아할 거예요."

"안 좋아할 수도 있지. 그런데 네가 비밀로 하는 게 더 안 좋아."

"반대할지도 몰라요."

"반대 안 할게."

"프로 게이머요."

"뭐? 게이머? 게임 하는 사람?"

"네. 게임할 때가 제일 재미있어요. 나름 자질도 있는 것 같고."

"……"

"거 봐요. 안 좋아할 거면서."

"안 좋아한다기보단 그게 뭔지 잘 몰라서 그래."

"거짓말하지 마요. 귀 긁고 있는 거 보니 거짓말이네요."

"그건 그렇지만……."

엄마는 그날 우물거렸다.

"반대할 거예요?"

"내가 반대한다고 네가 안 하겠어? 뭐, 해 보는 거야 네 마음이지. 대신에 해 보고 안 되겠다 싶으면 바로 접는 거야. 알았지?"

"네."

자신이 프로 게이머가 되고 싶다고 말하자마자 엄마는 좋아하지 않았다. 잠깐 하다가 안 될 것 같으면 서둘러 접으라는 말이, 그냥 관두라는 말처럼 들렸다. 그런데 보이지 않는 곳에서 자신의 꿈을 어떻게든 이해해 보려고 하고 있었다.

그 노력을…… 이제야 알았다. 고맙다는 말을 할 수 없게 된 지금에서야.

기어코 선재의 고개가 아래로 떨어졌다.

어디서부터 정리해야 할지. 아니, 정리할 순 있을지. 그런 게 가능하긴 한 건지.

선재는 다시금 울음을 터트렸다.

• • •

마음을 추스른 후 선재는 가장 먼저 재희의 집으로 찾아갔다. 반찬을 돌려보내 죄송하다는 말에 원영이 더욱 미안한 표정을 지었다.

"냉장고 이야기 들었어. 그래. 아줌마 생각이 짧았어."

냉장고를 당분간 저렇게 둔 채로 있고 싶다는 말이 무슨 뜻인지 원영도 이해한 듯했다. 되레 미안하다고 사과하는 원영에게 선재는 더욱더 고개 숙여 사과했다. 자신의 상처만 바라보느라 다른 사람들의 상처를 알아보지 못했다.

자신에게 엄마인 사람이, 누군가에겐 친한 친구였음을, 또 누군가에겐 엄마 친구였음을. 이들 또한 모두 사랑하는 사람을 상실한 사람이었음을.

"그래도 오늘 아줌마 밥은 먹고 갈 거지?"

원영이 눈물로 짓무른 눈가를 슥 문지르며 물었다.

"네. 많이 주세요."

선재의 말에 원영이 울 것 같은 얼굴로 웃었다. 뒤이어 방에서 나온 태우와 마주쳤다.

"야, 너 뭔데 우리 집에 와? 누가 허락해 줬어?"

아직도 기분이 상해 있던 태우가 까칠하게 물었다.

"미안해."

선재가 진심으로 사과했다.

"뭐, 뭐? 갑자기 왜 이래?"

"내가 지나쳤어. 그날."

선재의 사과에 태우는 그날의 일이 떠오른 듯 눈을 부릅뜨더니 소리쳤다.

"그래. 너 그날 지나쳤어! 넌 내게 목욕감을 줬어!"

그 말을 우연히 들은 재희가 아찔하다는 표정으로 소리쳤다.

"모욕감이야. 목욕감이 아니라. 이 더러운 자식아."

"이거나 그거나!"

"역시. 그런 구분과 구별 없는 생각이 전교 꼴등의 비결이구나."

재희의 덤덤한 말에 태우가 날뛰었다. 그러거나 말거나 그 누구도 신경 쓰는 사람이 없었다.

"누나."

선재의 부름에 소파에 반쯤 기대어 앉아 오답 노트를 들여다보고 있던 재희가 흘깃 쳐다보았다.

"고마워요."

그의 인사에 재희는 희미한 미소를 지었다.

"그래."

"와, 방금 뭔데? 웃었어? 누나? 왜 저 새끼한테는 웃어 주고, 나한테는 더럽다고 욕하는데? 어? 지금 성적으로 차별하는 거야?"

"성적으로 차별해 줄까? 그럼 난 너랑 평생 대화 안 해야 하는데."

"와아! 진짜 너무하네!"

불처럼 달려드는 태우와 심드렁하게 받아치는 재희의 모습을 바라보던 선재는 희미하게 웃었다. 여전한 그들의 모습을 보고 있는 것만으로도 희미한 위로가 되었다.

절대 낫지 않을 것 같은 상처도 시간이 흐르자 서서히 아물어 갔다. 그 곁에서 가장 큰 도움이 된 건 말할 것도 없이 재희네였다.

원영은 곧잘 그를 불러 식사를 하자고 했고, 그때마다 선재도 거절하지 않고 달려갔다. 태우와는 친구이자 형제처럼, 원영에게는 또 다른 아들처럼 굴었다. 그리고 재희는 그를 동생처럼 대했지만, 선재는 재희를 누나처럼 대하지 못했다.

누나라고 부르기엔 이미 마음이 선을 넘었으니까. 누나라는 이름보다 선명하게, 그리고 분명하게 여자로 인식하고 있었으니까.

그러나 제 마음을 표현할 수도 없었다. 자신은 고작 해야 고등학생이고, 그녀는 이미 대학생이었다. 같은 대학생인 후배의 고백도 거절하는 재희에게 자신은 감히 명함도 내밀 수 없었다. 자신이 입었던 고등학교 교복을 입고 있는 자신을 재희가 남자로 봐 줄 리 없었다.

무엇보다도 재희가 연애 생각을 하지 않는다는 이유가 가장 컸다.

"누나는 대학생 됐는데 왜 애인이 안 생기냐? 혹시 그 더러운 성질머리 들켰어? 고딩 땐 잘만 숨기고 다니더니."

주말 저녁에 모처럼 다 함께 모여 식사를 할 때, 태우가 재희에게 불쑥 물었다. 선재는 밥숟가락을 뜨다말고 재희를 쳐다보았다.

"내가 너야? 연애할 생각 없어. 귀찮아."

"캠퍼스 커플이 대학의 로망 아냐? 하여튼 로망도 모르고, 성격 이상해."

"난 CC 생각 없어. 캠퍼스 커플 하다가 성적은 물론, 학과 생활까지 말아먹는 애들이 얼마나 많은데. 그러다가 헤어져 봐. 뒷소문만 생각해도 머리가 아파. 그러니까 너도 대학 가자마자 연애할 생각은 접어 둬. 뭐, 너는 대학 진학할지 안 할지 모르니 이런 충고도 필요 없겠지만."

"와, 나, 무시해?"

"와아, 이제 알았어? 놀랍네."

"아, 진짜! 성격 더러워 가지고 어느 눈 삔 놈이 데려갈지 걱정이

다, 걱정이야!"

또 다시 태우와 재희가 티격태격하기 시작했다. 선재는 희미하게 웃었다. 그게 그들의 투닥거림 때문인지, 연애할 생각이 없다는 재희의 말 때문인지 알 수 없었다.

. . .

그 이후로도 시간은 무척 더디게 흘러갔다. 어서 수능 치고 대학생이라도 되었으면 좋겠다고, 적어도 고백할 자격이라도 갖출 수 있는 때가 왔으면 좋겠다고 간절히 생각할 즈음 일이 터졌다.

태우의 사고 소식이었다.

태우는 반 친구들과 떠난 여행에서 다이빙 지역이 아닌 곳에서 다이빙을 하다가 사고가 났다고 했다.

정신없이 장례식장에 달려가자마자 본 건 2년 전 어머니를 여읜 자신과 비슷한 모습을 하고 있는 재희네 가족들이었다. 그중 태우는 영정사진에 담겨 있었다. 가슴이 덜컥 내려앉았다. 부인해 보고 부정해 봐도 이건 태우의 장례식장이었다.

……네가 대체 왜 이러고 있어.

"나 놀러간다! 넌 도서관에서 공부나 해라! 야, 근데 진짜 공부할 거야? 내 친구들 괜찮아. 같이 갈래? 걔들이 너 궁금하다던데. 아, 물론 여자들 아니고 아주 시커멓고 큰 남자애들이야."

"됐어."

"좀 같이 가자고!"

"싫어."

"아. 진짜. 징그러운 놈. 그럼 다음에 나랑 놀러 가자."

멍한 머릿속으로 태우와 나누었던 마지막 대화만 쟁쟁거리며 지나갔다. 동시에 자신의 집을 나서며 씩 웃는 얼굴로 손을 흔드는 모습까지.

선재가 힘 빠진 걸음으로 다가가자 그를 발견한 원영이 붙들고 울었다.

"태우를 어쩌면 좋니, 우리 태우를……. 선재야. 우리 태우 어쩌면 좋아!"

목을 놓고 우는 원영에게 선재는 아무 말도 할 수 없었다. 그저 빈 입술만 벙긋거렸다. 가족을 잃은 슬픔을 먼저 겪었다고 해서 슬픔을 유연하게 잘 이겨 낼 방법 같은 건 갖고 있지 않았다. 오히려 흉터에 상처를 더 얹는 것일 뿐.

선재는 말없이 재희의 앞에 섰다. 인기척에 느릿하게 고개를 든 재희는 선재를 가만히 바라보았다.

툭, 툭. 그 와중에도 커다란 재희의 눈에서 눈물이 떨어져 내렸다. 뒤따라 그의 눈에서도 눈물이 후두둑 떨어져 내렸다.

믿기 싫은데, 이미 마음은 깨달았는지 걷잡을 수 없는 울음이 터져 나왔다. 재희는 이런 아픔을 겪지 않았으면 했다. 이게 어떤 슬픔인지 자신은 너무도 절절이 잘 알기에. 어떤 말로도, 어떤 표정으로도 위로할 수도, 구원될 수도 없는 아픔이었다.

선재는 아무 말 없이 팔을 뻗어 재희를 끌어안았다. 언젠가 자신의 등을 쓸어내려 주었던 것처럼, 선재는 말없이 그녀의 등을 토닥여 주었다. 전하고 싶은 마음을 가득 담아 아주 천천히.

· · ·

태우의 죽음을 시작으로 재희의 집에 악재가 겹쳤다. 아저씨의 사업 실패, 갑작스레 불어난 빚, 원영 아줌마의 우울증, 그런 원영에게 매달리는 아저씨. 졸지에 반쯤 가장이 되어 버린 재희까지.

한번 드리운 그림자는 쉽사리 사라지지 않았고, 밝던 집안의 분위기를 어둡게 바꿔 놓았다. 선재는 그 곁에서 할 수 있는 일이 없었다. 그저 그 주변을 얼쩡거리는 것 말고는.

비가 추적추적 내리는 날, 선재는 습관처럼 재희의 집 앞에 서 있었다. 그는 태우가 죽은 후 이따금씩 그의 집 앞에 서 있다가 돌아가곤 했다. 위로를 하고 싶지만, 제겐 그 자격이 없는 것 같아 이러고 서 있다가 돌아가는 게 전부였다. 자신이 힘들 땐 재희네가 있는 힘을 다해 도와줬는데, 자신은 해 줄 수 있는 게 없다는 게 답답했다.

평소처럼 재희의 집 창문만 쳐다보다가 돌아가려 할 때였다. 문이 열리더니 재희가 불쑥 튀어나왔다.

모처럼 얼굴을 보았다. 길에서 스치듯 본 후로 몇 주만에 다시 만난 재희는 수척해져 있었다. 담담하던 눈빛은 텅 비어 있었고, 살도 빠졌는지 얼굴이 더 작아져 있었다.

"밥 먹었어?"

재희가 빗줄기를 뚫고 저벅저벅 걸어와 물었다. 왜 여기 있냐고 물을 줄 알았는데, 생각 외의 질문이 돌아왔다. 선재는 재희에게 우산을 씌워 주며 대답했다.

"아뇨."

먹었지만, 아니라고 대답해야 할 것 같았다.

"잘됐네. 밥 먹고 가. 아, 바쁜가?"

"아뇨. 괜찮아요."

"그래. 그럼 들어와."

재희가 먼저 돌아섰다. 선재는 발을 맞춰 걸으며 재희의 머리에 우산을 씌워 주었다. 그녀를 따라 들어간 집은 이전과 다른 분위기였다.

늘 봄같이 생기 넘치던 집은 초겨울처럼 스산하게 추웠다. 선재의 시선이 닫힌 안방 문으로 향했다.

"엄마는 병원에 갔어. 아빠랑 같이."

시선의 의미를 읽은 듯, 재희가 말했다. 그러고는 찌개를 데워 식탁 중간 자리에 놓고, 냉장고에서 꺼낸 반찬통에서 반찬을 덜어 놓았다. 한눈에 봐도 태우가 좋아하는 것들이었다.

"먹자."

재희가 의자에 앉으며 말했다.

"잘 먹겠습니다."

선재가 숟가락을 들어 식사했다. 정작 같이 밥 먹자고 한 재희는 선재의 식사가 끝날 때까지 꼼짝도 하지 않았다. 모든 식사가 마친 후 밥그릇에 남은 밥을 고스란히 버렸다. 차마 목이 메어서 먹을 수 없다는 듯이.

창밖에선 여전히 추적추적 비가 내리고 있었다. 어딘가 창문이 열렸는지 빗소리와 바람 소리가 뒤엉켜 집 안으로 밀려 들었다.

선재는 식탁 의자에 앉은 채 거실을 바라보았다. 이토록 환하게 조명을 밝혀놓는데 집이 어두울 수 있다니. 이 집에 내려앉은 어둠은 언제쯤 사그라들 수 있을까. 그런 생각을 하며 무심코 시선을 돌렸다.

재희가 묵묵히 설거지를 하고 있었다. 자신이 얻어먹었으니 설거지를 하겠다고 했으나, 재희는 줄곧 만류하더니 기어코 본인이 고무장갑을 꼈다. 뭐라도 해야 괜찮다는 말과 함께.

선재는 그런 재희의 뒷모습을 말없이 바라보았다. 그녀는 뭔가 할 말이 있는 사람 같았다. 그리고 지금 그 말을 정리하고 있는 것 같았다.

그 말이 뭘까. 사실 어렴풋이 알 것 같았다.

엄마가 돌아가신 후 원영은 가장 고마운 사람이자 한동안 마주하기 힘든 사람이었다. 자신을 챙겨 줘서 고맙지만, 볼 때마다 엄마를 연상케 하는 원영을 보는 게 힘들었다.

그들에게 자신도 그런 존재가 아닐까. 태우의 친구라서 가깝게 두고 싶지만, 태우를 연상하게 해서 보기 힘든 그런 존재.

그래서 그들에게 먼저 찾아오지 못하고 집 앞에 우두커니 서 있다가 돌아가곤 했다.

선재는 제 주머니에 들어 있는 목걸이를 떠올렸다. 태우의 죽음을 완전히 받아들인 후, 그들의 삶에서 자신이 밀려날 거라 어렴풋이 짐작한 후 준비한 건 재희에게 건네줄 목걸이였다. 그간 고마웠다는 말과 마지막으로 고백을 하고 싶었다.

누나에겐 내가 동생이겠지만, 내게 누나는 누나였던 적 없었다고.

당연히 받아들여 줄 거라 생각하지 않았다. 이렇게라도 전하지 않으면 정리되지 않을 것 같았다. 어차피 마지막이라면, 이 정도는 이기적이어도 되지 않을까. 선재의 시선이 재희의 뒷모습을 눈에 새겼다. 태우와 이별하고, 이 집 사람들 모두와 이별하고 나면 오랫동안 방황하게 될 거라는 예감이 들었다.

그에게 이곳은 또 다른 집이자, 사랑하는 사람이 있는 낙원이었으니까.

"선재야."

뒤돌아선 재희가 마음 정리를 한 듯, 그의 이름을 불렀다. 시간을 끌려는 듯 선재는 느릿하게 대답했다.

"네."

싱크대에 기대선 재희가 마른 입술을 달싹였다. 선재는 차분하게 기다리며 몸을 일으켰다. 재희가 말하기 전에 자신이 먼저 말하는 게 좋을지, 아니면 재희의 말을 듣고 자신이 말하는 게 나을지 구분이 되지 않았다.

"이런 말 이기적인 거 아는데."

마침내 마음을 정리한 듯 재희가 고개를 들었다.

"잠시만, 아주 잠시만, 우리 집에 가끔 와 주지 않을래? 그러니까 잠시만 동생 해 주지 않을래?"

"……."

생각지 못한 말에 선재는 잠시 아무 말도 하지 못했다. 그사이 가까스로 미소를 짓고 있던 재희의 표정이 조금씩 무너져 내렸다.

"그러니까…… 엄마가 많이 힘들어하셔. 가끔 집에 와서 밥도 먹어 주고, 그냥 그렇게 해 줄 수 없을까? 알아. 이런 부탁, 많이 어렵고 곤란하다는 거. 미안해. 그래도, 부탁하면 안 될까?"

"……."

"내 동생, 해 줄래?"

"……."

"잠시만. 그리 길지 않아. 잠시만이라도."

"……."

"부탁할게."

재희의 얼굴은 미소를 지은 게 무색할 정도로 온통 아픔이었다. 자신이 너무도 잘 아는 아픔. 어떤 걸로도 메울 수 없는 그 지독한 아픔.

그들은 태우의 기억을 떠올릴 만한 것들을 모두 지우는 대신, 태우를 대신할 사람으로 자신을 택했다. 자신이 이따금씩 엄마에게 해 주지 못한 것들을 원영에게 해 줬던 것처럼. 이게 그들이 상처를 이겨낼 방법으로 택한 것이었다.

재희를 담은 선재의 눈동자가 복잡한 빛을 띠었다. 이 제안을 승낙하면 아주 오랫동안 재희에게 동생으로 남아야 할 거라는 예감이 들었다.

어쩌면 평생을 후회할 수도 있다. 이 날, 이 순간, 혀끝까지 내몰린 '좋아해요'라는 말을 뱉지 못한 걸.

"그럴게요."

재희가 고개를 번쩍 들어 그를 쳐다보았다.

"동생, 할게요."

그러나 선재는 대답했다. 재희의 곁에 남아 있으려면, 자신이 할 수 있는 대답은 이것밖에 없었으므로. 고백으로 재희를 잃느니, 이렇게라도 곁에 남아 있고 싶었다.

"미안해."

재희는 이런 말을 하는 것 자체가 이기적이라고 여기는 듯했다.

그러나 이기적인 건 재희가 아니라 자신이었다.

자신이야말로 친구의 빈자리를 이용해 먹는 못돼먹은 새끼니까.

8장

버스 차창으로 보이는 하늘이 흐렸다. 안개가 응축된 것 같은 짙은 회색의 구름이 분위기를 한층 더 우중충하게 만들었다.

재희는 지금 보이는 풍경이 딱 자신의 기분 같다고 생각했다. 휴대폰을 힘주어 잡았다가 풀길 반복하던 재희는 액정에 떠오른 '엄마'라는 이름을 한참 바라보았다.

친근한 호칭과 달리, 엄마의 존재는 어렵기만 했다. 처음부터 이렇진 않았다. 다른 모녀 사이처럼 마냥 살갑진 않았지만 거리가 느껴질 정도로 멀지도 않았다.

엄마가 더는 엄마처럼 느껴지지 않게 된 것은 삶이 손톱을 세워 일상을 할퀴고 지나간 후부터였다.

엄마에게 태우는 사랑스러운 아들이었다. 애교 많고, 잘생긴 아들이 사춘기가 온 무뚝뚝한 딸보다 대하기 편했는지, 엄마는 태우와 더 가깝게 지냈다. 태우도 아빠보다 엄마에게 더 많은 이야기를 하고, 함께 장을 보러 갔다. 그런 아들을 사고로 잃은 후, 엄마가 무너져 내린 건 당연한 일이었다.

엄마는 자다가 일어나 가슴을 쥐어뜯으며 오열했고, 갑자기 아들을 따라 가겠다고 밤중에 집을 나서기도 했다. 밤에 잠이 오지 않는다며 처방받은 수면제를 과다 복용해서 병원에 실려 가기도 했다.

엄마는 스스로의 상처조차 감당하기 버거워했다. 머리는 이해했다. 사랑하는 아들을 잃은 엄마가 저러는 게 당연한 거라고. 그러니 엄마를 이해해 줘야 한다고.

하지만, 한편으로는 묻고 싶었다.

엄마, 나는?

엄마가 삶을 포기하면 남겨질 나와, 아빠는?

엄마에게 나는…… 어떤 존재야? 나는 버려도 되는 자식이야?

엄마가 삶을 포기하려고 할 때마다 그녀의 마음 위로 상처가 쌓여 갔다. 그러나 슬퍼할 수 없었다. 엄마가 너무 슬퍼해서, 자신까지 슬퍼하면 중간에 끼인 아빠가 견딜 수 없을 것 같았다.

재희는 있는 힘을 다해 더 공부했고, 더 매달렸다. 사랑스러운 아들을 잃은 엄마에게 더욱 자랑스러운 딸이 되어야 한다고 생각했다.

슬픔은 원동력이 되었다. 때때로 문제집 위로 이유 없는 눈물이 쏟아져도, 잠시 쉬려고 나와 하늘을 보다가 갑자기 울음을 터트리긴 했지만.

그렇게 있는 힘을 다해 노력한 끝에 장학금을 받는 게 확정된 날, 재희는 어색한 사이가 된 엄마에게 장학금 소식을 전했다.

자신의 노력이 엄마에게 위로가 되었으면 했다. 이미 가 버린 태우를 대신해서 자신에게 기대 주길 바랐고, 자신을…… 안아 주었으면 했다.

엄마의 품 안에서 터트리지 못한 울음을, 한번쯤은 터트려 보고 싶었다. 위로받고 싶었고, 동시에 엄마를 위로하고 싶었다.

엄마만의 슬픔이 아니야. 이건 우리 모두의 슬픔이야. 그러니까 같이 견뎌 내자. 서로를 보면서.

그렇게 다독이고 싶었다. 서로가 서로의 바닥이 되어 새롭게 일어날 수 있도록.

그러나 돌아온 건 텅 빈 시선이었다. 일부러 보라고 인쇄해 온 장학금 소식을 눈에 담은 어머니의 눈에 일순 이채가 돌았다. 무언가 잘못되었다고 느꼈다.

"엄마."

재희는 자신이 무엇을 말하고 싶은지도 모른 채, 엄마를 불렀다. 엄마의 입에서 어떤 말도 나오지 못하게 하고 싶었다. 지금 엄마가 말을 뱉으면 돌이킬 수 없는 일을 불러올 거라는 이상한 예감이 들었다.

"넌 이 와중에 공부를 했구나."

고저 없는 목소리가 재희의 노력을 무산시켰다. 무산시킨 것을 넘어 그녀를 녹여 버릴 정도로 지독한 말이었다.

"대단하네."

말로 얻어맞은 기분이었다. 머리가 온통 얼얼했다. 아주 잠깐 아득한 기분마저 들었다. 입을 벌린 채 굳어 버린 재희를 엄마가 들여다보았다. 슬픔을 쭉쭉 뽑아내어 텅 빈 눈동자가 그녀를 쉼 없이 힐난했다.

재희는 말을 하려 했다.

아니야, 엄마. 이건…… 엄마한테 위로가 되라고…….

하지만 목이 졸린 것처럼 아무 말도 나오지 않았다. 자신의 말이 엄마에게 닿지 않을 거라는 게 느껴졌다. 엄마에겐 자신의 이야기를 들어 줄 여유가 없어 보였다. 아니, 그럴 노력조차 하지 않는 게 느껴졌다.

태우를 잃었을 때와 또 다른 슬픔이 해일처럼 밀려들었다.

……엄마의 세계에 나는 없구나. 나는, 위로조차 되지 못하는 구나. 엄마에게 저만치 떠밀려 났다. 가장 위로하고 싶었던, 위로받고 싶었던 대상에게서.

눈물이 차올라 희뿌옇게 변한 시야로 수많은 기억들이 필름처럼 흘러갔다.

도서관에서 공부를 하다가 갑작스레 눈물을 뚝뚝 흘렸던 기억, 우연히 길에서 동생과 같은 교복을 입은 학생들을 본 후 넋이 나간 채 서 있었던 기억, 슬픔을 미룬 채 이를 악물고 공부했던 기억.

이 모든 노력이 부정당한 기분이었다.

재희는 이해하려 노력했다. 엄마의 눈에는 자신이 충분히 그렇게 보일 수도 있을 거라고. 하지만 마음 한켠에선 끊임없이 의문을 제기했다.

만약 엄마가 오해를 한 거라면, 차라리 어떻게 공부를 했냐고 물어야하지 않을까. 저렇게 힐난하는 눈으로 바라볼 게 아니라.

재희는 말없이 장학금 확정 통지서를 들고 방으로 돌아갔다. 방문을 닫자마자 가슴이 헐떡거렸다. 목에 걸린 울음이 지나치게 크면 제대로 울지 못한다는 걸 그때 깨달았다. 그저 한참을 그러고 서 있다가 밤이 되어서야 겨우 울면서 잠들었다.

그 일이 있은 후, 재희는 벌어진 상처를 제 힘으로 서툴게 치료했다. 이를 악물고 삼킨 서러움, 슬픔, 원망이 이따금씩 상처를 다시 벌려 놨지만, 견뎌냈다.

그러는 동안 자연스럽게 서서히 부모님과의 대화는 줄어갔다. 아르바이트를 이유로, 과외를 이유로, 집을 비우는 시간이 길어졌다. 그렇게 서로 마주하지 않는 시간이 길어졌고, 그 시간은 두 사람 사이에 벽처럼 쌓여 갔다. 그리고 이젠 전화 거는 것조차 조심스러운 사이가 되었다.

재희는 숨을 깊게 들이마신 후, 엄마에게 전화를 걸었다.

-응. 재희야.

넘어오는 목소리가 다정하지만, 조심스럽다.

"응. 나, 오늘 간다고."

재희는 아무것도 느끼지 못한 것처럼 대꾸했다.

-엄마랑 아빠는 어제 다녀왔어.

"그럴 것 같아서 전화했어."

매해 그랬다. 부모님은 납골당 방문을 기일 당일에 했고, 재희는 일 때문에 주말에 향했다. 기일이 주말일 때만 함께 가곤 했다. 그마저도 납골당에서 잠시 얼굴을 보고 마는 게 전부지만.

-그래. 잘 다녀오고.

"응."

-일하느라…… 힘들지?

전화를 끊으려는데 조심스럽게 엄마가 물었다. 그 물음이 지독하게 어색했다.

"일이야 늘 그냥 그렇지, 뭐."

재희는 일부러 더 아무렇지 않게 대꾸했다.

-용돈 보내 준 거 잘 받았어. 안 보내 줘도 된다니까.

"그냥 받아."

-그래. 고마워. 잘 쓸게.

"······응."

재희의 짧은 대답에도 엄마는 머뭇거리며 통화를 끊지 않았다. 태우의 기일이라서 그런지 엄마의 행동이 평소와 달랐다. 휴대폰 너머로 전해지는 침묵이 무겁게 마음을 짓눌렀다. 재희는 답답한 표정으로 창밖을 바라보았다.

-재희야.

"······그만 끊을게."

엄마와 재희가 동시에 말했다.

-아, 그래. 조심히 잘 다녀와.

엄마가 어색하게 대꾸했다.

"응. 갔다 와선 전화 못 할 것 같아. 그냥 잘 갔다 왔다고 생각해 줘."

-그래. 알았어. 잘 다녀오고, 밥도 잘 챙겨먹고.

엄마의 목소리에 섭섭함이 묻어 있다고 생각했지만, 기분 탓이 라 여겼다.

"응. 엄마도 감기 조심해."

형식적인 인사를 끝으로 통화가 끝났다. 재희는 휴대폰을 가방 깊숙한 곳에 넣어 놓은 후, 긴 한숨을 내쉬었다. 꼭 해야만 하는 힘든 일을 해낸 사람처럼.

재희는 말없이 창밖을 바라보았다. 탁 트인 밭의 풍경 위로 흐릿한 하늘이 가득하다.

시선을 돌린 재희는 옆자리를 바라보았다. 작년 이맘때, 이 자리엔 선재가 있었다. 엄마와의 어색한 통화 끝에 선재는 말없이 사탕을 건네주었다. 함께 점심 식사를 마치고 식당에서 나오다가 챙긴 사탕이었다.

"내가 애야?"

기가 차서 묻자, 선재는 자신의 얼굴을 쳐다보며 낮게 말했었다.

"애면 좋겠네요."

"……."

"애는 사탕 주면 안 울던데."

"……."

애면 데려다가 키울 거냐고 물으려던 농담이 선재의 말을 듣자마자 쑥 들어갔다. 선재의 그 말이 이상하게 위로가 되었다.

자신이 울고 싶어 한다는 걸 누군가가 알고 있다는 사실과, 또 그 누군가가 자신이 울지 않길 바라고 있다는 사실만으로도 그랬다.

재희는 그때의 선재를 머릿속으로 떠올려 가만히 들여다보았다. 그날의 선재는 사진처럼 생생하게 남아 있었다.

작게 휘어진 입매, 다정함을 담은 따뜻한 눈동자, 흔들림 없이 자신을 담고 있던 눈동자와 그 속의 반짝임.

이제와 생각해 보니 선재는 자신에게만 그런 표정을 지었다.

언제부터였을까. 너는 나를 그런 표정으로 바라보고 있었던 게.

재희는 머릿속의 선재에게 가만히 물었다.

그는 말없이 옅게 웃었다. 늘 그랬듯이.

• • •

납골당에 도착해 안으로 들어서자 밖에서는 추적추적 비가 내렸다. 젖은 계단을 밟고 올라가자 찰박찰박 물소리가 났다. 그 소리가 제 마음 안에서 이유 없이 울렸다.

빗줄기에 갇힌 세상을 등지고 납골당으로 들어서자, 특유의 스산함이 맴돌았다. 아무리 꽃으로 따뜻하게 꾸며놔도 납골당은 납골당이었다.

익숙하게 2층으로 올라가자 미리 도착한 누군가가 태우의 납골함 앞에 서 있었다. 검은색 정장을 입고 있는 남자의 넓은 어깨가 가장 먼저 눈에 들어왔다. 그게 누군지 한 번에 알아보았다. 오는 내내 자신의 머릿속에서 맴돌던 사람이었으니까.

반가운 마음에 자신도 모르게 옅게 웃었지만, 쉽게 다가갈 수 없었다. 그렇다고 마냥 이곳에 서 있을 수도 없어서 느릿하게 다가갔다. 인기척을 느낀 선재가 흘깃 쳐다보더니 다시 시선을 납골함으로 돌렸다.

"왔어요?"

아무 일 없다는 듯 그가 툭하고 말을 던졌다.

"응. 넌 언제 왔어?"

재희가 똑같이 태우의 납골함을 바라보며 평연하게 물었다.

"한 시간 전쯤요."

그때부터 줄곧 이렇게 서 있었다는 건가. 다리가 아프지 않나, 라고 무심히 생각하며 입을 열었다.

"오래 있었네. 할 말이 많았나 봐."

"네. 올해는 할 말이 좀 많네요."

"……."

왠지 말에 뼈가 있는 듯했다. 무슨 대답을 해야 할지 몰라 마른침만 삼킬 때였다.

"누나를 기다리고 있기도 했고."

마지막에 던진 말에 가슴이 쿵 내려앉았다. 느릿하게 눈을 움직여 옆을 바라본 재희는 쳐다본 걸 후회했다. 정면을 보고 있을 거라는 예상과 달리 선재는 자신을 바라보고 있었다. 다시금 가슴이 쿵하고 내려앉았다.

"여기 있어야 누나랑 이야기라는 걸 좀 해 볼 테니까."

그가 던진 말에 재희는 쉽사리 답할 말을 찾지 못한 채 애꿎은 입술에만 힘을 주었다. 고요한 분위기가 살얼음판 같았다. 조금만 말을 잘못 던지면 살얼음이 깨져 차가운 물로 풍덩 빠질 것 같은 아슬아슬한 기분이 들어서 아무 말도 할 수 없었다.

"선재야."

숨을 들이마신 재희가 한참 만에 입을 열었다. 조심스럽게 발을 뻗듯이. 살얼음이 깨지지 않길 바라면서.

"받아요."

선재가 재희의 말허리를 잘랐다. 그가 커다란 주먹을 내밀고 있었다. 무심결에 손을 펼치자 선재가 손바닥을 느릿하게 폈다.

툭.

손바닥 위로 오랜 시간 누군가의 온기를 받아 따뜻하게 달구어진 금속이 떨어졌다. 목걸이를 확인한 재희의 표정이 하얗게 굳었다.

그토록 조심했는데 선재는 제 노력을 비웃기라도 하듯 살얼음을 밟아 깨 버렸다. 보이지 않는 구멍에 빠져 머리끝까지 찬물을 덮어

쓴 기분이다.

"이제 돌려줄게요."

선재의 덤덤한 목소리에도 재희의 시선은 손바닥에 자리한 목걸이에서 떨어지지 않았다.

태우의 목걸이였다. 태우 대신 동생 하겠다고 한 날, 선재가 가져 갔던 그 목걸이.

이게 무엇을 의미하는지 모를 리 없었다. 어떤 말보다 직설적이었다.

재희의 입술이 벙긋거렸다. 입 안에서 조각난 말들이 뱅글뱅글 돌았다. 스스로 무슨 말을 하고 싶은지 모를 기분에 휩싸인 채 재희는 목걸이만 보았다.

"선재야."

재희가 조용히 그를 불렀다. 목소리에 간절함이 깃들었다. 무엇이 간절한지 모른 채, 무슨 말을 하고 싶은지도 모른 채.

"십 년이에요."

"……."

"잠시만 해 달라던 동생을 십 년째 하고 있어요."

"……."

"이제 그만할게요."

"……."

"동생 같은 거."

바람과 함께 실려 온 선재의 말에 마음이 덜컥 내려앉았다. 그러다 지긋지긋하다는 듯 내뱉는 동생 같은 거, 라는 말에서 입이 꽉 다물어졌다.

재희는 오래전 자신이 한 말을 떠올렸다. 태우를 대신해서 잠시만 자신의 동생이 되어 달라고. 그런 이기적이고 못된 부탁을 했었다. 그 부탁을 들은 지 오랜 시간이 지났음에도 선재는 늘 같은 모습으로 제 곁에 있었다.

선재의 등을 떠밀어 보내야 한다는 걸 알면서도, 다짐과 달리 힘이 빠져 그를 밀어내지 못했다. 이기적이게 선재가 자발적으로 떠나면 보내 줘야지 라고 생각하면서 치일피일 관계 정리를 미뤄 두었다.

그런데 그 날이 오늘인 것 같다.

어쩌면 선재는 자신이 먼저 등 떠밀어 주길 기다렸을지도 모른다는 생각이 들었다. 재희의 입술이 비스듬히 휘었다.

"……그래. 그랬지. 벌써 이렇게 시간이 지났네."

재희가 조용히 대꾸하며 목걸이를 바라보았다. 시간은 앞으로 흐르고 관계는 당연히 변하기 마련인데 왜 자신만 미련하게 한곳에 머물려고 하는지 모르겠다. 재희는 손을 안으로 말아 쥐었다.

"그간 고생했어. 나 같은 누나 떠맡느라."

재희가 옅게 웃었다. 돌이켜 생각해 보면 선재에게 누나다웠던 적이 별로 없었던 것 같았다.

"내 말 아직 다 안 끝났어요."

"⋯⋯."

"그러니까 멋대로 이별 인사하지 마."

갑작스러운 반말에 재희가 어안이 벙벙한 표정을 지었다. 말을 놓으라고 몇 번이나 이야기했지만 끝까지 고집스럽게 말을 놓지 않던 선재였다. 몇 년이나 요구하다가 지쳐서 두 손 두 발 다 들었다. 그런 그가 말을 놓고 있었다.

"너⋯⋯ 왜 갑자기."

재희의 눈동자가 사정없이 흔들렸다.

"이제 동생 아니니까."

그의 말이 가슴에 훅 파고든다. 고작 말을 놨을 뿐인데 선재는 다른 사람이 된 것 같았다.

"동생 노릇 안 한다고 했지, 안 보겠다고 한 거 아니니까 그런 표정 짓지 마."

재희를 가만히 내려다보는 선재의 눈동자가 고요하면서 집요했다. 시선을 피해야 한다는 무의식의 경고에도 선재의 얼굴에서 쉬이 고개를 돌릴 수 없었다. 온몸을 지배당한 사람처럼 맥없이 그를 바라보았다. 깊은 고요 속에서 선재의 입술이 느릿하게 움직였다.

"이재희가 나한테 따뜻한 밥을 차려 주던 날, 그 밥상에서 잠시만 태우처럼 동생으로 대하면 안 되겠냐고 울면서 이야기하던 날. 그날, 나는 고백하고 싶었어. 그런데 하려는 고백 대신 이재희 동생이 됐어.”

오랜 시간 품어온 비밀을 뱉는 입술은 고요하고, 슬프다.

“난 늘 이재희보다 세 살 어렸거든. 그깟 세 살, 하면서도… 어려
웠어. 내가 중학생일 때 이재희는 고등학생이었고, 내가 고등학생
이 되면 이재희는 대학생이었거든. 내가 간신히 어른이 되었을 때
군대를 가야 했고 이재희는 또 대학 졸업을 코앞에 두고 있었어. 매
번 내가 모르는 세계로 가는 이재희 옆에 있으려면 할 수 있는 게
없었어.”

“……..”

“동생이 되는 것 말고는.”

“……!”

처음 듣는 말에 재희의 얼굴이 굳었다. 뒤늦게 눈동자가 사정없
이 흔들렸다. 그때부터라면, 벌써 십 년도 더 된 이야기다. 숨을 내
쉬는 것도 잊은 채 굳어 있는 사이, 조금씩 균열을 일으키는 선재의
표정이 눈에 들어왔다.

구겨지는 미간, 흐트러진 호흡, 불어 들어온 바람에 슬쩍 흩날리
는 머리카락. 슬픔을 넘어서 처참함에 가까운 눈빛을 머금은 눈동
자. 무언가를 삼킨 듯 아래위로 움직이는 목울대.

“……좋아해, 이재희.”

끝내 삼키지 못한 고백이 그의 입술에서 흘러나왔다. 아주 오래
되어 신념이 되어 버린 게 아닌가 착각이 들 만큼 단단한 마음. 그

마음을, 십 년이 넘어 뱉고 있었다.

"여태까진 어떻게든 숨겨 봤는데, 이젠 못 숨기겠어. 참는 것도, 아닌 척하는 것도."

선재가 한손으로 이마를 짚으며 허물어지듯 말했다. 재희는 그 모습을 망연히 바라보았다.

늘 궁금했다. 한 사람을 오래도록 좋아하는 사람의 하는 고백은 어떠할까. 그만큼 깊고, 다정하며 진실에 가깝지 않을까. 그러나 그게 자신의 착각이었다는 걸 깨달았다.

잔뜩 갈라진 목소리로 뱉은 선재의 고백은 고통에 가까웠다. 십 년간 욱여넣어 놨던 고백이 마음 안에서 터져 버린 사람처럼, 그래서 마음에 통증만 남은 사람처럼 지독하고 처절했다. 듣는 것만으로도 공명이 일어나 아픔이 느껴질 정도로.

입술을 달싹이던 재희는 이내 입을 다문 채 고개를 돌렸다. 지금 어떤 말도 이 상황에 어울리지 않는다는 걸 깨달았다.

차가운 바람이 불었다. 재희는 상황을 외면하듯 눈을 감았다.

· · ·

선재와 옆집에 산다는 게 이렇게 불편한 날이 올 줄이야.

재희는 현관에 비밀번호를 입력하며 낮은 한숨을 내쉬었다.

납골당에서 먼저 돌아선 건 재희였다. 그러다 얼마 못가 어차피 선재와 같은 버스를 타야 한다는 걸 깨달았다.

다행히도 정류소에서 다시 만난 선재는 자신에게 가깝지도, 그렇다고 멀지도 않은 거리를 유지했다. 버스에 타서도 마찬가지였다. 늘 옆자리에 앉던 선재는 복도를 사이에 두고 앉았다. 집으로 오는 내내 근처를 맴돌았지만, 먼저 말을 걸지 않았다.

달칵. 현관의 잠금이 해제되었다. 안도한 재희가 문을 당겨 들어가려는 찰나, 갈라진 목소리가 자신을 붙들었다.

"소원, 들어줘."

갑작스러운 말에 깜짝 놀라 움찔한 재희의 고개가 돌아갔다. 여태껏 한마디도 없다가 헤어지기 직전에 말을 걸 줄이야. 방심하고 있다가 얻어맞은 기분이었다.

"갑자기 무슨 소원?"

자신의 물음에도 선재의 시선은 여전히 현관에 머물러 있었다. 고백한 후 줄곧 텅 빈 눈을 하고 있던 그가 느릿하게 입을 열었다.

"벚꽃 에디션 텀블러."

"……."

선재는 이 순간을 위해 남겨 놓은 사람처럼 말했다. 벚꽃 에디션 텀블러를 구해 주면 소원을 들어 주기로 했었다는 게 떠올랐다.

"그걸 지금 써먹겠다고?"

허공을 바라보던 재희가 기가 막히다는 듯 물었다. 그러자 선재의 고개가 돌아갔다. 텅 빈 시선은 곧게 그녀의 눈을 맞춰왔다.

"이렇게 해야 할 정도로 간절한 거야."

고저 없는 목소리가 가슴을 훅 파고들었다.

"이런 거에라도 매달려야 하니까."

"⋯⋯."

"난, 그것밖에 남은 게 없으니까."

선재의 낮은 목소리에 담긴 진심이 무거워 재희는 결국 시선을 피했다. 눈을 내리깔아 바닥을 바라보던 재희가 훅 하고 한숨을 내쉬었다. 억지긴 하지만 어쨌든 소원을 들어주겠다고 한 건 자신이었다. 그리고 저렇게까지 선재가 나오는데 마음이 약해졌다. 요근래 선재를 보는 게 불편하긴 하지만, 그렇다고 선재를 아끼는 마음까지 사라지는 건 아니었다.

"⋯⋯뭔데. 그 소원이라는 거. 사귀자는 거나 네 마음 받아 달라는 건 안 돼. 텀블러 하나랑 바꾸기엔 너무 큰 조건이라는 거 알지?"

"알아. 그런 건 바라지도 않아."

"⋯⋯."

"노력해 줘."

"⋯⋯."

"나를 동생이 아니라 남자로 보려고 죽을힘을 다해 노력해. 내가 누나를 누나로 보려고 노력했던, 그러다 포기하고 긴 짝사랑을 했던 십 년의 십분의 일만이라도."

"십분의 일? 일 년?"

너무 길지 않냐는 말을 하려다가 입을 다물었다. 십 년이나 자신을 좋아한 사람 앞에서 일 년이 길다는 말이 차마 나오지 않았다.

"⋯⋯했는데 안 되면?"

대신 풀이 죽은 목소리로 작게 물었다.

"그건 그때 생각해."

"그런 무대책이 어디 있어? 후우, 선재야. 이거 아무리 생각해도⋯⋯."

재희가 자신 없다는 듯 입을 열었다. 괴로운 표정으로 이마를 짚을 때였다. 멀찍이 떨어져 있던 선재가 성큼성큼 다가와 그녀의 앞에 멈춰 섰다. 뭘 하려고 이렇게 가까이 왔나 싶어 고개를 들었다가, 허리를 숙이고 있던 선재와 정면에서 얼굴을 마주했다.

"아무리 생각해도 뭐."

반말을 툭 던진 선재의 표정이 다른 사람처럼 날카롭다. 그저 말을 놓은 것뿐인데 이전과 전혀 다른 무게감이 느껴졌다. 마치 중학생이 한 순간에 어른으로 훅 자란 느낌이었다.

살짝 치켜든 눈썹, 그 아래에 냉정하게 느껴질 정도로 날카로운 눈빛. 화가 난 걸 가까스로 참는 듯했다.

낯선 눈빛 앞에서 재희는 침묵했다.

"나보다 더 생각했어?"

"⋯⋯."

"십 년간 할 수 있는 건 다 해 봤어. 부정해 보고, 참고, 멀어져도 보고, 생각해 봤는데도 결론이 이거야. 내 결론이 이재희라고. 그러니까 고작 몇 주 고민해 봤다고 그런 말 하지 마."

선재의 말에 재희의 눈빛이 달라졌다. 자신을 질타하는 듯한 눈빛에 재희는 그만 울컥했다. 자신이 좋아해 달라고 빈 것도 아니고, 이렇게 되길 바란 적도 없었다. 그런데 자신이 죄인이 되었다.

"그래. 네 앞에서 할 말은 아니지. 십 년이나 고생했으니까. 그렇지만 나한테도 그 몇 주가 고통스러웠어. 너한테 비교할 거 아니라고 해도, 내 고통이 하찮은 건 아니라고. 그리고 내가 원했던 것도 아니었고."

꾹 참았던 말이 둑 터진 것처럼 우르르 쏟아져 나왔다.

"그리고 말 나온 김에 계속 해 보자. 만약 너랑 잘 됐다 치자. 그럼 그 후엔? 널 아들로 생각하는 부모님한테는 뭐라고 그럴까? 태우한테는? 아무리 이 세상 사람이 아니라지만 나는 태우한테 너무 민망해. 자기 친구랑 사귀는 누나 보고 뭐라고 그러겠어? 걔 성격에 뭐라고 생각하겠냐고."

"태우는 걱정하지 마."

"뭐?"

무슨 소리냐는 듯 재희가 날카롭게 되물었다. 네가 태우랑 이야기라도 해 봤냐고, 그럴 수 있냐고 물으려 했으나 선재가 한발 더 빨랐다.

"십 년째 매해 한 번도 빠짐없이 늘 미안하다고, 그러니까 한 번만 봐 달라고 빌었으니까."

"……."

"오늘은 도와 달라고 빌었어. 내년에 손잡고 오게 해 달라고. 너
희 누나, 마음 좀 돌려 달라고."

다시금 말문이 턱 막혔다. 멍청하게도 입술이 반쯤 벌어졌다. 고
백을 들었을 때만큼이나 가슴이 먹먹하다.

문득 납골함 앞에 서 있던 선재의 뒷모습이 떠올랐다. 그걸 빌고
있었던 건가. 그래서 할 말이 많다고 한 거였나.

재희가 입을 앙다물었다.

저렇게 말하면 독하게 나올 수가 없잖아.

"내가 세 번만 부탁하면 들어주던 녀석이었으니까, 이번에도 들
어줄 거야. 그리고 부모님은 내가 알아서 설득할게. 걱정되면 나서
지 마."

"……."

"다른 핑계는?"

마치 오랫동안 이 상황을 시뮬레이션 해 온 사람처럼 선재는 어
떤 질문을 던져도 지체 없이 대답할 것 같은 얼굴을 하고 있었다.

재희는 대답 대신 고개를 가로저었다. 그를 설득하려는 의지가
사라졌다. 자신은 선재를 이길 수 없었다. 도망치듯 현관문 안으로
들어섰다. 다행인지 불행인지 선재는 그것까진 방해하지 않았다.

• • •

샤워기 물줄기 아래에 선 재희는 하수구로 빨려 들어가는 물을 멍하니 응시했다. 길가다가 누군가에게 얻어맞아도 이것보단 덜 충격적이겠다 싶었다.

줄곧 존댓말을 하던 남동생 같은 녀석이 갑자기 말을 놓고서 애인이 되겠다고 덤벼들고 있었다.

세 살 차이. 그깟 건 별것도 아니었다. 요즘처럼 연상연하 커플이 많은 시대에 그런 거에 크게 구애받지 않았다.

다만, 대상이 신선재라는 게 문제였다. 하필이면 신선재. 자신이 동생처럼 봐 오던, 그 신선재. 부모님조차도 이젠 반쯤 아들이라 생각하는 그 신선재.

오랜 시간 정착되어 온 관계를, 다른 관계로 새롭게 정의하는 일이 쉬울 리 없었다. 그건 그간 쌓아 온 시간들을 등지는 것 같았다.

"앗, 뜨거워."

물을 끈다는 게 실수로 뜨거운 물을 틀어 버렸다. 도망치듯 물줄기에서 빠져나온 재희는 자신도 모르게 흘깃 문을 바라보았다. 자신의 이런 목소리까지 선재에게 들리지 않을 거라는 걸 알면서도 눈치 보게 된다.

"후우, 그러게 왜 옆집에 살아서는."

수건으로 젖은 머리를 말리던 재희의 행동이 느려졌다. 그러고 보니 선재가 왜 자신의 옆집에 살게 되었더라. 의문을 품자마자 무심히 기억이 떠올랐다.

유난히 달빛 하나 없던 어두운 날, 아르바이트를 마치고 지친 몸을 이끌고 귀가하던 길이었다. 모처럼 선재에게서 전화가 걸려 왔다.

"친구 동생이 과외 선생님 찾고 있다는데 해 줄 수 있어요?"

때마침 과외 아르바이트를 찾고 있었던 재희는 냉큼 대답했다.

"응. 좋아. 완전 좋지."

그러겠노라 흔쾌히 대답하며 길을 가고 있을 때였다.

"아가씨. 어이! 거기 아가씨!"

벽에 붙어 서서 노상방뇨를 하던 남자가 술에 취해 흐느적거리며 손을 휘저었다. 있는지도 몰랐던 남자의 부름에 한 번, 그의 바지가 발목까지 내려와 있다는 사실에 또 한 번 깜짝 놀란 재희가 '악!' 하고 비명을 지르며 휴대폰을 떨어뜨렸다.

"아가씨! 아가씨!"

남자가 비척거리며 다가왔다. 재희는 얼른 휴대폰을 주워 들고 뒤도 돌아보지 않고 뛰었다. 가까스로 집으로 도착한 재희는 헐떡거리다 말고 뒤늦게 휴대폰을 확인했다. 휴대폰은 박살이 나 있었다.

메신저로 선재에게 괜찮다는 연락을 하려고 노트북을 켰으나 설상가상으로 배터리가 방전되어 켜지지 않았다. 충전기를 꽂자마자 바로 켜지지 않을 정도로 낡은 노트북이라 충전되길 기다리며 잠잘 준비를 할 때였다.

딩동. 딩동.

갑작스럽게 들린 벨 소리에 화들짝 놀란 재희가 고개를 돌렸다. 아까 있었던 일이 떠올랐다. 아까 그 아저씨인가. 자신의 집은 어떻게 안 거지?

잔뜩 얼어붙어 있는데 벨 소리가 연거푸 들렸다.

어쩌지. 신고를 해야 할 것 같은데. 그런데 휴대폰이 고장 났는데, 메신저로 지인들한테 112 신고를 부탁해야 하나.

온갖 생각을 다 하며 아주 조용히 노트북을 향해 걸어가고 있을 때였다.

"누나!"

문 너머로 익숙한 목소리가 들렸다. 서둘러 문을 열자 헐떡거리고 있는 선재가 보였다. 깜짝 놀라 쳐다보자 선재가 그녀의 어깨를 잡고서 아래위로 훑었다.

"괜찮아요?"

선재가 5층까지 뛰어올라 왔는지 헐떡거리며 물었다.

"응? 아, 응. 응. 나는 괜찮은데, 네가 괜찮지 않은 것 같은데."
"하아, 휴대폰은 어떻게 된 거예요? 왜 연락이 안 돼요?"

선재가 쏟아내듯 말했다.

"아, 그게……. 놀라서 떨어뜨렸더니 그만 깨졌어."
"그럼 그 이상한 소리는요?"
"무슨 소리? 아아, 그 남자? 노상방뇨 하는 취객이었어. 괜찮아."
"괜찮기는 뭐가 괜찮아요! 놀라서 휴대폰까지 떨어뜨려 놓고!"

선재가 화를 못 참겠다는 듯 소리쳤다. 놀란 재희가 눈을 둥그렇게 뜨고 쳐다보자, 선재가 실수했다는 듯 눈을 꾹 감았다.

"하, 미안해요. 오는 내내 쓸데없는 생각을 너무 많이 해서 흥분했나 봐요. 누나한테 화낸 건 아니에요."

선재가 현관문을 짚고 서서 허리를 훅 숙였다. 그가 아직도 헐떡 거리고 있었다.

"이 누나가 그렇게 걱정돼서 여기까지 쫓아왔어?"

재희가 씩 웃으며 물었다. 사실 놀란 마음이 다 추슬러지지 않았 지만, 자신을 걱정하는 선재를 안심시키려고 더 장난스러운 표정 을 지었다.

"그럼 걱정되지 안 되겠어요? 전화가 그렇게 끊어진 데다 다른 사람 도 아니고 누난데."

묘하게 누나라는 부름의 어감이 달라진 것 같았지만, 재희는 선 재의 흥분이 가라앉지 않아서 그런 거라 생각했다.

"고맙네. 우리 선재. 아주 잘 컸어. 누나도 지킬 줄 알고."

재희는 장난스럽게 웃으며 말했지만, 선재는 그 말에 대답하지

않았다. 그리고 물 한 잔을 얻어 마시며 얼마간 이야기하다가 문단
속 잘하라는 말을 남기고 돌아갔다.

그 일이 있은 지 한 달이 되지 않아 선재는 자취하던 방을 정리
하고 재희와 같은 건물 원룸으로 옮겼다. 그 사실을 알고 당황해서
아무 말도 못하는 재희에게 선재가 담담한 얼굴로 말했다.

"5층은 공실이 없대요."
"같은 층으로 이사 오려고 했어?"
"이왕이면요."
"그래서 3층으로 이사 왔고?"

갑작스러운 벨 소리에 자다 깨서 나왔다가 졸지에 이사 떡 대신
이라며 햇반 여섯 개를 받게 된 재희가 어이없다는 듯 물었다.

"네, 빨리 이사 오려면 이 방법밖에 없었어요."
"아니, 왜, 굳이."

재희가 할 말을 잃고서 말끝을 흐렸다.

"저번엔 사고였지만, 다음엔 사건이 될 수도 있으니까요."
"말 한 번 무섭게 하는구나."

"그렇게 되지 말라고 여기로 온 거잖아요."

"……"

"302호예요. 무섭거나, 심심하면 와요. 비밀번호는 문자로 보내 놨어요."

"너, 비밀번호 그렇게 함부로 남한테 알려 주면 어떻게 해?"

재희가 깜짝 놀라 물었다.

"함부로도 아니고, 남도 아니니 알려 줘도 되겠네요. 그러니까 언제든 와요."

"너, 후회한다? 내가 너희 집 냉장고 다 털어먹을 거야."

"그래요. 기대할게요."

후회한다는 말에 기다린다는 답은 대체 뭐냐고 묻고 싶었으나, 선재는 짐 정리를 해야겠다며 돌아섰다.

"도와줄까?"

"얼마 안 남았어요. 내가 하면 돼요."

"그런데 이 햇반은 대체 뭐야?"

재희가 제 손에 들린 햇반 여섯 개가 묶인 세트를 보며 물었다.

"백설기 대신이라고 생각해요. 꼭꼭 씹어 먹으면 단맛 나니까. 밥 좀 챙겨 먹어요. 자꾸 빵 같은 거 먹고 다니지 말고."

선재는 계단을 내려가며 잔소리했다. 그때부터 줄곧 선재는 자신이 이사 가는 곳으로 따라 이사를 왔다. 이모가 시집가기 전까지 살던 이 아파트에 월세살이를 시작할 때까지 빠짐없이.

돌이켜 생각해 보니 동생이 하는 행동이라기엔 과할 때가 더러 있었다. 그때마다 선재는 웃음으로 대답을 피했고, 자신도 집요하게 묻지 않았다. 그저 저런 녀석이라고만 생각했다. 그렇게 오랜 시간 선재는 편할 대로 행동하고, 자신은 편한 대로 해석했다. 그때 한 번이라도 의문을 품었다면 지금과 달랐을까.

잠옷으로 갈아입은 후 드라이를 하려고 좌식 화장대 앞에 앉은 재희는 멍하니 거울을 바라보았다. 젖은 머리를 수건으로 둘둘 말아 놓은 모습이 비쳤다. 젖은 머리를 말려야 하는데 생각이 많아지니 행동이 둔해졌다. 결국은 손에 힘까지 쭉 빠졌다.

수많은 생각 끝에 가시 같은 의문이 콕 찔러 왔다.

그래서 난 정말 몰랐던 걸까. 선재의 마음을? 어쩌면 이기적이게도 모르는 척하고 싶었던 게 아닐까.

스스로에게 던져진 잔인한 물음 앞에 재희는 또 한 번 아무 말도 할 수 없었다.

· · ·

쉬어도 쉰 것 같지 않았다. 생각이 많아 고달픈 주말을 보낸 재희가 힘없이 현관문을 밀고 나왔다가 그대로 멈춰 섰다.

셔츠에, 색 있는 가디건, 면바지를 입은 선재가 복도 한중간을 점거하듯 가로막고 서 있었다. 다시 집으로 들어가야 하나 고민하는 찰나, 제 생각을 읽은 듯 선재가 고개를 돌려 곁눈으로 쳐다보았다.

"그렇게 미적거리다가 지각해."

'요' 자가 빠지니 말투가 확 다르게 느껴진다.

"그냥 다시 말 높이는 건 어때?"

"싫어."

재희의 권유를 선재는 시원하게 거절했다.

"내가 말 높이면 기대할 거잖아. 예전으로 돌아갈 수 있을 거라고."

"……"

선재의 말에 대꾸할 말이 없었다.

"그나저나 왜 그러고 있어? 준비했으면 출근하지 않고."

재희가 짐짓 아무렇지 않은 척 물었다. 일부러 현관문도 평소보다 세게 닫았다.

"왜 이러고 있겠어? 같이 출근하려고 그러지."

"다른 사람들이 보면 오해해."

"무슨 오해? 이미 연애하고 있는 걸로 알고 있는데."

"그건 그런데…… 굳이 티 낼 필요 없다는 거지."

딱히 할 만한 변명이 없는 지라 재희가 작게 중얼거렸다.

"다른 사람 시선 의식할 생각 없어, 난."

"……."

"터져 나가기 직전인 내 생각이랑, 이재희 눈치 보는 것만으로도 여유가 없거든."

"……."

와, 정말 말 잘한다. 여태껏 어떻게 참고 있었는지 모르겠다.

한번 고백을 한 선재는 다른 사람이라도 된 것처럼 거침없었다. 선재의 말처럼 더 미적거렸다가 지각할 상황이라 어쩔 수 없이 같이 출근했다. 정확히 말해 재희가 걸으면 선재가 보폭에 맞춰 옆을 따라왔다. 재희가 걸음을 은근슬쩍 빨리 해 봤지만, 소용없었다.

"헉, 헉, 헉."

오히려 운동 부족으로 제 숨만 찼다.

"그러게 왜 서둘러."

선재가 아무렇지 않은 얼굴로 물어왔다.

이게 누구 때문이겠니.

재희는 울컥했으나 그마저도 말하기 어려웠다. 선 자리에서 헐떡거리고 있자 머리 위로 그림자가 드리웠다. 슬쩍 고개를 들자 어느새 마주선 선재가 내려다보고 있었다.

왜 앞길을 막냐는 물음을 하려는데, 선재가 손을 뻗어 그녀의 옷에 묻은 잎사귀를 떼어 냈다. 가로수에서 뭔가가 떨어지더니 묻은 모양이었다.

"고마워."

재희가 우물거리듯 말했으나, 선재는 비키지 않았다.

"왜 이러고 있어? 지각한다며."

얼굴을 구기며 묻자 선재가 눈높이를 맞춰 허리를 숙였다. 훅하고 선재의 얼굴이 다가왔다. 시야의 대부분을 선재의 얼굴이 차지하고 있었다. 슬쩍 고개를 비스듬히 기울인 채 옅은 미소를 짓고 있었다. 청량한 그 얼굴 앞에 재희는 자신도 모르게 숨을 멈췄다.

"……뭐하는 건데."

재희는 일부로 목소리를 낮춰 물었다.

"이러면 떨린다던데."

"……."

"떨리라고."

"……."

"그런데."

"……."

바람이 불었다. 선선하고, 부드러운 바람 끝에 작은 목소리가 실려 왔다.

"내가 떨린다."

· · ·

출근해서 자리에 앉은 재희는 멍하니 앞을 바라보았다. 그러다 모니터가 오랫동안 검다고 생각해서 확인해 보니 PC의 전원도 켜지 않은 상태였다.

재희는 부랴부랴 컴퓨터 부팅을 한 후 근무 준비를 했다. 그러나 그것도 잠시, 다시 멍한 표정이 되었다.

"내가 떨린다."

살짝 기울인 고개 너머로 비쳐 들어오던 아침 햇살, 청량하고 깨끗한 미소, 덤덤한 듯 떨리던 목소리.

삶에 한 번씩 드라마 같은 순간이 찾아온다는 말을 믿지 않았는데, 그 순간만큼은 드라마의 한 장면 같았다. 그만큼 그 순간의 선재는 근사했다. 동시에 진심을 자신에게 내던지고 있었다.

"후우."

재희는 도저히 안 되겠다 싶어서 몸을 일으켰다. 화장실에 가서 가볍게 찬물에 손이라도 담가야 할 것 같았다. 복도로 걸어가던 재희는 문득 자신에게 느껴지는 시선에 고개를 돌렸다. 그러자 미묘한 표정으로 쳐다보던 직원들이 다급하게 고개를 돌렸다.

뭐야.

재희는 무심히 생각하며 고개를 갸웃거렸다. 저번 주 발표 때문인지 아침부터 유난히 자신을 의식하고 쳐다보는 사람들이 많았다.

사무실로 돌아간 재희는 애써 마음을 다독이며 회사 메일함을 확인했다. 그러다 입구에서 익숙한 목소리에 고개를 슬쩍 들었다. 단우가 아무렇지 않은 얼굴로 서 있었다. 재희는 못 본 척 시선을 모니터로 돌렸다. 당장이라도 자신에게 시비를 걸 거라는 예상과 달리 단우는 평소보다 더 서글서글하게 웃으며 팀장실로 들어갔다.

또 무슨 생각이지.

혼자였다면 머리를 쥐어뜯었을 거다. 그나저나 단우, 선재와 함께 일하는 사무실이라니. 최악 중의 최악 아닌가.

재희는 소리 없이 이를 갈며 억지로 일에 집중했다.

· · ·

"할 말 있으면 하세요."

점심 식사 중 더는 못 참겠다는 듯 재희가 수저를 내려놓으며 말했다.

"으, 응? 뭘?"

"응? 무슨 소리야?"

그러자 은아를 비롯해 다른 직원들이 눈을 휘둥그레 뜨며 어색하게 되물었다.

"계속 제 눈치 보고 계시잖아요. 뭐 숨기는 것처럼."

"그, 그거야 재희 씨가 먹고 있는 게 맛있어 보여서 그랬지."

"우리 같은 메뉴예요."

"그, 그러게. 왜 같은 메뉴인데 재희 씨께 더 맛있어 보이지?"

"말 피하지 마시고요. 오늘따라 다른 직원들이 유난히 저를 흘긋대던데, 다들 이유를 알고 계시는 거죠?"

재희가 티슈로 입가를 닦은 후, 덤덤하게 물었다.

처음엔 착각인가 했다. 그런데 자신이 어딜 가든 따라붙는 눈초리가 예사롭지 않았다. 수군거리는 입모양과 표정이 누가 봐도 뒷담화를 하는 듯했다. 이건 단순히 저번 주 금요일 상황 때문이 아니었다. 주제넘었다고 비아냥거릴 수도 있고, 큰일이라고 수군거릴 수 있지만 그 수준을 넘어선 분위기였다.

"말해 주세요."

재희의 말에 은아가 난처한 표정을 지었다.

"됐어. 알려고 하지 마. 그냥 모르고 지나가는 게 좋을 때도 있어. 모르는 척하고 있으면 금방 사그라들 소문이야."

은아가 손을 내저었다.

"그러다가 생각지 못한 곳에서 듣게 되면 더 충격 받아요. 제 생각해 주시는 건 감사한데, 그냥 편하게 이야기해 주세요."

재희의 말에 은아와 옆자리에 앉은 지호가 서로를 쳐다보았다. 재희는 숨을 깊게 들이마셨다. 아무래도 자신이 생각하는 것보다 큰일인 듯했다.

"그게……."

은아가 조심스럽게 입을 열었다.

"혹시 재희 씨, 우리 팀장님이랑 따로 만난 적 있어?"

생각지 못한 질문에 가슴이 철렁 내려앉았다. 잠시 말문이 막혀 아무 말도 못하자, 은아의 표정이 미묘해졌다.

"정말이야? 후우. 아니, 나는 사실 다 믿지는 않는데 아침부터 이상한 소문이 돌더라고. 재희 씨가 우리 팀장님을 좋아해서 따라다니다가 마음을 받아 주지 않아서 컨퍼런스에서 그런 행동을 한 거라고."

"그게 말이 돼요? 전 지금 선재 씨 만나고 있다고 다들 알고 있는데, 갑자기 팀장님이 왜 나와요?"

재희가 억울하다는 표정으로 테이블을 탕 치며 물었다. 그러자 근처 테이블에 있던 타 부서 직원들이 그들의 테이블을 흘깃거렸다.

"일단 진정해 봐. 재희 씨. 후우, 이래서 말하기 곤란했는데……. 어쨌거나 지금 재희 씨가 억하심정이 있어서 팀장님한테 해코지한 것처럼 소문이 났어. 우리야 재희 씨가 프로젝트 뺏기는 게 화가 나서 그랬다는 거 아는데, 다른 팀원들은 이런 사실을 모르니까."

"알고 싶지 않은 거겠죠."

재희가 고저 없는 목소리로 말했다. 그녀의 말에 은아와 지호는 난처한 얼굴로 서로를 번갈아볼 뿐, 아니라고 부인하지 못했다.

어차피 다른 사람들에게 소문의 사실 여부는 상관없다. 얼마나 자극적이냐는 것만 중요할 뿐. 소문을 퍼다 나른 사람들도 '아니면 말고'라는 심정이었을 거다.

"이제 어떻게 할 거야? 방법 있어? 우리가 아니라고 말하긴 하는데, 별로 먹히는 분위기가 아니야."

은아가 여전히 난처하다는 얼굴로 말했다.

"그렇겠죠. 저, 먼저 가 볼게요. 죄송해요. 식사 계산은 나중에 제가 따로 드릴게요."

"재희 씨! 재희 씨!"

재희는 자신을 부르는 직원들을 등진 채 빠르게 걸음을 옮겼다.

• • •

문을 부술 것 같은 노크 끝에 문 너머에서 '들어오세요'라는 말이 들렸다. 팀장실 문을 열고 들어선 재희는 태연한 얼굴로 자리에 앉아 있는 단우를 보았다. 재희를 흘깃 쳐다본 단우는 노크 소리만으로도 그녀일 줄 알았다는 듯한 표정이었다.

"그 소문, 팀장님 짓이죠?"

재희가 빠르게 본론부터 꺼냈다.

"무슨 소문 말입니까?"

단우가 도저히 무슨 말인지 모르겠다는 표정을 지었다.

"저랑 팀장님이 사적으로 만났다는 거, 아는 사람이 몇 없어요. 저, 팀장님, 그리고 회사를 떠난 이제인 씨 정도 같은데. 이미 떠난 제인 씨가 새삼스럽게 소문을 퍼트릴 리 없고, 타이밍상 소문 퍼트릴 사람이 팀장님밖에 없거든요."

직원을 감언이설로 꼬드겨 작업을 시켜 놓고 그 결과물을 빼앗았다는 소문을 덮기 위해 단우는 더 자극적인 소문을 퍼트렸을 게 분명했다. 차후에 자신이 작업을 빼앗겼다고 항변하더라도 이미 색안경을 낀 직원들이 제 말을 믿지 않도록.

더욱이 여태껏 이미지 좋았던 김단우와, 일개 사원인 자신의 싸움에서 사람들은 단우의 편을 더 많이 들 게 분명했다. 설령 자신의 편을 들더라도 단우의 눈치를 봐서 내색할 수 없을 테고.

단우는 이런 것까지 모두 계산하고 행동했을 거다. 어쩌면 처음 자신에게 제안할 때부터 이런 일을 계획했는지 모른다는 생각이 들자 소름끼쳤다.

"도저히 무슨 말을 하는지 모르겠군요. 점심시간까지 일해야 할 만큼 바쁩니다. 그러니 쓸모없는 말로 시간 허비하게 하지 않았으면 하군요."

짧게 한숨을 내쉰 단우가 이해를 못하겠다는 표정으로 축객령을 내렸다. 그러나 재희는 물러서지 않았다.

"그래서 그때 그렇게 자신만만하게 말하셨어요? 가만히 두지 않을 거라고. 저는 또 뭔가 거한 작전이라도 있는 줄 알았는데, 생각보다 졸렬한 방법을 택하셨네요."

"이재희 씨."

단우가 낮은 한숨을 내쉬며 상체를 앞으로 기울였다.

"나는 도무지 이재희 씨가 무슨 말을 하는지 모르겠군요. 회사에 도는 소문 때문이라면 나도 들었습니다. 그런데 틀린 말 아니지 않습니까?"

"……뭐라고요?"

"이재희 씨가 나를 좋아했고, 그래서 몇 번 사적으로 만났고, 그런데 내가 이재희 씨를 거절하니 화가 나서 이런 선택을 한 거잖아요."

"팀장님. 아니, 김단우 씨."

재희가 힘주어 그의 이름을 불렀다. 그러나 단우는 말을 멈추지 않았다.

"내가 거절하자 홧김에 보란 듯이 신선재 씨를 사귄 거고요. 그래도 내가 눈 하나 깜빡 안하니 그런 행동을 저지른 거고요. 맞잖아요. 아니라고 할 만한 증거가 있나요?"

단우의 말에 재희의 입술이 작게 벌어졌다. 단우는 작정했다. 사실을 왜곡하기로. 자신을 스토커에 미친 사람으로 만들어 놨다. 재희는 헛웃음을 지었다.

"저한테 주신 서류가 있다는 걸 잊었나 봐요. 팀장님이 제게 전체 회의 발표자를 맡긴다고 했던 이 서류요."

재희가 챙겨 온 서류를 꺼내 들었다.

"그건 또 뭡니까?"

단우의 말에 재희의 미간이 좁아졌다.

"발뺌하시는 거예요?"

"발뺌이 아니라 정말 모르겠네요. 컨퍼런스 발표자로 택한다라. 내가 그랬다고요?"

단우가 서류에 적힌 글자를 읽더니 비웃었다. 기분이 싸했다.

"어차피 위조된 거 아닙니까?"

"뭐라고요?"

"문서 내용이야 컴퓨터로 뽑았을 테고, 팀장 직인이야 내가 없는 틈에 마음만 있으면 구할 수 있었을 거 아닙니까? 그런데……. 이 직인, 만들었어요? 내 것이 아닌 것 같은데. 뭔가 다르군요."

단우의 말에 재희가 서류를 쳐다보았다. 제 눈엔 팀장 직인과 분명 같았다. 그런데 이걸 보고 단우는 다르다고 말하고 있었다.

"……하."

뭔가를 깨달은 재희가 짧게 웃었다. 어이가 없으니 웃음이 나왔다. 그의 말이 사실이라면 단우는 자신에게 건네준 서류에 가짜 직인을 찍어 줬단 말이었다. 그러고 보니 당일에 서류를 작성하지 않고 미적거리며 3일 후에나 서류를 제게 주었다. 그동안 가짜 직인을 만든 모양이었다. 이걸로 시비를 걸면, 자신을 완전 미친 사람으로 몰아가기 위해서. 재희가 어이없어서 아무 말도 못하고 있는 사이, 단우가 말했다.

"그러고 보니 호출할 일이 있었는데 잘 왔군요. 위에서 결정 났습니다. 이재희 씨, 시말서 작성해서 오세요."

시말서라니. 그건 또 무슨 소리냐는 표정으로 쳐다보자 단우가 입을 열었다.

"무단으로 USB 반출해서 발표 자료를 조작해 제출했다는 증인의 보고가 있었습니다. 물론 목격자도 있고, CCTV도 있고요. 전체 회의를 엉망으로 만들었으면 이 정도 각오는 했어야죠. 그리고 또 한 가지 더. 며칠 안으로 인사과에서도 연락 갈 겁니다."

"……"

"지방에 지사를 설립한다는 군요. 거기 유능한 인재가 필요하다고 해요. 이재희 씨를 추천했는데 때마침 조건에 부합한다고 하더군요. 그러니 미리 준비하고 있어요."

단우의 말에 재희의 입술이 비틀어졌다. 이제 웃음조차 나지 않았다. 주말 안에 이 모든 걸 계획하고 실천했을 단우를 생각하니 대단하기도 하고, 한편으로는 소름끼쳤다.

"할 말 더 있습니까?"

"……"

"없으면 나가죠. 시간 낭비하는 건 딱 질색이라."

단우가 빙긋 미소 지었다. 재희는 그런 단우를 가만히 노려보았다. 수만 가지 감정이 치솟아 올랐다가 사그라들었다. 때려 엎고 싶은 마음이 굴뚝같았다.

아니, 단우의 얼굴에 주먹이라도 꽂아 넣고 싶었다. 하지만 그래 봤자 자신의 소문만 엉망이 될 뿐이다. 뭐라고 반박하고 싶은데 머리가 굳어 버린 기분이다. 다만, 한 가지는 확실했다. 절대로 이렇게 넘어갈 생각은 없었다.

재희는 인사도 하지 않고 돌아서서 팀장실을 빠져 나왔다. 자신의 자리로 가다가 방전된 로봇처럼 멈춰 섰다.

때마침 식사를 마친 직원들이 들어섰다. 그 가운데 외근을 마친 선재가 있었다. 다른 직원들이 모두 자리로 돌아갔으나, 선재만 우두커니 서서 그녀를 쳐다보고 있었다.

마치 그녀에게 무슨 일이 생긴 걸 알아챈 것처럼.

선재가 모르는 척해 줬으면 좋겠다는 바람과 달리 그는 성큼성큼 걸어와 제 앞에 멈춰 섰다. 그의 시선이 팀장실로 향했다. 얼음장같이 얼어붙은 눈동자가 다시금 재희에게 내려왔다.

"괜찮아."

선재가 뭔가 말을 하려고 입술을 달싹이는 사이, 재희가 먼저 말했다.

"정말 괜찮아. 그러니까 가만히 있어."

선재가 어떤 것도 묻지 않았다는 걸 알면서도 재희는 스스로에게 세뇌하듯 말했다. 그러고는 앞만 보며 자리로 향했다. 자신을 뒤따르는 선재의 시선이 느껴졌지만, 재희는 애써 모르는 척 외면했다.

· · ·

하루 종일 시간이 어떻게 흐르는지 모르겠다. 재희는 복잡한 표정으로 모니터를 들여다보았다. 곁에서 누군가가 타자만 쳐도 자신의 이야기를 하는 것 같다. 이렇게 사람이 피해의식을 갖게 되는 건가 싶었다.

일을 하는 둥 마는 둥 하다 시선을 돌렸다. 선재의 자리가 텅 비어 있었다. 탕비실을 가려면 그의 뒤를 지나가야 하는데, 선재가 없는 지금이야말로 적기였다. 몸을 일으킨 재희가 곧장 탕비실로 향했다.

가는 날이 장날이라고 했던가. 하필이면 이런 타이밍에 커피도 없었다. 혹시나 싶어 확인해보니 탕비실 수납장에 여분의 커피도 없었다.

총무실로 가서 커피를 받아와야 하는데……. 그러려면 총무실 사람들을 만나야 했다. 이러나저러나 최악이다.

잠시 고민하던 재희는 회의실에 여분의 믹스 커피가 있다는 걸 떠올렸다. 급한 대로 그거라도 가져와 먹어야겠다 싶었다.

복도를 지나 구석에 있는 회의실로 향하니 문이 덜 닫힌 채 살짝 떠 있었다. 혹시 누가 있나 싶어 멈칫했다. 만약 회의실에 누가 있다면, 자리를 비운 선재일 확률이 컸다. 아직은 선재와 단둘이 마주할 자신이 없었다. 슬쩍 엿보자 반쯤 열린 문 너머로 아니나 다를까 익숙한 선재의 등이 보였다.

"생각보다 인내심이 많은 성격이군요, 신선재 씨."

들리는 목소리가 익숙했다.

"그런 편입니다만, 제가 그런 성격이라는 걸 알 만큼 제게 관심이 있는 줄 몰랐네요. 다른 사람도 아니고 팀장님이 말이죠."

회의실 안에서 대화를 나누고 있는 사람은 단우와 선재였다. 생각지 못한 조합에 재희의 미간이 확 좁아졌다.

어쩌다가 저 둘이 회의실에 있게 된 거지. 안 그래도 터질 것 같은 머릿속이 더 복잡해졌다. 어쨌거나 관여하고 싶지 않아 조심스럽게 문을 닫으려고 할 때였다.

"그래 보이네요. 여자친구에게 그런 소문이 돌아도 아무런 대응을 하지 않는 걸 보면 말입니다. 여자친구를 별로 안 좋아하는 건지, 자존심을 굽혀야 할 만큼 월급이 중요한 건지 모르겠지만 말이죠."

단우의 말에 문을 닫던 재희의 손이 멈칫했다. 단우는 일부로 선재를 자극하고 있었다. 그러다 불미스러운 사건이 생기면 그걸 빌미로 자신과 선재를 묶어 회사에서 내쫓으려고 그러는 걸 수도 있었다.

도저히 참을 수가 없어진 재희가 문고리를 꽉 거머쥐었다.

"어느 쪽도 아닙니다."

그러나 선재의 대답은 덤덤했다. 생각보다, 아니 지나치게 차분한 대답에 왜인지 모르게 문을 열려다말고 멈칫했다.

"······기분이 전혀 안 나빠 보이는군요."

의아한 듯 단우가 물었다. 재희는 그의 말을 듣고서야 제 기분이 이상한 이유를 알았다. 선재는 단우의 비아냥에도 지나치게 덤덤하고 차분했다.

"화나라고 하는 말에 화날 만큼 어리숙하진 않아서요."

선재가 덤덤하게 대답했다.

"이 정도면 인내심이 많은 게 아니라 비굴한 거 아닙니까? 남자친구가 여자친구의 일에 아무런 대응 없이 가만히 있는다라······. 다들 신선재 씨보고 비굴하다고 하지 않을까요? 나라면 가만히 있지 않을 텐데요."

단우가 끝까지 비아냥거리며 선재를 긁었다.

"그렇게 의리 있고 책임감 있는 분인 줄은 미처 몰랐네요."

선재가 던진 뼈 있는 말에 단우의 얼굴이 뻣뻣하게 굳었다.

"이재희 씨가 도와 달라면 언제든 돕겠지만, 먼저 나서진 않을 겁니다."

"……"

"이재희 씨를 믿거든요."

"……믿는다?"

단우의 목소리가 묘해졌다.

"그쪽 같은 거, 굳이 다른 사람의 손을 빌리지 않고 해결할 테니까요. 여태껏 그래 왔고, 앞으로도 그럴 거예요. 지금 잠시 참고 있는 것뿐이에요."

"……"

"전체 회의 때 봐서 알겠지만 그쪽이 생각하는 거보다 훨씬 대단한 여자거든, 이재희."

"……"

"그러니까 조심하세요. 크게 다칠지도 모르니까."

목소리만으로도 선재가 옅게 웃고 있는 얼굴이 연상되었다. 재희는 꽉 움켜쥐고 있던 문고리를 내려놓았다. 머릿속으로 뱅글뱅글 돌았다.

'그쪽이 생각하는 거보다 훨씬 대단한 여자거든'이라는 말만.

• • •

퇴근 시간, 회사가 오밀조밀 모여 있는 거리가 퇴근하는 사람들로 복잡했다. 이리저리 움직이는 사람들 위로 오후의 어슴푸레함이 느릿하게 내려앉았다. 시간이 조금 지나자 남색으로 물든 거리로 가로등 불빛이 길게 줄지어져 있었다.

시시각각 변해 가는 풍경을 재희는 버스 정거장 벤치에 앉아 말 없이 바라보았다. 사람들이 제각기 버스를 타고 멀어졌다.

재희는 몇 번이나 타고 가야 할 버스를 보냈다. 처음엔 멍하게 있느라 놓쳤고, 그 이후엔 일부러 보냈다.

생각이 지나치게 많아지자, 되레 아무 생각도 들지 않았다. 버스를 타고 집에 가야 한다는 생각조차도 사라졌다. 엉덩이가 점점 무거워졌다. 조금만 더 이렇게 있다가 다음 버스를 타고 가야지, 라고 생각하던 재희가 무심코 고개를 돌렸다.

자신의 옆자리에 누군가가 앞을 바라보고 앉아 있었다. 너무 자연스럽게 녹아 있는 그 모습에, 재희는 놀라는 타이밍조차 놓쳤다.

"……여기서 뭐 해?"

다시 고개를 앞으로 돌린 재희가 조용하게 물었다.

"버스 기다려."

"버스 왔는데."

재희가 막 도착한 버스를 가리켰다.

"내가 기다리는 건 이재희가 탈 버스거든."

선재의 말이 끝나기가 무섭게 출입문을 닫은 버스가 엔진소리를 내며 저만치 멀어졌다. 주변은 각종 소음으로 시끄러웠다.

하지만 나란히 앉은 두 사람 사이를 파고들진 못했다. 옅은 막에 쌓인 것처럼 둘 사이는 고요했다. 재희는 힘이 다 빠졌다는 듯 느릿하게 눈을 감았다가 떴다.

"……소문 들었지?"

재희의 물음에 선재는 침묵으로 긍정했다. 재희의 입술이 자조적으로 휘었다.

"진짜라고는 생각 안 해? 넌 내가 김단우랑 연락하고 만나는 거 봤잖아."

"봤으니까 더 못 믿지."

"……"

"그런 앙심을 품을 만큼 깊은 사이가 아니라는 걸 아니까. 그리고 내가 아는 이재희는 고작 해코지하자고 이런 식으로 일을 벌일 사람은 아니니까."

"나에 대해서 참 많이 아는 것처럼 말하네."

나도 내가 누군지 가끔 잘 모르겠는데.

재희가 쓸쓸한 표정으로 바닥을 바라보았다. 우둘투둘한 아스팔트 바닥이 보였다. 그 위를 열심히 기어가는 개미가 언뜻 비친 불빛에 보였다. 누군가에겐 평평한 아스팔트 길이 또 다른 존재에겐 고된 길이라는 걸 본 순간, 괜히 마음이 시큰거렸다.

"알 수밖에."

그 가운데 조용한 목소리가 들렸다.

"내가 나를 생각하는 시간보다, 이재희를 생각하는 시간이 더 길었으니까."

그의 말이 시큰거리는 가슴 한 가운데를 푹 찌르고 들어왔다. 바닥을 보고 있던 재희의 고개가 느릿하게 선재에게로 향했다. 언제부터였는지 그는 자신을 바라보고 있었다. 흔들림 없는 눈으로, 조용하게.

그에 비해 선재를 담은 재희의 눈동자가 사정없이 흔들렸다. 마음 안에서 무언가가 깨져 나오려고 했다.

"……내가 왜 좋은데?"

재희는 선재만 들을 수 있는 목소리로 작게 물었다.

가끔 나도 내가 싫을 때가 있는데, 넌 내가 대체 왜 좋은 거냐고. 대체 왜 믿는 거냐고.

"이재희라서."

"……."

"그래서 좋은데."

"……."

툭, 뱉는 말이 훅 찌르고 들어온다.

"처음부터 그냥 그랬어."

덤덤하게 이어진 선재의 고백에 재희가 입을 앙다물었다.

네가 뭐라서, 뭔가를 해서가 아니라 그냥 존재를 온전히 사랑한다는 말 앞에 무너지지 않을 사람이 몇이나 있을까. 풍랑을 맞은 배처럼 이리저리 흔들리던 재희의 시선이 천천히 가라앉았다. 그녀는 선재를 처음 보는 사람처럼 생경한 눈으로 바라보았다.

단정한 머리와, 흔들림 없이 응시하는 시선, 반듯한 이목구비, 선량한 표정까지.

문득 선재 없이 무사히 살 수 있을까, 하는 생각이 들었다. 자신의 삶에서 선재는 동생, 옆집 이웃, 그것들을 넘어선 무언가였다.

때로 친구였고, 동생이었고, 가족이었으며, 아끼는 사람이었다. 하나로 정의할 수 없는, 그러나 분명하게 말할 수 있는 건 다시없을 소중한 존재라는 점이었다.

잠시 멎었던 바람이 선선하게 불어쳤다. 온몸을 훑고 지나가는 바람 앞에서 재희는 사랑에 대해 생각했다.

닿을 듯 말 듯한 떨림, 설렘, 알아가는 과정, 그 끝에 찾아오는 이해와 평온. 그런 게 사랑이라고 생각했다. 그러나 그 모든 걸 포함하고 넘어선 마음도 사랑이라고 부를 수 있다면.

그렇다면…….

나는…… 신선재를 사랑하고 있는 게 아닐까, 하고.

• • •

평소보다 오랫동안 샤워를 하고 나온 재희는 컴퓨터 앞에 앉았다. 키보드 위에 손을 올린 재희는 멍하니 모니터만 바라보았다. 그 사이 컴퓨터 옆에 놔둔 휴대폰이 계속해서 진동했다. 자신에게 무슨 일이 생긴 걸 아는 사람처럼 오늘따라 연락이 잦았다. 재희는 휴대폰을 들었다. 각종 스팸 문자, 앱 알림, 그리고 좀처럼 연락하지 않던 친구들에게서도 연락이 와 있었다.

은아를 비롯해 직원들이 함께 있는 단체 채팅방에서도 쉴 틈 없이 대화가 쏟아져 나왔다. 확인하지 않았지만 알림으로 대충 내용을 확인했다. 단우에 대한 성토, 자신에 대한 걱정, 이게 무슨 상황이냐는 하소연까지.

다행히도 몇몇 직원들은 그녀를 믿어 주었다. 그 사실에 안심이 되었다. 그런데 이상하게도 이토록 많이 연락이 오는데도 어딘가 모르게 허전했다. 마치 기다리고 있는 연락이 오지 않는 것처럼.

재희의 손에 허공에서 뱅글뱅글 돌았다. 마침내 휴대폰에서 익숙한 이름을 찾아냈다.

[신선 같은 신선재]

별명으로 저장해 둔 건 선재가 유일했다. 어쩌면 자신에게 선재가 특별했던 건 오래전부터였는지도 모른다. 허공에서 한참이나 멈칫하던 손가락이 번호를 툭 눌렀다. 액정이 통화 상태로 바뀌었다.

-응.

신호음이 두 번도 채 가기 전에 휴대폰에서 익숙한 목소리가 넘어왔다. 재희는 자신도 모르게 휴대폰을 꽉 움켜쥐었다. 익숙한데 낯설고, 들리는 목소리가 반가운데 어색하다.

"뭐 해?"

괜히 실없는 말을 던졌다.

-벽 봐.

"벽은 왜?"

-이재희는 뭐 하나 해서.

"……."

보고 있는 벽이 자신의 집 방향이었던 모양이었다.

"반말 아주 자연스럽다?"

-어색해?

"조금."

생각보다 아무렇지 않게 대화가 이어졌다.

-그럼 적응되게 자주 들어.

"……."

-자주 좀 보고.

"같은 회사 다니고 이웃집인데 여기서 뭘 더 자주 봐? 퇴근도 같이 했는데."

-오며 가며 말고. 같이 시간 좀 보내자고.

"……."

선재의 말에 재희는 흡 하고 들이마셨던 숨을 잠시 뱉지 못했다. 한번 표현하기 시작한 선재는 어떻게 참았나 싶을 정도로 대놓고 마음껏 표현했다.

재희는 무슨 말을 해야 할지 몰라 잠시 고개를 들어 천장을 바라보았다. 휴대폰 너머로 낮은 숨소리가 들렸다.

"나, 시말서 쓸 건데 응원 좀 해 줘."

재희가 좌식 의자 등받이에 등을 대며 말했다.

-시말서까지 써?

"응. 그러래. 그래서 기가 막힌, 이재희스러운 시말서를 써 보려고 하는데 응원 받고 싶어서 전화했어. 그러니까, 네 응원을 특히 받고 싶더라고."

재희는 말을 하다말고 말끝을 흐렸다. 문득, 자신이 지나치게 선재에게 응석을 부리고 있는 게 아닌가 하는 생각이 퍼뜩 들었다.

"아냐. 그냥 못 들은 걸로 해. 정 불쌍하면 파이팅! 이 한마디만 해 주든지. 여보세요. 여보세요? 신선재?"

휴대폰 너머로 목소리 대신 끼익 하는 소리가 들렸다. 뒤이어 쿵 하고 문 닫히는 소리가 휴대폰과 복도 쪽 창문에서 약간의 시간차를 두고 들렸다. 설마, 설마. 재희의 시선이 현관문 쪽으로 향했다.

딩동, 딩동.

들리는 벨 소리에 재희가 허겁지겁 자리에서 일어나 문을 열었다. 그러자 문 너머에 선재가 벽처럼 서 있었다. 자신을 내려다보는 눈매가 분명 익숙한데 오늘따라 조금 낯설게 느껴져서 재희는 뒤로 슬쩍 물러섰다.

"응원하러 직접 뛰어온 거야? 무슨 말을 못하겠다."

장난스럽게 타박하는 말과 달리 재희의 얼굴엔 옅은 미소가 맺혔다.

"다 해."

"……."

"지금 머릿속에 하고 싶은 것들 전부 다."

나지막한 선재의 말에 허공을 헤매던 재희의 시선이 한곳에 뚝 멈췄다. 그러더니 느릿하게 선재에게로 향했다. 선재가 뭘 해도 개의치 않겠다는 듯 덤덤한 표정을 짓고 있었다.

"그래도 괜찮으니까."

재희는 선재가 자신이 차마 하지 못한 말들을 모두 눈치챘다는 걸 깨달았다. 그리고 그 일들을 모두 진심으로 응원하고 있다는 것도.

"너무 미친 여자 같지 않을까?"

재희가 장난스럽게 묻자, 선재가 옅게 웃었다.

"뭐 어때."

"그러게. 뭐 어때, 진짜."

재희가 조금 더 환하게 웃었다. 뭐 어떻냐는 그 사소한 한마디에 이상하게도 마음이 탁 놓였다. 그녀는 선재를 보며 빙긋 웃었다.

그러다 문득 다시는 이런 사람을 만날 수 없을 것 같다는 생각이 들었다. 대충 말해도 찰떡같이 알아듣고, 자신이 뭘 하든 응원해 주는 사람.

이렇게 되니 인정하지 않을 수가 없었다.

자신에게 선재가 아주 특별한 사람이라는 걸.

. . .

출근한 후 가방을 내려놓기도 전에 은아의 자리로 지호가 득달같이 달려왔다.

"은아 씨! 직원 게시판 봤어요?"

"아, 깜짝이야. 이제 출근했는데 직원 게시판을 무슨 수로 봤겠어요?"

은아가 가슴을 쓸어내리며 지호를 타박했다.

"얼른 들어가 봐요! 얼른! 아니다. 그리고 미적거릴 시간 없어요. 당장 내 자리로 와 봐요!"

지호가 호들갑을 떨며 자신의 자리를 손가락으로 가리켰다. 아침부터 무슨 일로 이러나 싶어 궁금한 마음에 은아가 그의 자리로 향했다. 마우스로 스크롤을 내리자 '시말서'라는 글자가 보였다.

"이게 무슨……."

게시판의 내용을 확인한 은아의 눈이 점점 커졌다. 이윽고 입에서 감탄인지 경악인지 모를 소리가 새어 나왔다.

"어머, 세상에나. 세상에나!"

"와, 진짜 대박이죠?"

지호가 은아의 어깨를 잡아 흔들며 소리쳤다. 그러거나 말거나 은아는 넋이 나간 표정으로 모니터만 바라보았다.

"이, 이거 팀장님도 알아요?"

은아가 떨리는 목소리로 지호에게 물었다.

"글쎄요. 팀장님은 모르겠지만, 일단 게시물 조회수 보면 꽤 많은 직원들이 본 것 같아요."

"이래서 재희 씨가······."

"재희 씨가 왜요?"

"그게······."

은아가 어제 퇴근하기 전, 재희의 표정을 떠올렸다. 비장하다 못해 후련한 얼굴을 하고 있었다.

"이것저것 저한테 나눠 주더라고요. 자기한테는 이제 필요 없다고."

"아예 각오했나 보네요."

"그러게요."

"하. 오늘 피바람 불겠네요."

"후우."

은아가 기가 막히다는 듯 짧은 한숨을 내쉬며 뒤를 돌아보았다. 지호와 은아의 시선이 아직 비어 있는 재희의 자리와 팀장실을 번갈아 보았다.

. . .

단우의 얼굴이 뻣뻣하게 굳었다. 사내 직원 게시판에 관한 내용에 대해 연락을 받은 건, 아침 일찍 이사실에 들렀다가 나온 직후였다. 자신에게 호의적이던 이사가 전체 회의를 기점으로 조금 냉랭해진 게 내심 마음에 걸려 생각에 잠겨 있을 때 전화가 걸려왔다.

-팀장님. 출근했어요?

평소 가깝게 지내던 인사팀 팀장이 인사도 생략한 채 다급하게 물었다.

"아뇨. 이제 가는 길입니다."

이사실에 들렸다고 하면 무슨 일이냐고 캐물을 게 뻔해서 단우는 대충 대답했다.

-지금 난리예요. 지금 사내 게시판에 게시글이 하나 올라왔는데……. 후우, 하여튼 당장 들어가서 보세요.

"지금 엘리베이터 안이라서요."

-그럼 내가 받은 거 카톡으로 보낼 테니까 보세요.

그가 엘리베이터에 몸을 싣자마자 채팅 앱에서 쉴 틈 없이 알람이 울렸다. 인사팀의 팀장이 보낸 건 사내 게시판의 게시물 캡처본이었다. 심드렁하던 단우의 눈이 게시글의 제목을 보자마자 단번에 날카로워졌다.

[시말서]

단우가 다급하게 캡쳐본을 확대해서 내용을 확인했다.

[소속: 개발기획팀

직위: 대리

성명: 이재희

위 본인은 사회생활을 몇 년 하였음에도 어리숙하여 위와 같은
실수를 저질러 시말서를 쓰라는 지시를 받아 이에 작성하고 차후
이 건을 계기로 재발 혹은 유사 실수가 없을 것임을 서약합니다.

위반 내용

1. 상사의 '전체 회의 발표자 권한'을 주는 대신 발표 자료 제작을
도맡아 해 달라는 감언이설에 속아 열흘간 자택에서 무급 밤샘 근
무를 하였습니다. 그리고 전체 회의 당일 발표자가 되기는커녕 귀
가 조치를 받았습니다.

2. 그간 공들여 해 온 일이 상사의 공으로 둔갑하는 것이 억울하
여 발표 당일 몇 가지 내용을 삭제하여 제출하였습니다.

발표 당일 이후 상사는 본인이 만든 PPT이며 무고함을 주장하
지만, 발표 당시 그래프에 대한 내용을 하나도 숙지하지 못하고 발
표를 중단하는 실수를 범하였습니다. 그에 비해 발표의 뒤를 이은

당사자는 준비된 자료 하나 없이 발표를 무사히 끝냈습니다. 이것으로 당사자가 발표 준비를 도맡아 한 것에 대한 증명은 충분하다고 생각합니다.]

"이런, 씨발."

홀로 엘리베이터에서 캡처본을 확인하던 단우의 입술에서 험한 소리가 새어나갔다. 시말서를 쓰라고 했더니 쓸모없는 내용만 줄줄이 써 놨다. 이어진 내용을 확인하려 했으나 엘리베이터 안이라 다운이 되질 않았다.

단우는 잠시 눈을 질끈 감고, 입술도 꽉 깨물었다. 이러지 않으면 쉴 틈 없이 욕이 튀어나올 것 같았다. 잠시 숨을 멈춘 그는 진정하려는 듯 긴 한숨을 내쉬었다.

어차피 이건 모두 이재희의 일방적인 주장이었다. 자신이 아니라고 부인하면 될 일이었다. 더욱이 자신은 이번 프로젝트를 진행하는 내내 이재희의 얼굴을 직접 보고 지시해서, 별다른 증거가 없었다.

문자도 마찬가지고, 통화 내역도 마찬가지였다. 메일을 주고받은 게 조금 신경 쓰이긴 하지만, 그건 직원과 팀장 간에도 충분히 주고받을 수 있는 내용이었다. 충분히 자신이 발뺌할 수 있는 상황이었다.

그나저나 자신이 너무 이재희를 무르게 봤다. 이제인 사건 때도 꼼짝 않고 가만히 있기에 누르면 누르는 대로 가만히 있는 줄 알았더니, 이런 깜찍한 짓을 저지를 줄이야.

이번 일은 절대로 단순히 시말서로 끝내지 않겠다고 다짐하며 단우가 팀으로 들어섰다. 소란스럽던 팀의 분위기가 단우의 등장으로 조용해졌다. 단우의 시선이 가장 먼저 재희의 자리로 향했다. 자리에 재희는 없었다.

"이재희 씨 어디 갔습니까?"

단우는 최대한 덤덤한 척 물었다.

"저희도 잘 모르겠습니다."

돌아오는 지호의 대답이 냉랭했다.

"이재희 씨 돌아오면 곧바로 팀장실로 오라고 하세요."

"네."

지호는 대답하긴 했지만 끝내 단우의 얼굴을 보지 않았다. 단우는 유난히 뾰족한 직원들의 시선을 못 본 척하며 팀장실로 들어섰다.

꼴에 같은 직급이라고 다른 직원들도 재희에게 감정 이입이라도 된 모양이었다. 그래 봤자 이것도 잠시였다. 재희가 나가고 나면 언제 그랬냐는 듯 분위기는 금세 달라지기 마련이다. 회사에서는 견디는 사람이 이기는 거고, 나가는 사람은 그저 흘러간 사람에 지나지 않으니까.

자리에 앉은 단우는 휴대폰을 다시 확인했다. 게시물 캡처본을 보려다가 PC로 확인하는 게 낫겠다 싶어 접속했다. 그리고 자신이 캡처본으로 화인한 내용의 뒷부분부터 읽기 시작했다. 별것 아닌 이 해프닝을 어떻게 해결하면 좋을까, 하고 머리를 굴리면서.

하지만 글을 점점 읽어가는 동안 단우의 표정이 살벌하게 굳어가기 시작했다.

[3. 시말서와 관련없으나 근래 퍼진 터무니없는 소문에 관한 해명입니다. 사적인 내용이지만 말씀드리자면, 당사자와 상사는 몇 번 사적으로 만남을 가진 건 사실이지만 만남 제시와 이별 통보 모두 상사의 선제의에 의한 결과였습니다.

4. 아래에 관련 캡처본 첨부]

……캡처본?

단우가 첨부파일을 다급하게 클릭했다. 그러자 메신저 내용의 캡처본이 보였다. 이름을 가렸지만 메신저용 프로필 사진은 누가 봐도 자신의 것이었다. 그 아래에 내용이 있었다.

[재희 씨 집에 잘 들어갔어요?]

[괜찮으면 모레 저녁 식사 어때요? 맛있는 곳을 알고 있어서요.]

[내일 만나는 거 기대되네요.]

[일은 힘들지 않았어요?]

[회사에 다른 사람들 눈이 있어서 크게 표현하지 못했네요. 그래도 오늘은 회의 시간이 길어서 오랫동안 얼굴을 봐서 좋았어요.]

몇 장의 캡처본에 재희와 자신의 대화가 담겨 있었다. 대부분 자신이 먼저 말을 걸고, 재희는 짧게 대답하는 것이 전부였다.

"이게 어떻게……."

단우가 낮게 중얼거렸다. 분명 직접 자신의 손으로 재희의 메신저에 접속해 자신과의 대화방에서 나오기를 눌렀다. 자신과의 대화방이 사라졌다는 것까지 분명 확인했다. PC도 마찬가지였다. 거기다가 그날 물을 먹은 휴대폰이 약간 먹통 상태라는 것까지 전해들었다.

그런데 어떻게 이게? 설마 메신저 복구를……. 삭제한 메신저의 내용까지 삭제가 가능한 건가. 자신이 알아본 바로는 힘들다고 들었는데……. 만약 이재희가 자신과의 대화를 일찌감치 캡처해 두었었다면?

문제는 캡처본 아래에 재희가 첨부한 또 다른 자료들이 있었다. 그간 회의 발표 건으로 자신과 나눈 몇 안 되는 메일 내용과, 번호를 교묘히 삭제한 통화 기록이었다.

당황한 그가 손끝으로 미간을 문질렀다. 이런 사사로운 증거들이 하나면 별 힘을 발휘하지 못하지만 모이면 거대한 증거가 된다.

더군다나 재희가 자신을 쫓아다녀 이런 일이 발생했다고 제 입으로 말하고 다녔다. 이 이야기를 제게 직접 들은 팀장들은 지금쯤 제 말의 신빙성을 의심하고 있을 거다. 자신의 신뢰성이 바닥 쳤다.

재희가 이런 것까지 낱낱이 까발릴 줄 몰랐다. 다른 직원들이 그랬던 것처럼 억울하다며 울고불고 하거나, 회사를 소리 소문 없이 관두거나, 자신이 무서워서 도망치거나, 자신에게 사과하며 없던 일로 해 달라고 할 줄 알았는데.

그나저나 이걸 어떻게 수습해야 할지가 관건이었다.

재희는 상사라 지칭했지만, 소문에 대해 아는 사람이라면 누가 봐도 자신이라 추정할 수 있었다.

이걸로 고소죄가 성립되던가. 자신이 무고함을 주장해야 하는 건지, 아니면 시간이 해결하도록 묵과해야 하는 건지. 그보다도 이재희는 이런 짓을 하고도 멀쩡하게 회사를 다닐 자신이 있는 건가. 자신이 가만히 둘 거라고 생각하는 건가.

온갖 생각들이 조각조각 나서 나타났다 사라지길 반복했다. 그러다 단우의 시선이 무심코 모니터 하단에 닿았다.

[위 기록 사실에는 허위가 없습니다.

이상 시말서 같은 사직서입니다.

보고자 이재희]

글자로 똑바로 노려보고 있는 단우의 눈동자가 벌겋게 충혈되기 시작했다.

"사직서? 하!"

그의 입에서 기가 막힌 한숨 소리가 터져 나왔다.

아, 그랬던 거였나. 완전히 회사를 때려치울 작정까지 한 건가. 어떻게든 기를 쓰고 회사에 붙어 있으려고 하더니 기어코 이런 식으로 떨어져나가겠다 이건가.

더는 헛웃음조차 나지 않아 시벌게진 눈으로 시말서를 노려볼 때였다.

똑똑.

문을 두드리는 소리에 단우의 날카로운 시선이 문으로 향했다.

"들어오세요."

격앙된 감정 때문에 아무리 애를 써도 목소리에는 잔뜩 날이 섰다. 문을 열고 들어온 사람은 재희였다. 단우의 한쪽 입술이 삐뚤어졌다. 호랑이도 제 말 하면 온다더니, 찾아가기 전에 제 발로 찾아왔다.

"이재희 씨."

단우가 분노를 억누르며 그녀를 불렀다.

"제 말부터 들으세요."

그러나 재희는 무표정한 얼굴로 단우의 말을 싹둑 자르더니 사직서를 책상 위에 내려놓았다.

"그토록 원하던 제 사직서예요. 수리하세요. 인수인계는 하지 않

172

겠습니다. 필요한 서류는 정리해서 책상 위에 올려 둘 거고, 나머지 궁금한 사항은 은아 씨를 비롯해 다른 팀원들에게 물어보면 될 겁니다."

재희는 들어서자마자 모조리 통보식으로 말했다.

"지금 이게 뭐 하는 짓이야."

그 말을 듣고 있던 단우가 기어코 이를 갈 듯이 말했다.

"방금 말씀드렸던 것 같은데요. 사직서 제출하러 왔다고요."

"내가 그걸 몰라서 묻는 거 같아?"

"그럼 알면서 왜 물으세요? 말하는 시간 아깝고, 입 아프게. 우리가 이렇게 얼굴 마주 보고 있을 만큼 친한 사이도 아닌 것 같은데요."

태연하다 못해 뻔뻔한 표정으로 일관하는 재희를 보며 단우의 표정이 설명할 수 없을 만큼 일그러졌다. 재희는 하루 만에 다른 사람이 된 것 같았다. 자신이 무슨 말을 하든 무심하게 받아칠 준비를 하고 있었다.

"하, 완전 다른 사람 같네. 그래, 이번 일로 완전히 망가지기로 한 건가? 그게 아니면 원래 이재희는 이런 사람이었던 건가? 그간 그 예의 바른 모습에 내가 속은 거고 말이야?"

단우가 비틀어진 입술로 말했다. 일부러 성질을 긁는 그의 말에도 재희의 표정엔 변함이 없었다.

"원래 이런 사람이 맞긴 한데, 속인 적은 없죠."

아니, 속았다면 속은 거다. 스스로에게. 참으면 괜찮아질 거야, 이것만 넘어가면 괜찮을 거야, 이런 말들로 스스로를 속였고, 얌전하게 굴었다. 그러면 마치 모든 상황이 괜찮아질 줄 알았다.

참을수록 자신을 이용하려는 사람들이 늘어나는 걸 어렴풋이 알면서도. 결국 자신이 나서지 않으면 그 어떤 것도 괜찮아지지 않는데.

그 사실을 깨닫고 나니 어떤 것도 겁나지 않았다.

"제가 팀장님한테 뭘 속였죠? 팀장님 좋을 대로 해석하고 바랐던 것 아닌가요? 제가 팀장님이 바라는 대로 행동하지 않았다고 해서 속인 건가요? 그렇다면 저야말로 팀장님한테 속은 것 같네요. 괜찮은 사람인 줄 알았는데, 제 생각보다 훨씬 졸렬하고 치사해서요."

"너……!"

단우가 소리치다가 이내 팀장실 쪽으로 나 있는 창문을 흘깃 쳐다보았다. 다른 직원들의 눈치를 보는 단우를 보며, 재희가 입을 열었다.

"이 회사가 좋고, 이 회사가 주는 월급이 좋아서 버텼는데 더는 더러워서 못 해먹겠어요. 그러니까 우리 이제 서로 보지 말고 살자고. 김단우 씨."

"……"

"네가 말하는 대로 사라져 줄 테니까, 너도 이제 내 인생에서 그만 좀 나가. 서로 원하는 게 그거잖아. 그리고 다시는 나한테 반말하지 마. 상대방이 허락하지 않았는데 제멋대로 반말하는 거, 무례한 거라는 거 알 만한 나이잖아?"

"……."

단우의 얼굴이 핏기가 싹 빠진 것처럼 굳었다. 그에 비해 재희는 덤덤한 표정으로 살짝 묵례했다.

"할 말 다 했으니 이만 나가 보겠습니다. 만수무강하세요. 제가 한 욕 정도면 불로장생할 수 있을 거예요."

더 이상 무서울 것도, 거칠 것도 없다는 듯한 얼굴로 재희가 휙 돌아섰다. 돌아서는 재희를 바라보던 단우가 저벅저벅 다가가 그녀의 어깨를 확 거머쥐었다.

"어디 가?"

그러자 재희가 몸을 틀면서 그의 손을 탁 소리 나게 쳤다. 그러더니 주먹으로 그의 명치를 내리칠 것처럼 빠르게 뻗었다. 단우의 몸이 긴장으로 바짝 굳었다. 재희의 손이 아슬아슬하게 단우의 명치 앞서 멈췄다.

"제가 말씀 안 드렸죠? 격투기 배웠다고. 아, 이것도 속였다고 말도 안 되는 트집을 잡으시려나……."

"이재희!"

결국, 단우가 참지 못하고 소리 질렀다.

"소리치지 마세요. 작게 말해도 들리니까. 그리고 함부로 손대지 마세요. 제 몸은 아무나 손댈 수 있는 게 아니라서요. 한 번 더 건드

175

리면 진짜 칩니다. 김단우 씨."

재희는 꽉 쥔 주먹을 풀어 살랑살랑 흔든 후, 팀장실을 빠져나갔다. 단단히 화가 난 단우가 욕설을 삼키며 재희의 뒤를 따라 나왔다가 그 자리에 멈춰 섰다.

팀원들이 자신을 바라보고 있었다. 그들은 무표정했다. 그 얼굴이 어떤 표정보다 많은 말들을 전달해 주고 있었다. 실망감, 경계, 비난 등.

단우는 어느새 저만치 멀어진 재희를 붙잡지 못하고 팀장실로 들어갔다.

· · ·

상자 속으로 손에 잡히는 건 모두 때려 넣었다. 한차례 정리해서 직원들한테 필요한 건 미리 나눠 주기도 했고, 고작해야 책상 하나라 별 다른 물건이 없을 줄 알았는데, 서랍마다 물건이 가득했다. 물건들은 계절을 가리지 않았다.

핸디형 선풍기, 핫팩, 담요, 슬리퍼, 비타민C, 두통약 등.

재희의 손이 무심코 비타민C 통으로 향했다. 처음 입사해서 받았던 비타민C였다. 먹기 아까워서 그냥 넣어 두고 있었는데 잊어버렸다. 확인해 보니 유통기간마저 지났다. 그때 그 초심, 그 다짐들마저 유통기간이 지나 버린 것 같다. 쓸쓸한 표정을 짓던 재희는 비타민C를 공용 쓰레기통에 던져 버렸다.

이후 정리를 마친 재희가 상자를 번쩍 들었다. 한자리에서 머물 렀던 몇 년의 세월은 결단코 가볍지 않았다. 그러나 상자를 든 손보 다 오랜 시간 함께해 온 팀원들의 시선이 더 무겁게 느껴졌다.

"이렇게 가는 게 어디 있어요?"

"섭섭해요."

"물론 이해는 하지만요."

재희를 에워싼 직원들이 한마디씩 던졌다. 재희는 미안한 표정 으로 웃었다. 이 회사를 관두고 싶지 않았던 이유 중 하나는 함께 일해 온 직원들이었다. 어디 하나 모난 곳 없는 사람들이라 함께하 면 즐거웠고, 그들에게 의지도 많이 했다. 앞으로 다가올 시간에 이 사람들이 없다는 건 좀 많이 섭섭했다.

"아직 사표 수리되지 않았잖아요."

지호가 벌써 가려냐는 듯이 말했다.

"그래도 가 보려고요. 제가 있어 봤자 썩 좋을 것도 없고요."

"후우, 그건 그렇지만."

직원들의 시선이 팀장실을 흘깃 향했다. 아쉬운 마음에 재희를 붙들고 있긴 했지만, 한시라도 빨리 떠나고 싶어 하는 그녀의 마음 을 모르는 것도 아니었다. 자신이라도 이런 일이 벌어지면 당장 회 사에서 도망치고 싶었을 거기에.

"진짜 관둬야 할 사람이 누군데……."

"그러게요."

직원들이 작게 볼멘소리를 흘렸다. 그들은 재희의 말을 믿었다. 믿을 수밖에 없었다. 전체 회의 때부터, 이번 공개 시말서에 기록된 캡처본까지. 팀장이 퍼트린 건 소문에 불과하지만, 재희는 증거를 갖고 있거나 증명해 보였다. 그러니 믿지 않을 수가 없었다.

더욱이 함께해 온 시간 동안 재희가 어떤 사람인지 그들이 제일 잘 알고 있었다. 그렇기에 재희가 관두는 이 상황이 답답하고 불편했다.

"됐어요. 더 이야기해서 뭐하겠어요."

"그래도 아쉬워서 그러죠. 진짜……."

기어코 은아가 분통 터진다는 듯 눈물을 보였다.

"괜찮아요. 다들 일하셔야죠. 저는 이만 가 보겠습니다."

재희가 빙긋 웃으며 돌아섰다. 이별을 질질 끌어 봐야 돌아서는 발걸음만 무겁다는 걸 알기에, 재희는 가차 없이 엘리베이터에 몸을 실었다. 등 뒤에서 직원들이 조만간 밥 먹자는 이야기를 했다. 재희는 대답 대신 빙긋 웃었다.

회사를 빠져나오는 내내 마주친 직원들이 그녀를 알아보고 흘깃댔다. 여태껏 줄곧 신경 쓰이던 그 시선이 지금은 아무렇지도 않았다.

고작 시선일 뿐이었는데, 나는 뭐가 그렇게 무서웠을까.

회사 건물을 가뿐한 걸음으로 빠져나오자 몸 위로 화창한 햇살이 느껴졌다. 재희는 잠시 눈을 감은 채 깊게 숨을 들이마셨다. 홀가분했다. 기분 좋은 바람이 얼굴을 스쳐 지나갔다. 이 모든 것들이 자신의 선택을 응원하는 것 같았다.

그래, 잘했어.

재희는 덤덤하게 스스로를 위로했다. 꼬박꼬박 나오던 월급이 나오지 않는 것도, 부모님에게 백수가 되었다고 말하는 것도, 당장 나갈 공과금들도 걱정이지만 이 선택을 후회하지는 않았다.

뭐, 어떻게든 되겠지. 사람이 그리 쉽게 죽는 것도 아니고.

눈을 감고서 태평한 생각을 하며 바람을 즐기는 사이, 누군가가 불현듯 떠올랐다. 이상하게 그 누군가가 사정없이 보고 싶어졌다.

"나한테는 인사 안 해?"

그 누군가의 목소리가 들렸다. 순식간에 박스를 든 손이 가벼워졌다. 재희는 느릿하게 눈을 떴다. 그러자 머릿속 그대로의 모습을 한 선재가 눈앞에 서 있었다. 화창한 햇살, 선선한 바람 그 가운데 서 있는 선재를 보자 왜인지 모르게 울컥했다.

"잠시 외근 나갔다가 온 틈에 가 버리고."

선재가 마음에 안 든다는 듯 삐딱한 표정으로 쳐다보았다.

"어차피 넌 퇴근하고 집에서 볼 거니까."

사실 보여 주고 싶지 않았다. 상자를 들고 회사를 나가는 모습 같은 건. 하지만 이미 보인 이상 어쩌겠나 싶었다.

"그런데 무단으로 이탈해도 돼?"

재희가 걱정스러운 표정으로 쳐다보았다.

"반차 냈어."

"그놈이 그걸 허락할 리 없는데. 지금 그 기분으로는."

"보고서만 올리고 나왔어."

"무대책이구나."

"누굴 닮아서."

선재의 농담에 재희가 자신도 모르게 웃었다. 모처럼 선재와 편하게 시작한 농담에 재희가 장난스럽게 진지한 표정을 지었다.

"대체 그 누구가 누군지 모르겠지만 모범이 될 만한 사람은 아니네. 별로다. 그 사람. 친하게 지내지 마."

재희가 안 되겠다는 듯, 검지를 살랑살랑 흔들었다. 그러자 선재의 눈이 접혔다. 그는 고개만 숙여 재희에게 얼굴을 가까이 가져다 댔다.

"아닌데. 친하게 지내고 싶은데."

"……"

"내가 좋아하는 사람이라서."

"……"

"그러니까 그렇게 말하지 마. 나한테는 제일 좋은 사람이니까."

선재가 가볍게 대답했다. 그러나 그 안에 담긴 말은 결단코 가볍지 않았다. 재희의 얼굴에서 서서히 웃음이 사라졌다.

거리 위로 찬란한 햇살이 내려앉았다. 낮에 본 거리는 분명 익숙한 곳인데도 불구하고 낯설었다.

선재도 그러했다. 너무도 익숙한 그가, 낯설다. 햇살에 반짝이는 눈동자도, 내리뜬 눈도, 나른하게 늘어진 입술도. 동생이 아니라 완연한 남자로 서 있는 그가 낯설고, 또 조금은…… 설렌다. 거짓말처럼.

"선재야."

재희가 자그맣게 불렀다. 선재는 무슨 말을 하든 들어 주겠다는 듯 응시했다. 자신을 향한 시선이 반짝인다.

별처럼 빛나고, 햇살처럼 깨끗한 네게 무슨 말을 해야 할까. 하고 싶은 말은 많은데 어떤 말이 가장 적당할지 모르겠다.

잠시 입술을 달싹이던 재희가 조심스럽게 고르고 고른 말을 뱉었다.

"백수도 괜찮아? 그러니까…… 여자친구가 연상에, 백수라도 괜찮냐고."

"……."

"나, 알다시피 백수됐거든."

재희의 조심스러운 물음에 옅게 짓고 있던 선재의 웃음이 서서히 사라졌다. 말의 진위를 파악하려는 듯 선재의 눈동자가 그녀의 눈을 들여다보았다. 그러자 재희가 말했다.

"괜찮겠어? 직장이야 조금 있다가 구해 보긴 하겠지만, 좀 걸릴지도 몰라. 그러니까 돈이 부족하니 조금 궁상맞은 데이트를 해야 할지도 몰라. 거기다가 난 한동안 게으를 예정이야. 그런 모습을 꽤 보게 될지도 모르고."

"……."

"하여튼 한동안 엉망진창일 것 같은데, 그래도 괜찮아? 괜찮으면……. 네 마음에 변함이 없다면, 그러면 우리."

"……."

"연애…… 해 보자."

재희가 조용히 덧붙였다. 그러고는 입술을 안으로 말았다.

말을 하는 데 입술이 간지러웠다. 대체 신선재는 어떻게 자신에게 그런 달달한 고백들을 했는지 모르겠다. 자신은 고작 이런 말 하는 것도 어쩔 줄 모르겠는데.

멍하니 서 있던 선재가 다가오다가 제 품에 안긴 박스를 이제야 인식했다는 듯 흘깃 쳐다보더니 바닥에 내려놓았다.

"너, 그건 왜……."

질문이 제대로 끝나기도 전에 선재가 재희를 와락 끌어안았다. 얼굴이 가슴팍에 들이박히다시피 했다. 숨이 막혔다.

"……응."

선재의 품에 갇힌 채, 그의 목소리를 들었다. 그는 그 한마디를 내뱉고는 입을 다물었다. 마치 그 말도 간신히 했다는 듯이.

있는 힘을 다해 가까스로 원하는 곳에 닿은 사람의 목소리가 왠지 이럴 것 같았다. 처음 듣는 선재의 목소리에 괜히 울컥했다.

입술을 사리문 재희가 그에게 얼굴을 더욱 파묻었다. 그러고는 두 팔을 쭉 뻗어 선재를 끌어안았다.

지나다닐 행인들의 시선이 걱정스러웠지만, 그것도 잠깐이었다. 다른 사람들이야 무슨 생각을 하든 무슨 상관일까.

지금은 자신을 놓칠까 봐 있는 힘을 다해 끌어안고 있는 선재가, 겨우 응, 하고 대답해 놓고 100미터를 전력질주한 사람처럼 빠르게 숨 쉬는 선재가 더 중요한데.

9장

집으로 돌아온 재희는 짐을 정리하려다가 관두었다. 하루 안에 정리될 만한 짐도 아니고, 이걸 정리해 둘 만한 공간이 있는 것도 아니었다. 무엇보다도 몇 년간 근무하던 회사를 관둔 지 얼마 되지 않아 그 물건들을 바로 정리할 자신이 없었다.

자신에겐 첫 직장이었다. 처음이 주는 의미는 생각보다 컸다. 앞으로 어떤 이력서를 쓰더라도 가장 첫줄에 신슬을 쓰게 될 테고, 앞으로 자신이 겪게 될 회사 생활의 기준은 모두 신슬일 터였다.

"후우."

재희가 긴 한숨을 내쉬었다. 그러다 약속 시간이 코앞에 닥쳤다는 걸 알고 부랴부랴 몸을 일으켰다. 마음대로 반차를 내고 도망쳐

나온 선재와 이른 저녁을 먹기로 했다.

"뭘 입지?"

선재를 만날 때면 대체로 편안한 옷차림을 즐겨 입었다. 하지만 이제 관계가 달라졌으니 조금 달라지고 싶었다. 그러나 이런 마음과 달리 옷장 안을 열어 보니 대체로 출근용 옷, 그게 아니면 실내복이 전부였다.

"신경 썼지만, 신경 쓰지 않은 듯한! 자연스러우면서도, 매력적인! 편안하면서도 추레하지 않은! 그런 옷!"

옷장 앞에 쭈그리고 앉은 재희가 구호 같은 말을 외치며 서랍을 뒤적거리고 옷걸이를 넘기다가 좌절했다. 산 적도 없는 옷이 있을 리가 없었다.

삐리릭. 삐리릭.

[신선 같은 신선재]

이 와중에 전화까지 걸려왔다.

"여보세요."

재희가 휴대폰을 어깨와 귀 사이에 꽂은 채 대답했다.

-준비 다 됐어?

"아니. 넌?"

-난 끝났어.

"벌써?"

재희가 깜짝 놀라 물었다. 신선재는 고민도 없이 옷을 입었나 싶었다. 괜히 옷장 뒤지고 있는 자신이 지나치게 의식하는 것 같아 들고 있던 원피스를 내려놓았다.

－응. 씻고 바로 옷 입었어. 얼마나 걸릴 거 같아?

"금방 나갈 거야."

－복도에 있을게.

"응."

통화를 마친 후, 재희는 황망해진 마음으로 널브러진 옷들을 바라보았다. 그래. 자신이 지나치게 의식했다. 그래 봐야 신선재랑 자신이고, 이전과 별로 달라질 것도 없는데.

흰 티셔츠에 청색 멜빵바지를 입은 재희는 느슨하게 머리를 한 갈래로 묶은 후, 문을 열고 나섰다.

느지막한 오후의 공기가 밀려들자 저절로 숨이 크게 쉬어졌다. 그러다 문득 느껴지는 인기척에 고개를 돌렸다. 노을에 물든 오후의 끝자락, 붉은 빛을 고스란히 덮어쓴 선재가 옅게 웃고 있었다.

붉은 머리카락, 슬쩍 기울어진 고개, 자신과 눈이 마주치자마자 느슨하게 휘어지는 입매.

재희는 숨을 들이마신 채 뱉지 못했다.

재희는 관계의 이름에 대해 다시 생각했다. 부르는 이름이, 칭하는 관계가 달라지면 상대의 무게감도 달라지는 게 아닐까 하고. 지금 자신의 눈에 신선재가 이전과 전혀 다른 느낌으로 다가오는 것처럼.

이상하게도 선재를 남자친구라고 생각하자, 희미하게 남아 있던 동생 같던 느낌은 완전히 사라졌다. 그저 한 명의 남자로, 언제든 성큼성큼 다가와 자신을 휘두를 수 있을 것 같은 성인으로 느껴진다.

"오늘 귀엽게 입었네."

어느새 가까이 다가온 선재가 멜빵끈을 만지작거리며 말했다.

"너, 너, 대충 입은 거 아니었어?"

재희가 흰 셔츠에 면바지를 입고 있는 선재를 보며 소리쳤다.

"아니. 첫 데이트라 신경 썼어."

"대충 입었다며."

"빨리 했다고 했지, 대충 입었다고 한 적은 없는데."

"아아. 그래? 하, 그랬단 말이지."

재희가 설명할 수 없는 배신감을 느낀 채 웅얼거리듯 말했다. 준비를 빨리 마쳐서 대충 나온 줄 알았더니 머리부터 발끝까지 신경 쓰지 않은 구석이 없었다.

"잠시만 기다려 줄래? 오 분만."

재희가 다시 문고리를 잡은 채 진지하게 말했다.

"뭐 하게?"

"옷 갈아입고 올게. 원피스 있어. 그거 입고 나올게."

세탁했는지 미지수지만, 어쨌든.

재희가 도어락 앞에 서서 비밀번호를 입력하려고 하는데 손이

쑥 나타났다. 도어락을 가린 손을 따라 재희가 고개 돌렸다.

"의식해 주는 건 고마운데, 무리하진 않았으면 좋겠는데."

"……."

재희가 말없이 응시하자, 선재가 조금 더 짙은 미소를 지었다.

"난 트레이닝복 입고 나오는 이재희한테도 반했어. 후드 입은 이재희한테도 반했었고. 옷차림이랑은 상관없이 시시각각 반했으니까 옷 같은 건 신경 쓰지 마."

"그래도……."

네가 그렇게 입고 나왔는데 내가 신경이 안 쓰일 리가 있겠니, 라는 얼굴로 선재의 얼굴과 옷차림을 번갈아 보았다.

"난 슈트를 입어도 이재희 씨가 반하지 않으니 신경 쓰는 거고요."

"……."

"그리고 정말 날 생각하면 그만 기다리게 했으면 좋겠는데."

"……."

"기다리는 게 더 힘들거든. 늘 기다리기만 해서. 첫 데이트마저 더 기다리고 싶지 않아. 그러니까……."

선재가 진심으로 힘들다는 듯 미간을 찌푸렸다. 그러더니 손을 내밀었다.

"가자."

선재가 잡으라는 듯 손을 쥐었다 펴길 반복했다. 어느새 노을이 사라지고 어둠이 내려앉은 복도에 센서 등이 켜졌다.

조명을 받아 하얗게 빛나는 손 위에 재희는 제 손을 말없이 가져다 댔다. 자연스럽게 선재의 손가락이 안으로 오므라들었다. 스르륵, 자신의 손가락 사이로 선재의 손가락이 밀고 들어오는 걸 보았다. 손가락 안쪽의 여린 피부를 스치는 느낌이 간지럽다. 선재가 앞장섰다. 재희는 한발 뒤에 서서 맞잡은 손을 바라보았다. 단단히 깍지를 끼자 더는 손가락 사이가 간지럽거나 하지 않았다.

그런데 이상했다.

왜 가슴 한가운데가 사정없이 간지러운지, 숨은 왜 얕게 쉬어지는지 이유를 알 수 없었다.

· · ·

어두운 조명에 잔잔한 음악이 흐르는 호프집의 창가에 앉은 재희가 발을 통통 굴렸다.

"다른 데 가자니까."

팔짱을 낀 채 테이블에 상체를 기울인 선재가 말했다. 한쪽 눈썹을 구긴 채 이 상황이 썩 마음에 들지 않는다는 표정을 짓고 있었다.

"나는 여기가 제일 좋아."

"퇴사 기념에 첫 데이트인데도 여기라니……."

선재가 복잡한 심경을 고스란히 드러내는 얼굴로 중얼거렸다. 조금 더 좋은 걸 해 주고 싶고, 맛있는 걸 먹게 해 주고 싶은데 재희는 부득불 우겨 단골 호프집으로 가자고 했다. 재희의 고집을 이길 수 없어 따라오긴 했지만 썩 내키지 않았다.

"지금이라도 옮기는 건 어때?"

선재가 다시 한번 제안했다.

"괜찮아. 나, 일부러 여기 온 건데? 기억 안 나? 너, 나 따라서 여기 이사 왔을 때. 내가 제일 처음 사 준 곳이 여기잖아."

"……."

"하긴 오래돼서 기억 안 나지?"

재희가 그게 기억나겠냐는 듯 싱긋 웃었다.

"기억나. 그때 하늘색 반팔 티셔츠 입고 있었잖아. 단발머리 하고 있었고. 어려 보이고 싶어서 잘랐다면서."

"……그걸 다 기억해?"

재희가 기겁한 얼굴로 물었다. 그러자 선재가 허리를 곧게 편 채 등받이에 등을 대고서 말했다.

"웬만한 건 다 기억해."

"……."

"하려고 하는 게 아니라, 그냥 기억에 남아."

선재는 물로 입술을 축인 후 가볍게 답했다. 그러나 듣는 입장에선 그 말이 가볍게 들리지 않았다.

짝사랑 같은 걸 해 본 적 없어서 잘 모르지만, 지금 자신이 느끼는 이런 감정과 비슷하다면 상당히 힘들었을 거라는 느낌이 어렴풋이 들었다.

선재를 남자로 인식한 후, 가장 당황스러웠던 건 선재를 향한 자신의 민감한 반응이었다. 선재의 표정, 말투, 행동, 옷차림에 대해 하나하나 집중하게 되고 민감하게 반응했다. 이런 상태인 채로 표현도 못하고 오래도록 끙끙 앓았을 선재가 새삼 대단하게 느껴졌다. 동시에 안타깝기도 하고.

그렇다고 자신이 '수고했다'라고 말하기도 어색하고, '미안하다'고 말할 상황도 아니라 말을 돌렸다.

"그러니까. 하여튼 그때 생각나서 여기로 오자고 한 거야. 사실은 그때 너한테 하고 싶은 말이 있었거든."

"뭔데? 그때 이미 두 시간 정도 잔소리만 들은 것 같은데."

선재가 흘깃 쳐다보며 말했다. 잔소리라면 관두라는 표정이었다.

"나 때문에 괜히 이사해서 손해 보니까 그랬었지. 이전 집이 비어서 굳이 월세 내면서 여기로 이사 오는 바람에……."

"그때 그 잔소리는 다 들은 것 같은데."

"그래. 하여튼. 뭐, 사실은…… 와 줘서 고맙다고."

"……."

"그 말을 하고 싶었거든. 그때 말을 못 한 게 사실 계속 마음에 남

191

아 있었어."

선재가 그 말을 이제와 하는 게 의아하다는 표정으로 쳐다보았다. 그러는 사이 재희가 물로 입술을 축인 후 말을 이었다.

"네가 이사 와서 사실 엄청 반가웠거든. 그런데 내가 누나로서 너한테 너무 의지하는 것 같아서 잔소리했던 거야. 사실 너한테 잔소리한 게 아니라 내 마음을 다잡으려고 한 거지. 그걸 또 잔소리로 표현한 거고."

재희는 스스로 생각해도 한심하다는 듯 고개를 절레절레 흔들었다. 그러는 재희의 모습을 선재는 말없이 바라보았다. 이재희 답지 않게 사설이 길다.

"하여튼…… 고마워. 그때 그 말이 하고 싶었어."

"……."

"사실은 너한테 의지 많이 하고 있어. 알량한 자존심에 인정을 못했지만. 그리고…… 앞으로 잘해 줄게. 물론 네 생각보다 썩 멋진 인간이 아니라서 근사하게 해 주진 못하겠지만. 그리고 관계가 바뀌었다고 해도 크게 달라지는 게 없을 지도 모르고. 난 여전히 후드티를 입고 너를 만나러 갈 거거든."

"……."

"언젠가 이 말을 못한 게 후회될 것 같아서 지금이라도 해 보는 거야. 그리고 이런 말들은 그나마 편하고 조용한 이런 곳에서 해야 할 거 같았고."

달라진 관계를 확정 지으려는 듯 말했지만, 이런 상황이 익숙지 않은 듯 재희의 표정이 어색했다.

재희가 시선을 홱 돌렸다. 창밖으로 향한 재희의 시선이 지나치는 자동차를 따라 사정없이 움직인다. 조금씩 모여드는 재희의 미간을 바라보던 선재의 입술이 느른하게 늘어났다.

"늘 멋있었어. 이재희는."

선재가 덤덤히 말했다. 가정이라는 울타리가 파국에 달했을 때도, 이재희는 힘들어했지만 자신이 해야 할 일을 끝내 놓지 않았고, 있는 힘을 다해 열심히 살았다. 아주 잠시 흔들리긴 했지만, 결국 이번 일도 이재희스럽게 스스로를 지켜냈다.

재희가 의아하다는 듯 쳐다보다 금세 장난스럽게 입꼬리를 끌어 올리며 웃었다.

"고마워. 그런데 알아. 내가 멋있는 거. 그런 시말서 쓰는 여자가 흔하진 않으니까."

재희의 말에 선재가 픽 웃었다. 얼마 지나지 않아 치킨과 맥주가 나와 테이블을 가득 채웠다. 재희가 시원한 생맥주를 한 번에 반 정도 비운 후 얼굴을 찌푸렸다.

"시말서는 지워졌는지 모르겠네."

재희가 중얼거리듯 말했다.

단우라면 있는 인맥을 다 동원해 사내 게시판 글을 삭제했을 거다. 하지만 그런다고 이미 본 사람들이 사라지는 것도 아니고, 발

빠른 사람들은 진즉에 캡처를 떠 뒀을 게 분명했다. 뒷수습은 단우의 몫이었다.

"회사는 아예 관둘 생각을 하고 있었던 것 같은데. 언제부터야?"

선재가 재희 앞에 놓인 접시에 닭다리를 하나 올리며 물었다.

"그 새끼가 말도 안 되는 소문을 퍼트렸을 때. 아니다. 그 전이었어. 그 자식이 내가 한 일들을 빼돌렸다는 걸 윗선에서 알았을 때 뭔가 조치가 있을 줄 알았거든. 그런데 감감 무소식이더라? 그 자식이 날 협박하는 것보다, 상황이 달라지지 않는 게 화가 더 나더라. 더는 여기에서 내 소중한 시간을 허비할 수 없겠다, 싶더라고."

재희가 남은 맥주를 한 번에 비웠다. 선재가 자연스럽게 빈 잔에 맥주를 채워 주었다. 한 번 더 맥주잔을 비운 후에야 재희가 입을 열었다.

"사실은 내가 신슬을 아주 많이 좋아했어."

재희가 덤덤하게 고백했다.

"다시 구직자 신세로 돌아가야 한다는 것도, 부모님한테 돈을 드릴 수 없다는 것도, 당장 내야 할 공과금이 있다는 것도 엄청 무서웠지만…… 제일 무서운 건 신슬을 관두는 것 그 자체였나 봐. 김단우는 미치게 싫었지만, 신슬은 좋았어."

첫 직장이었다. 게임과 전혀 관계없는 전공이라 최종 면접을 보고도 큰 기대를 걸지 않았었다. 기껏해야 게임 박람회에서 관련 아르바이트를 한 것과, 그러다 인연이 닿은 소규모 게임 회사에서 방

학마다 일을 도운 게 전부였으니까. 이 정도 경력을 가진 사람들은 많았다. 그런데 의외로 면접 합격 연락이 왔다.

"제가 됐다고요? 정말로요? 이름 다시 한 번만 확인해 주세요. 이재희 맞나요? 이. 재. 희입니다."

도무지 믿기지 않아 합격 연락을 준 사람에게 몇 번이나 물었다. 확인하다가 지친 인사과 담당자가 자신의 주소를 불러 주고서야 자신이 맞다는 걸 받아들였다.

"왜 제가 뽑힌 건가요?"

회사 출근한 후, 어느 정도 직원들과 가까워졌을 즈음 재희는 안면을 튼 인사과 부장에게 조심스럽게 물었다. 그러자 부장이 긁적거리며 대답했다.

"글쎄. 재희 씨를 뽑은 건 개발기획팀 팀장님과 이사님이라서……. 자세히는 모르지만. 팀장님이 다른 전공자를 뽑으면 시너지 효과가 나서 좋지 않겠냐고 하시더라고. 검사검사 재희 씨를 좋게 본 것 같기도 하더라고. 그러니 열심히 해 봐."

그 말이 좋았다. 누군가가 자신을 좋게 보고, 믿어 주었다는 것. 열심히 해야겠다고 생각했고, 실제로 열심히 일했다. 아이디어가 좋다며 이사님이 직접 불러 칭찬한 적도 있었고, 부서 회식도 시켜 주었다.

자신이 낸 아이디어를 바탕으로 다른 직원들의 아이디어들이 덧붙어 하나의 게임으로 탄생했을 때의 희열도 상당했다. 근무하는 모든 순간이 즐거웠다고 말할 수 없지만, 적어도 스스로의 존재를 확인하는 소중한 시간들이 있었다.

그 소중한 시간들이 고스란히 녹아 있는 신슬을 놓을 자신이 도무지 없었다. 전체 회의 때까지만 해도.

자신이 그런 행동을 하면 윗선에서 김단우를 처리해 줄 거라는 얄팍한 기대감이 있었다. 그러나 그건 헛된 기대였다. 기대감이 깨진 후, 신슬에서 자신의 존재감을 확인했다. 제 존재는 회사에서 그리 소중하지 않았다.

그러자 자신이 무의미한 것에 집착하고 있다는 걸 알았다. 가장 중요한 자신의 가치를 짓밟혀 가면서까지 견디고 있었다는 걸 알자, 마음에서 무언가가 툭 끊어지는 기분이 들었다.

그렇게 현실 파악을 하고 나니 이왕 관둘 거 성격대로 시원하게 저지르고 떠나자 싶었다. 어차피 먹는 욕이라면 사실이라도 제대로 밝히고 떠나자고. 어쩌면 이 업계에 다시는 발을 들일 수 없게 될지도 모르지만 그러고 싶었다.

그리고…….

"네가 있어서 할 수 있었어."

술이 약간 오른 재희가 덤덤하게 고백했다.

"내가 무슨 짓을 해도 내가 이상한 사람이 아니라는 걸 믿어 주는 네가 있으니까. 뭐, 다른 사람들이야 날 어떻게 보든 무슨 상관인가 싶었어."

"……."

"그냥, 그랬어."

재희가 말끝을 흐리며 빙긋 웃었다.

"잘했어."

그러자 선재가 말했다. 늘 그렇듯. 자신이 뭘 하든 선재는 '잘했어요'라고 이야기 해 주었다. 이 작은 한마디가 그녀를 지켜 주었다. 술에 취하고 분위기에 취한 재희가 설핏 웃었다. 몇 잔의 술잔이 더 오갔다. 재희가 닭다리 하나를 다 뜯고서야 선재를 쳐다보며 물었다.

"그런데 넌 대체 SJ를 어떻게 관둔 거야? 난 직장 하나도 이렇게 관두기 힘든데, 너는 대체 그 좋은 걸……."

재희가 말끝을 흐리며 기인을 바라보듯 선재를 쳐다보았다.

SJ로 활동하는 당시, 선재는 괴소문에 많이 시달렸었다. 여태까지 그게 관두는 이유라고 생각했는데 잘 생각해 보니 다른 이유가 있었을 것 같았다. 타인이 뭐라든 크게 개의치 않는 선재의 성격상 큰 이유는 아니었을 거다. 그런 걸로 관두기에 SJ의 타이틀은 너무도 컸다. 대한민국 게임 천재라는 말까지 들었으니까. 팬덤 또한 어마어마했다. 지금까지 유지했으면 웬만한 연예인 버금가는 인기를 누렸을 거다. 그걸 내려놓는 게 쉬운 일은 아니었을 거다. 그러나 선재는 아주 손쉽게 포기하고 뒤도 돌아보지 않았다.

선재는 제 빈 잔에 맥주를 부으며 덤덤하게 입을 열었다.

"규정이 추가됐는데 마스크 벗고 출전해야 한대서."

"……."

재희는 뒤에 더 나올 말을 기다렸다. 그러나 선재는 입을 다문 채 뭐가 더 필요하냐는 얼굴로 되레 재희를 빤히 쳐다보았다.

"……그게 다야?"

어이없을 정도로 허망한 이유다.

"더 있어야 해?"

"응. 좀 더 있어야 할 거 같은데. 얼굴 드러나는 게 뭐 어때서? 네 얼굴에 흉터가 있는 것도 아니고, 대인 기피증이 있는 것도 아니고, 범죄자도 아닌데. 심지어 잘생기기까지 했잖아. 그럼 다른 사람들한테 보여 줄 만도 하지, 왜?"

"잘생겼다면서 왜 반하질 않았을까, 이재희는."

선재가 턱을 괴고서 의아하다는 듯 고개를 기울였다.

"말 돌리지 말고."

움찔한 재희가 슬쩍 몸을 뒤로 빼며 말했다. 방금 양념치킨 먹어서 입술에 양념이 묻었을지도 모른다는 생각에 얼굴을 가까이 마주할 수가 없었다. 재희는 얼른 냅킨으로 입가를 닦으며 선재를 쳐다보았다.

"누가 봐도 나 때문에 바꾼 규정이니까. 얼굴을 드러내라고. 난 얼굴 드러내기 싫었거든."

"유명해지고 좋잖아."

재희가 서비스로 나온 감자튀김을 입에 물었다.

"유명한 애인은 싫다며."

"응?"

재희가 무슨 소리냐는 듯 선재를 쳐다보았다. 통 창문 너머로 들어오는 각기 다른 간판의 불빛과 가로등 불빛에 선재의 한쪽 얼굴만 환하게 빛났다.

"유명한 애인 싫다고 그랬잖아."

"내가?"

"네. 이재희 씨가요."

선재가 무표정하게 대꾸했다. 잠시 멍하니 선재를 바라보던 재희의 머릿속으로 오래전의 기억이 훅 스쳐 지나갔다.

친구가 잠시 만났던 애인은 TV에 출연할 정도로 유명한 쉐프였다. 그 애인에게 차인 후 친구는 한동안 TV를 보지 못했다. 인터넷에 그 사람의 이름이 있을까 봐 되도록 접속도 하지 않았었다. 후유증에 시달리는 친구를 보면서 재희는 언젠가 흘러가듯 선재에게 말했었다.

"유명한 사람과 연애하는 건 아닌 것 같아. 나는 절대로 유명한 사람
이랑 연애 안 해야겠어. 할 짓이 아닌 것 같더라."

그렇게 말하고 정작 자신은 잊었다.

"……정말 그게 끝이야?"

게임계에서 SJ가 사라진 이유가 정말로 자신의 말 한마디 때문
인가 싶어서, 게임계에 자신이 무슨 짓을 한 건가 싶어 손이 덜덜
떨렸다.

"겸사겸사. 게임 구단에서 연락 왔는데 합숙해야 한다더라고. 그
것도 싫고."

선재가 빈 술잔에 맥주를 따르며 덧붙였다.

"……설마."

재희가 말끝을 흐렸다. 설마 합숙하기 싫은 것도 자신 때문이냐
고 묻고 싶은데, 차마 말이 나오지 않았다. 묻기에 너무 자의식 과
잉이고, 설령 묻는다고 해도 돌아올 답이 무서웠다.

"합숙하면 옆집에서 못 살잖아."

묻지도 않았는데 선재에게서 대답이 나왔다. 재희가 암담한 표
정을 지었다.

내가 SJ를 은퇴시켰구나. 그랬구나. 내가 게임계의 역사를 바꿔

났구나.

갑자기 죄책감이 밀려들었다. SJ의 갑작스러운 은퇴에 한동안 좌절했었다는 지호의 얼굴도 머릿속에서 스쳐 지나갔다. 이 사실을 알면 자신에게 무슨 말을 할까. 상상만으로도 겁이 난다.

"옆집에 있는데도 신경 쓰이는데, 안 보이면 얼마나 신경 쓰이겠어."

"보통 안 보이면 신경 안 써지지 않을까?"

재희가 반항하듯 물었으나, 돌아온 대답은 묘했다.

"그럴 거 같아?"

"……."

물어오는 질문에 이미 답이 있는 듯하다.

"난 아니던데."

"……."

"안 보이니까 더 돌겠던데."

참으로 덤덤하게, 아무렇지 않게 저런 말을 서슴없이 할 수 있다니. 재희는 다시금 아연실색한 얼굴로 선재를 바라보았다. 그러자 선재가 여전히 묘한 눈길을 한 채 말했다.

"얼굴로 왜 반성문 쓰고 있는지 모르겠는데, 난 SJ 관둬서 아쉬운 거 없어. 원하는 만큼 활동했고, 원하는 타이틀도 얻어 봤고, 또, 옆집에 살았으니까 김단우 같은 놈이랑 엮이는 걸 알 수 있었으니까."

"……그 이야기는 왜 나오니? 다시는 떠올리기 싫은 기억인데."

재희가 말끝을 흐렸다. 선재의 표정엔 변함이 없었지만, 미묘하게 눈빛이 달라졌다.

"나한테는 중요한 터닝 포인트였거든. 연애는 생각 없다, 결혼은 안 할 거다, 라고 줄곧 말하던 이재희 씨의 생각이 바뀌었다는 걸 확인한 중요한 포인트."

선재가 금세 서늘한 표정으로 말했다.

재희는 그 말을 입에 달고 살았다. 누군가의 결혼식이나 돌잔치에 다녀오고 나서. 그들의 모습이 아름답지만 제 것이 아닌 것 같다며 재희는 홀로 살겠다고 한결같이 주장했었다. 그런 그녀가 웬 남자와 통화를 하고 있었고, 알 수 없는 분위기를 풍겼다. 그때 느꼈던 감정은 말로 표현할 수 있는 게 아니었다.

언제든 기회를 엿보고 있었는데, 이대로 나서지 않으면 이재희의 옆자리가 제 것이 안 될 수도 있겠다는 위기감과 눈이 돌아 버릴 것 같은 비이성적인 기분.

그때부터 선재는 신슬에 입사하기 위해 갖은 수를 다 썼다. 24시간 근처에서 지켜봐야 할 것 같아서.

"잠시만, 너."

갑자기 맛이 느껴지지 않아 애꿎은 치킨만 분해하던 재희가 뭔가 생각났다는 듯 고개를 들었다.

"너, 그래서 우리 회사, 아니. 신슬에 입사한 거였어? 진짜로? 정말?"

언젠가 선재가 흘러가듯 말한 적 있었다. 반은 농담이라고 생각했는데 진짜였던 모양이다.

"겸사겸사. 누나가 날 집에서 게임만 하는 폐인으로 보면서 걱정하기도 했고, 김단우가 어떤 놈인지 궁금하기도 하고. 생각보다 별로라서 놀랐지만."

"……."

재희는 잠시 할 말을 잃었다. 대체 선재의 머릿속은 어떻게 되어 있는 걸까. 갑자기 몹시 궁금했다.

사람 하나 확인하겠다고 덜컥 게임 회사에 입사하질 않나, 자신이 한 말은 모조리 기억하고 있질 않나. 저 좋은 머리를 굳이 저렇게 쓸모없이 낭비해야 하나 싶었다.

"너……. 아니다. 먹자."

재희는 손을 내저었다. 이젠 무슨 질문을 하든 돌아올 대답이 겁났다. 그녀는 묵묵히 식사에 집중했다.

10장

딩동. 엘리베이터 문이 열렸다.

"그렇잖아. 생각을 해 봐. 사실이니까 여태껏 반박을 안 하고……."

출근하는 길에 동료를 만나 신나서 이야기를 하던 직원이 엘리베이터를 타려다 말고 멈칫했다.

"갑자기 왜 그래요?"

왜 말을 하다 마느냐는 듯 곁의 직원도 고개를 따라 돌렸다가 입을 꾹 다물었다. 방금 전까지 나누던 이야기 속 주인공이 엘리베이터 한 가운데 우뚝 서 있었다.

그들은 어색한 표정으로 엘리베이터 정중앙에 서 있는 단우에게 인사했다. 단우는 가볍게 인사를 받았다. 그 후로 엘리베이터 안은 숨 막히도록 고요했다.

출근길 각기 다른 부서 사람들이 뒤엉킨 엘리베이터 안은 평소에도 조용했지만, 오늘은 단우의 눈치를 살피느라 조용했다. 스캔들에, 전체 회의, 거기다가 이번 시말서 사건까지 겹치면서 직원들은 단우를 예전처럼 대하지 않았다.

딩동.

서먹한 분위기 속에 엘리베이터 문이 열렸다. 단우는 뒤따르는 시선을 못 느끼는 척 무시하며 엘리베이터에서 내렸다. 닫히는 엘리베이터 문 너머로 수군거리는 직원들의 목소리가 들렸으나, 무슨 말인지 제대로 알아듣지 못했다.

그러나 제 이야기라는 걸 모를 정도로 눈치 없지 않았다. 그는 어금니를 꽉 깨물었다. 벌써 며칠 째인지 모르겠다.

재희가 사내 게시판에 시말서 같은 사직서를 공개적으로 작성한 날, 단우는 사내 홈페이지를 관리하는 직원에게 전화해 게시물을 삭제해 달라고 부탁했다. 그는 순순히 알겠다고 대답했지만, 실제로 게시물이 지워진 건 점심시간이 넘어서였다. 이미 회사에서 모르는 사람들이 없을 정도로 파다하게 소문이 퍼진 후였다.

그 후로 자신의 뒤를 좇는 직원들의 시선이 심상찮았다. 수군거리는 말들도 마찬가지였다. 답답하고 속이 타긴 하지만, 이건 시간이 해결해 줄 문제였다. 직원들은 결국 물갈이될 거고, 자신의 팀원들 입단속만 단단히 시키면 되니까.

차후에 이미지를 쇄신할 일이 분명 있을 거다. 그러니 그런 건 견딜 만했다. 곤란한 건 다른 쪽이었다.

삐리릭. 삐리릭.

울리는 벨 소리에 휴대폰을 확인한 단우의 미간이 뻣뻣하게 굳었다.

[본부장님]

어젯밤, 본부장에게 문자가 왔었다. 출근하면 따로 이야기를 나누자는 내용이었다. 출근 후, 호흡 좀 가다듬고 가려고 했는데 벌써부터 재촉질이었다. 무슨 이야기가 나올지 어렴풋이 예상해 봤지만, 좋을 만한 게 없었다.

일이 이렇게 된 건 모두 다 이재희 때문이다. 자신이 힘들게 기껏 쌓아 놓은 것들을 엉망진창으로 만들고 도망친 그 이재희. 관둘 거라면 조용히 관두면 될 것을. 이런 짓을 저질렀으니 본인도 이 업계에 발을 들이기 힘들 거다.

단우가 그런 생각을 하며 사무실로 들어섰다. 재희가 관둔 지 3일이나 지났는데도 지저분한 분위기는 여전했다.

자신이 들어서자 팀원들이 가볍게 묵례를 해 왔지만, 길게 눈을 맞추지 않았다. 작정하고 팀장을 외면하겠다고 짜기라도 한 건가 싶었다. 짜증이 치밀어 올랐지만 지금 팀원들에게 인상이 더 나빠져서 될 일이 아니었기에 그는 화를 억누르며 팀장실로 들어섰다.

가방을 내려놓자마자 노크 소리가 들렸다.

"들어오세요."

혹시나 자신을 기다리다가 지친 본부장일까 봐 잔뜩 긴장해 있던 단우는, 문을 열고 들어오는 사람이 선재라는 걸 알고 작게 한숨을 내쉬었다. 그러나 선재라고 달가운 건 아니었기에 금세 눈매가 날카로워졌다.

"무슨 일입니까?"

단우의 목소리가 낮고 거칠어졌다.

3일 전, 재희가 관두던 날 선재는 제게 반차 서류를 메일로 보내놓고 무단이탈했다. 정신이 없어서 그 사실을 뒤늦게 알고 적당한 징계를 해야겠다고 벼르는 사이 온갖 일이 다 겹치는 바람에 시기를 놓쳐 지금까지 왔다.

단우는 자신에게 다가오는 선재를 바라보았다. 선재는 걸어와 들고 있던 걸 내려놓았다.

"하."

단우가 기가 막히다는 듯 웃었다. 책상 위에 '사직서'가 놓여 있었다.

"애인 따라 관두겠다 이겁니까?"

단우의 입술이 비틀어졌다.

"더 이상 회사에 있을 이유가 없으니까요."

"그러니까 이재희 씨가 회사 다닐 이유라는 말입니까? 그 말은,

이재희 씨를 따라 입사했다 이겁니까?"

뭔가를 찾은 사람처럼 단우가 눈을 번뜩였다. 당장이라도 물고 늘어질 조짐이 보이자 선재가 가볍게 고개를 가로저었다.

"이제 와 입사 이유에 대해 이야기 나눌 필요 없을 것 같군요. 이미 회사에 입사하는 이유에 대해선 면접 때 다 이야기했으니까요."

더는 이야기 나눌 마음 없다는 듯 선재가 무심하게 대꾸했다.

"지금 이재희는 어디 있습니까?"

단우의 물음에 선재의 고개가 기울어졌다. 선재를 바라보는 단우의 눈동자에 누구라도 찌를 것 같은 날카로움이 담겨 있었다. 그 대상의 1순위는 당연히 이재희일 거다.

"내가 순순히 대답할 거라고 생각하고 묻는 겁니까? 그래서? 어디에 있으면 뭐 어쩌려고."

선재가 툭 반말을 던지고는 무섭게 응시했다. 마치 다른 사람이라도 된 것처럼 돌변한 선재의 눈빛에 단우의 눈이 가늘어졌다.

"반말? 하, 그래. 관두는 마당에 예의 같은 건 필요 없다 이건가? 이재희한테 전해. 직접 사과하고 이 일을 수습하라고. 그러지 않으면 정말로 고소장을 보낼지도 모르니까. 명예훼손으로."

단우가 지지 않고 받아쳤다.

"전하지도 않겠지만, 전한다고 해도 그 성격에 그쪽 전화 받아 주지 않을 거야. 김상준 씨."

"……!"

단우의 얼굴이 눈에 띄게 굳었다.

"개명 전 이름은 오랜만에 듣나 봐."

선재가 느른한 얼굴로 물었다. 그러나 쳐다보는 눈빛은 냉랭하고 단단했다.

"이름을 바꿨던데."

"……무슨 말인지 모르겠네."

단우가 부인했으나, 그의 굳은 표정이 자신의 말이 거짓말임을 여실히 보여 주고 있었다.

"정말 몰라?"

선재가 이미 다 안다는 얼굴을 하고 있자, 단우가 이를 까드득 깨물었다. 그 모습을 선재는 말없이 지켜보았다.

선재가 단우의 과거에 대해 알게 된 건, 얼마 전이었다. 재희가 이런 일을 벌였으니 단우가 가만히 있지 않을 걸 예상해서 어떻게 대비해야 하나 싶어 변호사인 동창에게 연락했다. 재희가 한 행동이 법적인 문제는 없는지, 단우의 행동에 대해 법적으로 문제를 걸 만한 게 없는지 상담을 받기 위해서였다. 제 부름에 흔쾌히 돕겠다며 회사 앞까지 찾아온 친구가 우연히 스쳐가는 단우를 알아보면서였다.

"저 사람, 김상준 아냐?"

다른 이름이라 아니라고 했지만, 눈썰미가 좋은 친구는 계속해서 맞다고 우겼다. 자리를 옮겨 술자리가 이어질 때도 친구의 고집은 계속되었다. 그러면서 풀어 놓은 이야기가 가관이었다.

"김상준이라고 우리 옆 학교 다녔는데 완전 유명했지. 못돼 처먹은 놈으로. 엄청 약았었어. 공부 잘하고 모범적이라서 선생님들한테 좋은 점수 따고 다녔는데, 실상은 쓰레기였지. 동급생 좋은 물건 빼앗고, 후배들 돈 갈취하고, 학급비 떼먹고. 돈을 삥 뜯으러 다니는 건지, 공부를 하러 다닌 건지……. 하긴 둘 다였겠지. 둘 다 열심히 했으니까."

"넌 김상준에 대해서 어떻게 그렇게 잘 아는데?"

"그야 우리 형이랑 같은 반이었으니까. 우리 형이 집에 올 때마다 김상준 욕했거든. 오죽했으면 어디서 사진 구해 와서 벽에 붙여 놓고 주먹으로 치고 있었겠냐. 그 덕에 김상준이 누군지 잘 알게 됐지. 네가 아니라고 하니까 다행이긴 한데, 만약 맞으면 가까이 하지 마. 천성이 나쁜 새끼가 있다면 그놈일 거니까."

뒤이어진 이야기 또한 가관이었다. 귀티 나는 외모에 엄청 잘사는 것처럼 꾸미고 다니고, 못사는 애들을 더 핍박하고 괴롭히던 김상준이 실은 허름한 여관 쪽방에서 산다는 사실이 밝혀졌다고 했다. 그 후로 도망치듯 전학 갔다고 했다. 그 전에 그 소문을 퍼트린 녀석을 병원에 입원시켜 놓는 것도 잊지 않은 채.

술안주거리로 과거 이야기를 듣던 선재는 대충 그러냐, 하고 원래 목적인 이야기를 주고받았다. 그러다 이상함을 느낀 건 친구와 헤어진 후였다.

만약, 아주 만약, 김상준이 정말 김단우가 맞다면?

약은 성격이나 하는 짓은 두 사람이 크게 다를 바 없었다. 김단우가 더 근사하고 교묘하게 감추고 있을 뿐.

이상함을 느낀 선재는 친구에게 다시 연락해 김상준에 대해 알아봐 달라고 부탁했다. 그는 하루 만에 형의 졸업앨범에서 구했다며 김상준의 수학여행 사진과 함께, 김상준에 대한 것들을 상세히 알아다 건네주었다. 사진을 보자마자 김상준이 김단우라는 걸 알 수 있었다. 얼굴이 작게 나왔지만 생김새는 그때나 지금이나 크게 다르지 않았다.

김상준이 김단우라는 사실을 알게 된 후, 선재는 약점을 잡았다는 안도감보다 막막한 곤란함을 느꼈다.

김단우가 소문 속의 김상준이라면, 절대로 이재희를 그냥 두지 않을 테니까. 자신에게 안 좋은 소문을 퍼트렸던 학생을 쥐어 팼던 그때처럼 이재희를 어떻게 할지 모를 일이었다. 그러나 마냥 안 좋은 것만은 아니었다.

"지금 이 회사에 그쪽이 김상준이라는 사실을 아는 건 나밖에 없어."

선재가 단우를 바라보며 덤덤하게 말했다. 그러자 단우가 그게 무슨 상관이냐는 듯 옅게 웃었다.

"그게 뭐 어쨌다는 거지? 개명이야 요즘 흔한 일인데."

"개명한 건 흔하지만, 사람 하나를 패서 입원시켜 놓고 도망친 고등학생은 흔하지 않지. 광범위하게 옆 학교 학생들을 갈취하지도 않고 말이지."

"⋯⋯."

거기까지 알고 있을 줄 몰랐다는 듯 단우의 얼굴색이 변했다.

"그 사실을 회사 사람들이 알게 되면 어떨 거 같아?"

"⋯⋯."

"모범적이고 근사한 팀장이 알고 보니 영락없는 양아치 새끼였다. 지금 소문쯤은 가뿐히 덮을 것 같은데. 아, 그리고 지금도 김상준 찾는 사람들이 많아. 네가 여기 있는 거 알면 구경하러 올 사람들도 꽤 될 거야."

친구에게 전해들은 바에 의하면 김상준의 근황에 대해 궁금해하는 사람들이 많았다고 했다. 물론 좋은 마음으로 궁금해하는 건 아니었다. 억하심정이 많은 사람들이라 김상준이 어디서 잘 먹고 잘살고 있다는 말을 들으면 불이라도 지르려고 올 기세라고 했다.

"⋯⋯그래서 뭘 원하는 건데."

단우가 어금니를 깨문 채 물었다.

"눈치 빠르니 이야기하긴 쉽네."

선재가 입꼬리만 끌어올려 웃었으나, 눈매는 여전히 서늘했다.

"지금부터 이재희에 대한 관심 끊어. 뭘 하든지, 어디에 있든지, 길에서 마주쳐도 못 본 것처럼 깔끔하게 지나가. 네 인생에서 이재희 파내라고."

"하. 이재희라면 나 정도는 거뜬히 해결할 수 있을 거라더니. 왜? 내 소문 듣고 나니 겁나?"

"아니. 이재희는 너 같은 거 어떻게든 이겨내. 문제는 그렇게 시간 낭비하게 하기 싫다는 거지."

이제 겨우 닿았다. 이재희가 드디어 자신을 의식하고, 신경 쓰기 시작했다. 이 소중한 시간을 다른 불필요한 것으로 허비하고 싶지 않았다. 이재희가 이 사실을 알면 눈을 부릅뜨고 화낼 걸 알면서도 무리하게 나서는 이유였다.

지금은 작은 순간조차도 무척 소중하니까. 마치 꿈을 꾸는 것처럼.

"하."

비웃음을 터트린 단우의 한쪽 입꼬리가 올라갔다. 그간 유지했던 근사하고 젠틀한 얼굴은 가면이었던 것처럼, 비열한 표정이 스멀스멀 기어 나왔다. 본래 본성이 그러했다는 듯이.

"처음부터 느낀 거지만 넌 참 내 취향이야."

"취향을 논할 사이 같진 않은데, 그쪽이랑 내가."

선재가 지지 않고 무덤덤하게 받아쳤다. 당장이라도 찢어질 것처럼 팽팽한 분위기가 지속되었다. 그사이, 누군가가 문을 두드렸다.

"저, 팀장님. 본부장님 오셨습니다."

문 너머에서 말을 하는 은아의 목소리에는 다급함이 묻어 있다. 그 말에 단우의 표정이 순식간에 달라졌다. 그의 얼굴이 하얗게 질리다 못해 굳었다.

"흠, 이야기 좀 했으면 하는데."

문 너머에서 익숙한 목소리가 뒤따랐다. 본부장이었다.

"네. 들어오십시오."

흘깃 선재를 쳐다보던 단우는 그가 신경 쓰였으나 다른 방안이 없기에 마지못해 대답했다. 기다렸다는 듯이 문이 벌컥 열렸다. 팀장실로 성큼성큼 들어오는 본부장의 표정이 한껏 굳어 있었다.

"이제 그만 나가 보죠. 신선재 씨."

단우가 선재에게 축객령을 내렸다. 그 소리에 고개를 돌린 본부장은 귀퉁이에 서 있는 선재를 보곤 눈을 크게 떴다.

"신선재 씨. 오랜만입니다."

그러더니 밝은 표정으로 선재에게 다가가 악수를 청하듯 손을 내밀었다.

"오랜만에 인사드립니다."

선재가 본부장의 손을 맞잡았다. 두 사람 사이에 가벼운 안부 인사가 오갔다. 그 상황을 단우가 얼떨떨한 얼굴로 쳐다보았다.

본부장이 신선재를 반긴다?

조카인 이제인과의 이야기를 안다면, 그럴 리 없었다.

"김 팀장과 업무상 이야기를 하고 있었나 보군요. 내가 방해했나 봅니다. 허허."

본부장이 사람 좋은 표정으로 말했다.

"아뇨. 사직서 내러 왔습니다."

"……사직서?"

방금 전까지 만면에 웃음이 가득하던 본부장의 표정이 못들을 걸 들은 사람처럼 일그러졌다.

"갑자기 사직서는 왜……?"

선재는 대답 대신 곤란한 표정을 지었다.

"말하기 곤란한 개인적인 일이라도 있는 건가요?"

"아닙니다. 제가 팀장님과 함께 뜻을 맞춰 일하기 부족한 것 같아 이런 결정을 내렸습니다."

돌려 말했지만, 팀장 때문이라고 뜻을 분명히 밝히고 있었다. 본부장의 탐탁지 않은 시선이 흘깃 단우에게 닿았다. 단우가 이를 꽉 깨문 채 눈을 내리깔았다.

"혹시 얼마 전에 말한 이번 사건에 대한 처분이라면 결정됐어요. 그걸 이야기하려고 직접 여기까지 온 거니까요."

사건에 대한 처분이라는 말에 뭔가를 예감한 듯 단우의 불안한 시선이 본부장에게로 향했다. 마치 그 시선을 의식한 듯 본부장의 시선이 움직였다. 선재를 바라보던 따스한 시선은 단우에게 닿자마자 파사삭 식었다.

"일단 신선재 씨는 따로 연락하죠. 나중에 이야기하도록 해요."

인사를 통해 나갈 것을 권유하는 말에 선재는 가볍게 묵례를 한후, 자리를 비켰다. 선재가 나가자마자 본부장의 표정이 삽시간이 바뀌었다. 단우는 최대한 침착함을 유지하고 있었지만 머릿속이 바쁘게 돌아가기 시작했다.

어째서 선재가 본부장과 일면식이 있는 것처럼 구는 건지, 얼마 전에 말한 사건이라면 개인적으로 연락을 주고받는다는 건지, 등등.

수많은 생각들이 스파크처럼 튀었지만 어떤 것도 명확하게 답이 나오지 않았다.

"신선재 씨와 아는 사이신지는 몰랐군요."

단우가 차분하게 무슨 사이냐는 말을 돌려 물었다.

"김 팀장도 알잖아요. 신선재 씨가 SJ인거. 지금 사장님이 SJ의 대단한 팬이었다고 하더군요."

"......"

"오래전 사장님이 SJ랑 따로 만난 적이 있는데 이런 저런 대화를 나누면서 필요한 이야기를 많이 들었다고 해요. 다른 건 몰라도 게임 분야에서만큼은 기가 막힌 천재라고 하더군요."

본부장의 말에 단우의 얼굴이 걷잡을 수 없이 굳어졌다. 사장이

SJ의 팬이라는 말은 처음이었다. 그렇다면 SJ의 입사에 사장의 입김이 들어갔으리라는 건 어렵지 않게 예상할 수 있었다. 갑자기 눈앞이 캄캄해지는 기분이었다.

"하여튼 이 이야기는 이쯤하고, 김 팀장."

그사이 본부장이 낮은 목소리로 그를 불렀다.

"일단 자리에 앉으시죠."

올 게 왔다는 생각에 단우가 쇼파를 가리켰다.

"됐어요. 간단히 전달하고 갈 거라. 이번 게시물 사건에 관해 결정이 내려졌어요. 최대한 덮어 보려고 했지만 알다시피 사건의 규모가 커서 사장님까지 다 알게 되었어요. 심지어 이번 사건을 어떻게 처리할 건지 지켜본다고 하셔서 시말서는 무조건 써야 해요. 그리고 말인데……."

본부장이 운을 뗐다. 소파 헤드에 기대 선 본부장의 손가락이 타닥타닥 초조하게 움직였다.

"이번에 지방에 새롭게 지사가 설립된다는 거 알고 있죠? 당분간 김 팀장이 그 지사에 가서 일해 줘야겠어요. 마땅한 적임자가 지금으로선 김 팀장 말곤 없어 보이는군요. 원래 지방 지사로 보낼 땐 진급을 해야 하지만 이번 사건으로 진급은 곤란할 것 같군요."

"……!"

단우의 얼굴이 시멘트라도 발린 것처럼 딱딱하게 굳었다.

자신이 이재희에게 했던 말이 왜 자신에게 되돌아오고 있는 걸까.

단우가 도저히 이해할 수 없다는 표정으로 본부장을 쳐다보았다. 말이 좋아 적임자라고 했지만 좌천되는 거였다. 지방으로 발령받으면 언제 본사로 발령받을지 모른다. 아주 운이 좋아 발령받아 오더라도 본사 진급 대기자들에게 밀려 엄청난 성과를 이루지 않는 이상, 진급도 불투명했다.

평생 팀장으로 지내야 하다니. 아니, 팀장직을 유지할 순 있는 걸까.

"······본부장님. 전에도 말했다시피 그건 이재희 씨의 일방적인 오해로."

목이 잠긴 단우가 최대한 안타깝다는 듯이 말했다.

"그래요. 오해라고 칩시다. 그럼 그걸 증명할 만한 건 있나요?"

돌아오는 본부장의 목소리가 냉랭했다. 마치 자신과 거리를 두려는 사람처럼, 얼마 전까지 보이던 호의가 싹 사라져 있었다.

"······그건 이재희 씨가 관두는 바람에."

"관둬도 자료는 있을 거 아니에요? 반박할 자료를 가져와요."

"······."

"이재희 씨가 잘했다는 거 아닙니다. 하지만 게시물을 보면 틀린 말이 없어요. 이재희 씨가 그래프만 보고 5분 넘게 말 한번 안 더듬고 프레젠테이션 할 때, 김 팀장은 아무 말도 못한 거 압니까? 정말 김 팀장이 준비한 프레젠테이션이었다면 그럴 수 있을까 싶군요."

"그건 이전에 말씀드렸듯이 이재희 씨가 이런 일을 처음부터 작정하고 꾸미기 위해 외운 겁니다. 대부분 발표자들이 발표 자료를 소지하고 있었습니다. 모든 발표 내용을 외우고 있는 사람은 없습니다."

"그래요. 그럼 발표 내용은 외웠다고 칩시다. 그럼 그때 쏟아지는 질문에 대해 이재희 씨가 하나도 빠짐없이 일일이 대답한 건 뭐라고 할 겁니까?"

"……."

처음으로 단우의 말문이 막혔다.

"그때 기억나죠? 사장님도 처음엔 김 팀장처럼 생각해서 괘씸하게 여겨 질문했어요. 그런데 이재희 씨 그 어려운 질문에 거침없이 대답했어요. 그건 단순히 발표를 외운다고 가능한 게 아니에요. 공부하고 들여다본 사람만 할 수 있는 거지. 그것도 우연이라고 할 겁니까? 김 팀장?"

단우가 입술을 꽉 다물었다.

"그날 사장님이 회식자리에서 이재희 씨에 대해 이야기하더군요. 그러고 보니 자기가 뽑은 직원인 게 기억난다고. 그때 자신의 감이 맞았던 것 같다고. 아주 총명해 보이고, 괜찮은 인재 같다고. 그런데 하필이면 사장님이 눈여겨본 그 직원이 회사를 관두고 나가겠다며 시말서랍시고 그런 걸 써 놨어요. 사장님 입장에선 얼마나 기가 막히겠어요. 나도 이렇게 기가 막힌데 말이에요."

다시 생각해도 기막히다는 듯 본부장이 하, 하고 한숨을 터트렸다.

"이재희 씨가 억울함을 호소하며 증거를 들이밀 동안, 김 팀장이 한 거라곤 억울하다는 말과 미안하다는 말 뿐이었어요. 이런 상황에서 내가 누굴 더 신뢰할 거 같습니까?"

"……."

말을 할수록 울분이 치민다는 듯 본부장의 표정이 일그러졌다.

"더군다나 요즘 시대가 어떤 때인데 이런 말도 안 되는 짓을 벌여요? 회사 분위기 엉망되는 거 사장님이 가장 싫어하는 거 몰라요? 이번 일로 사실 김 팀장을 징계하자는 의견이 태반이었어요. 말이 징계지, 관두라는 거나 다름없는 수위였고, 그걸 그나마 내가 김 팀장이 여태껏 해 온 것들이 있다고 말려서 겨우 여기에서 멈춰 주는 거예요. 우리 제인이가 김 팀장한테 몹쓸 짓한 게 내내 마음에 남아 있기도 하고. 하지만 여기서 더 구구절절 변명을 덧붙이면 나도 어쩔 도리가 없어요."

더 토 달면 이걸로 끝이라는 본부장의 말에 단우는 입을 꽉 다물었다. 대신 어금니에 힘을 실었다.

관두라는 대신 지방 발령을 냈다는 말인데. 사실 좌천 자체가 관두라는 말이나 다름없었다. 그러나 쉽지 않았다. 업계는 넓은 듯하면서 좁다. 자신의 소문이 파다하게 퍼졌을 게 분명하다. 이런 소문을 꼬리표처럼 단 자신을 받아 줄 곳이 어디 있을까. 해외라도 나가면 모를까.

"그리고 보아하니 신선재 씨와 대립이 있었던 모양인데, 잘 설득해서 풀어요. 사직서 수리하지 말고 회사에 붙들어 두란 말입니다. 신선재 씨, 사장님이 눈여겨보고 있는 사람 중 하나니까. 왜 하필 엮여도 다 사장님이 눈여겨본 사람들이랑 얽혀서는…… 후우."

"……!"

본부장은 배려해 준다는 투로 최대한 지방 지사 발령은 뒤로 미뤄 줄 테니 그동안 차분히 잘 정리하라는 말을 남긴 후 나갔다.

탁, 소리와 함께 문이 닫혔다. 우두커니 서 있던 단우는 자리로 돌아가 털썩 소리가 나게 주저앉았다.

"왜 하필 엮여도 다 사장님이 눈여겨본 사람들이랑 얽혀서는……."

본부장의 이야기가 귀에 쟁쟁거렸다.

"씨발, 그러면 그렇다고 진즉에 이야기를 해 주든가! 여태까지 입 꽉 다물고 있던 늙은 여우 새끼가!"

쾅,

소리 나게 집무용 책상을 내리친 단우가 손에 잡히는 파일을 바닥으로 집어던졌다. 팀장실 문 너머까지 소리가 들렸는지 불편한 고요함이 느껴졌지만, 단우는 그걸 신경 쓸 여유가 없었다. 그는 꽉 움켜쥔 주먹을 이마에 가져다댄 채 입술을 사리물었다.

가난한 집 아들로 태어나 한 번도 편하게 살아본 적 없다. 남들은 날 때부터 갖고 있는 것들을 자신은 있는 힘을 다해야 겨우 가져야 했다. 갖고 싶은 건 힘으로 빼앗고, 선생님들의 관심은 밤새 공부해서 겨우 가질 수 있었다.

그러면서도 늘 목이 말랐다. 아무리 공부를 잘해도 기본적으로 집안이 좋고 머리까지 좋은 녀석들을 이길 수 없었다.

성공하고 싶었다. 누구보다 성공해서 다른 사람들 머리 위에 서고 싶었다. 어떻게 하면 보란 듯이 살 수 있을까. 고등학생이 된 그의 머릿속에는 늘 그 생각뿐이었다.

성공하려면 사업이 제일이지만, 안타깝게도 그는 그쪽으로는 자질이 없었다. 법조계 쪽이나 의사로 진학할 성적 또한 되지 않았다. 성적이 된다고 해도 그 긴 기간 동안 들어가야 할 돈을 생각하면 엄두도 나지 않았다.

그렇다면 학벌과 집안을 보지 않는 곳, 자신이 좋아하고 관심 있는 분야, 성과만 잘 보이면 진급을 빠르게 할 수 있는 곳, 영업이나 자기 사업에 대한 능력이 없는 그로서는 게임 회사의 자유로움과, 무궁무진한 잠재력……. 이런 것들을 모두 포괄할 수 있는 곳이 바로 게임 산업 분야였다.

처음에 자신의 선택을 비웃던 동창들보다 자신이 더 높은 직위에 더 많은 연봉을 받게 되었다. 동창들이 이제 자신을 부러워했다. 신슬에서 나온 게임을 하며 그가 받을 성과금을 떠올리며 배 아파했다. 그는 그것만으로 만족하지 않았다. 더 높은 곳으로 올라가고 싶었다. 어디에서도 자신을 함부로 대할 수 없게끔.

그래서 남들보다 더 욕심내고, 더 열심히 했다. 필요하다면 다른 사람을 내쫓고, 그 사람의 아이디어를 갈취하는 일이라고 해도 서슴지 않았다.

자신도 그렇게 아이디어를 받쳐가면서 윗사람들에게 예쁨 보여 올라간 거니까. 그런데…… 제 노력에 대한 결과가 이렇다.

왜, 대체 왜 이렇게 된 걸까. 열심히 한 죄밖에 없는데. 대체 왜.

막다른 벽에 다다른 것처럼 암담했다. 자신의 모든 꿈이 박살났다. 주먹을 쥔 손이 힘을 주었더니 하얗게 변했다. 시선을 떨구자 책상 귀퉁이에 놓인 선재의 사직서로 향했다.

"그리고 보아하니 신선재 씨와 대립이 있었던 모양인데. 잘 설득해 서 풀어요. 사직서 수리하지 말고 회사에 붙들어 두란 말입니다. 신 선재 씨, 사장님이 삼고초려해서 데려온 인재니까."

잘 설득해서 풀라니. 이미 자신의 약점을 틀어쥐고 있는 녀석을, 무슨 수로. 자신이 붙잡으려 할수록 그걸 이용해 먹을 녀석인데.

선재의 사직서가 마치 자신의 사직서처럼 보여서 그는 고개를 돌렸다.

11장

재희는 모처럼 작정하고 잠자리에 들었다. 알람시계를 끄고, 커튼까지 쳐 놓은 후 마음먹고 누웠더니 열네 시간을 잤다. 처음엔 시계의 고장을 의심하던 재희는 해가 중천에 떠 있는 걸 보곤 자신이 정말로 열네 시간 잤다는 걸 깨달았다. 아주 잠깐 깊은 좌절감을 느꼈지만, 그 생각은 금방 끝이 났다.

문득 환한 빛이 들어오는 방 안의 창문을 바라보다 왜 그러면 안 되나, 하는 생각이 든 탓이었다.

다른 사람에겐 관대하게 '네가 하고 싶은 대로 해'라고 하면서 정작 스스로에겐 그러지 못했다. 오래 자면 게을러 보여서 꼭 뭐라도 해야 했다. 조급한 마음에 하는 것들의 대부분이 그렇듯 그럴싸한 결과물 같은 건 없었다.

정신없는 부산함은 그저 스스로에게 '게으르지 않았다'라는 면죄부를 주기 위한 행동에 불과했을 뿐.

며칠간 먹고 싶을 때 먹고, 자고 싶을 때 잤다. 씻고 싶을 때 씻었고, 마음껏 게으름을 부렸다.

은아에게서 연락이 받은 건 그로부터 이틀이 더 흐른 후였다.

"여보세요."

-어머, 재희 씨. 어디 아파요?

"아뇨. 자다 일어났어요."

-세상에나. 부러워라.

진심으로 부러움을 가득 담은 은아의 목소리에 침대에서 몸을 일으키던 재희가 저도 모르게 픽 웃었다.

"미안해요. 자랑하려고 한 건 아닌데."

-괜찮아요. 뭐, 나도 언젠가 직장 때려치우면 그럴 거니까요. 자랑할 수 있을 때 해요.

은아의 가벼운 농담에 재희가 다시금 웃음을 터트렸다. 그녀는 침대에 걸터앉아 부스스한 머리를 쓸어 넘겼다.

그러다 문득, 선재에게서 연락이 왔을까 하는 궁금증이 들었다. 자신의 잠을 방해하지 않으려고 선재는 할 말을 메시지로 남겨 놓곤 했다. 전달할 말이 없을 때에도 메시지를 남겨 놓곤 했다. 대체로 적당히 자고 일어나요, 그런 것들이지만.

-오늘 기념적인 날이라서 전화했어요. 엄청 고민하긴 했지만, 어쨌든 재희 씨도 알아야 할 것 같아서요.

"뭔데요?"

재희가 스피커폰으로 바꾼 후, 휴대폰 버튼을 눌러 메신저에 들어갔다. 그러자 '신선 같은 신선재'옆에 알림이 떠 있었다.

저도 모르게 재희가 웃었다. 눌러 볼까 하다가 관뒀다. 혼자 있을 때 보고 싶었다. 제일 맛있는 건 아껴 뒀다가 마지막에 먹고 싶은 그런 마음처럼.

-김단우, 지방 지사로 떠났어요.

팀장이라는 호칭을 과감하게 집어던진 것과 달리, 누가 들을세라 은아의 목소리는 낮아져 있었다. 평소라면 그 부조화에 웃었겠지만, 내용은 웃음이 썩 나오지 않았다

"떠나요? 쫓겨났어요?"

-네. 시말서 쓰고 지방 지사로 떠났어요. 징계 대신 지방 지사 발령이라는 소문이 있던데. 발령 받을 바에야 차라리 징계가 낫죠. 안 그래요?

"징계는 기록에 남으니까요. 진급할 때 보류되잖아요."

누가 힘을 쓴 모양이었다. 재희의 말에 은아는 그제야 깨달았다는 듯 '아아' 하고 소리를 내더니 반박하듯 대꾸했다.

-그렇긴 하지만, 지방 지사도 좋진 않잖아요. 개발기획팀도 없고 이름뿐인 운영팀만 있는데. 하긴 뭐, 거기서 진급할 순 있겠죠.

그치만 지방 지사에서 높은 자리 가더라도 본사로 못 돌아올 텐데……. 들리는 말로는 돌아오려면 최소 삼 년은 봐야 한다더라고요. 그런데 재희 씨, 기분 좋으라고 한 말이었는데 내가 오지랖 부린 거예요?

은아가 이제와 걱정된다는 듯 말끝을 흐렸다.

"아니에요. 고마워요. 알려 줘서. 어쨌든 징계 비슷한 거라도 받아서 다행이네요. 아무 일 없이 넘어갔으면 억울해서 한동안 배 아파서 끙끙 앓았을 거예요. 그보다도 김단우, 그놈 그 자존심에 회사를 안 관두고 순순히 지방 발령 간 게 신기하네요."

재희가 가감 없이 말하자 이번엔 은아가 웃음을 터트렸다.

-그러게요. 자기도 알겠죠. 여기 떠나면 갈 곳 없다는 걸.

은아의 말에 재희는 씁쓸하게 웃었다. 그건 자신도 마찬가지였다. 있는 성질 다 부리고 시원하게 떠나긴 했는데, 앞으로 살길을 모색할 걸 생각하면 눈앞이 캄캄했다. 한 달만 마음대로 살자고 했지만, 그마저도 그리 길게 느껴지지 않았다.

은아와는 조만간 지호와 함께 만나서 밥 먹자며 통화를 마쳤다. 잠시 멍하니 휴대폰을 바라보던 재희는 고개를 돌려 다시 햇살이 스며드는 햇살을 바라보았다. 은아와 통화를 하고 나니 싱숭생숭했다.

얼마 전까지 자신도 은아처럼 열심히 일하고 있었는데. 이젠 갈림길에서 갈라진 사람들처럼 같은 시간을 다르게 쓰고 있다.

멍하니 앉아 있던 재희는 습관처럼 휴대폰을 바라보다가 선재의 메시지를 발견했다.

툭. 손끝이 액정을 눌렀다. 그러자 밀려 있던 메시지가 주르륵 떴다.

[그만큼 자면 허리 안 아파?]

[밥 언제 먹을래?]

늘 보내는 일상 문자다. 별것 아닌 사소한 문자에 재희의 입꼬리가 점점 더 올라갔다.

[이제 일어나.]

재희의 시선이 아래로 향했다.

[얼굴 좀 보자]

[보고 싶다]

마침내 재희의 얼굴에 환한 웃음이 맺혔다. 사소한, 그러나 소중한 문자에 마음속으로 햇살이 들이친다.

"뭐, 어때."

언제 고민했냐는 듯 재희는 단순하게 대꾸하며 몸을 일으켰다. 오늘 하루 더 이렇게 산다고 하늘이 무너지는 것도 아니고. 고민은 밥 먹고 하자 싶어 그녀는 가뿐한 걸음걸이로 욕실로 향했다.

· · ·

샤워를 마치고 가벼운 옷차림으로 갈아입은 재희는 선재의 집 앞에 섰다. 벨을 누르려다가 손이 멈칫했다. 재희는 슬쩍 앞머리를 건드려 정돈하고 옷을 한 번 더 살폈다. 이런다고 예뻐지지 않는다는 건 알지만, 그래도 더럽게 보이진 말아야지 싶었다.

벨이 고장 났으니 문을 두드리라는 선재의 말을 떠올리곤 재희가 주먹을 들었다.

벌컥.

동시에 문이 열렸다. 선재가 주먹과 재희를 번갈아 보았다. 그러더니 오래 전에 얻어맞았던 기억이 떠오른 듯 미간을 작게 줍혔다.

"까꿍."

재희가 안녕 이라는 말 대신 장난스럽게 인사했다.

"무서운 까꿍이네."

여전히 치켜들고 있는 주먹을 바라보며 던진 선재의 대답에 재희가 씩 웃으며 그의 집으로 들어섰다. 현관 입구로 들어설 때 어깨가 비스듬히 선 선재의 가슴을 스친 게 내심 신경 쓰였지만, 내색하지 않았다.

거실 한 가운데 TV는 게임 화면이 담겨 있고, 조이스틱이 테이블 위에 놓여 있었다. 방금 전까지 게임하고 있었는지 화면 가운데 일시정지 문구가 번쩍거리고 있었다.

"게임하고 있었어?"

"그게 제일 시간이 빨리 가니까."

기다리기 힘들었다는 말을 둘러 표현하는 선재를 보며 재희가 빙긋 웃었다. TV 앞에 자리를 잡고 앉은 재희는 남아 있는 조이스틱 하나를 들었다.

"이거 어떻게 하는 거야?"

"해 보게?"

"응. 게임 좀 제대로 해 보려고. 혹시 알아? 나한테 게임 재능이 있어서 프로 게이머로 데뷔하게 될지?"

재희가 싱긋 웃으며 조이스틱을 이리저리 움직였다. 얼마 되지 않아 금방 적응했는지 조이스틱을 이리저리 움직였다.

"보통 축구 게임하면서 프로 게이머를 꿈꾸진 않지. 그리고 지금 드리블해서 가고 있는 곳에 골 넣으면 자책골이야."

"응?"

되묻기가 무섭게 화면에 'GOAL'이라는 문구가 번쩍번쩍 떠올랐다. 정작 골을 넣은 캐릭터는 좌절한 듯 바닥에 무릎을 꿇고서 괴로워하고 있었다.

"자책골이라니까."

소파에 걸터앉은 선재가 작게 중얼거렸다. 재희가 당황한 얼굴로 화면과 선재를 번갈아보다가 '다시, 다시!' 하고 소리쳤다. 몇 번 축구 게임을 하던 재희는 조이스틱을 내려놓았다. 이후 두 번의 게임을 더 했으나, 한 번 더 자책골을 넣었고, 또 한 번은 오대 영으로 대패했다.

재희는 잠시 말없이 제 손을 바라보았다.

"사실은 이거 발이 아닐까?"

재희가 심각하게 물었다. 그 질문에 선재가 웃음을 터트렸지만, 재희의 얼굴은 풀어지지 않았다.

이건 게임할 때만 발로 변하는 게 틀림없었다. 그렇지 않고서야 어떻게 이렇게 컨트롤을 못 할 수가 있지? 패스를 해서 달려가면 자신의 골대고, 패스하면 자책골이고, 기껏 공을 패스 받아 야심차게 달려가다 보면 축구장에서 이탈했다. 실제 경기였다면 심판이 내내 빨간 카드를 들고 있다가 팔 아프다며 파스를 붙일 판이었다.

"아냐. 그럴 리가 없어. 플스가 안 맞는 거야. 난 역시 PC 게임 체질이야."

현실을 부인하듯 재희가 작게 중얼거렸다. 물론 선재가 플레이 스테이션, PC, 모바일을 가리지 않고 다 잘한다는 게 떠올랐지만 저 녀석은 천재인 거고. 자신은 천재까진 아니라도 준범재는 될 거라고 애써 생각하며 몸을 일으켰다.

"나 게임 좀 할게."

선재는 하고 싶은 건 다 하라는 듯 가볍게 고개를 끄덕였다.

"고마워."

PC 앞으로 향한 재희는 한동안 선재와 함께하다가 일이 많아 관둔 게임에 재접속했다. 키보드와 마우스를 이용해 집중해 게임을 하던 재희가 얼마 지나지 않아 허망한 표정으로 모니터만 바라보았다.

재희의 반응이 이상하다는 걸 알고 선재가 다가와 의자 등받이에 손을 대고서 상체를 기울여 모니터를 들여다보았다. 선재의 눈이 가느스름해졌다.

"와."

의미 없는 탄성이 그의 입에서 흘러나왔다.

"아무 말도 하지 마."

재희의 경고에도 선재가 입을 열었다.

"1등 했네. 100명 중에서. 어떻게 낙하산 타고 내려오다가 죽을 수가 있지?"

선재가 이런 건 처음 봤다는 신기하다고 중얼거렸다. 오래 살아남는 게임인데 그중 첫 번째로 죽었다. 이 상황을 안 다른 유저들이 큭큭거리는 메시지가 빗발쳤다. 공중 사망이라는 별명까지 그새 붙었다.

"……너무 오랜만에 해서 그런 거야."

민망함을 애써 덤덤하게 넘기며 재희가 억울한 표정으로 선재를 쳐다보았다. 이건 내 실력이 아니야, 라고 항변하던 재희의 말이 뚝 잘렸다.

한 박자 늦게 고개를 돌린 선재와 눈이 마주쳤다. 그는 생각보다 가까이 있었고, 자연스럽게 그의 얼굴밖에 보이지 않았다.

마스카라 안 해도 되니 좋겠다며 늘 부러워하던 말려 올라간 속

눈썹, 유난히 빛을 머금은 채 빛나는 눈동자, 가볍게 다물린 일자 입술까지.

가깝게 마주한 상황을 인지하자 온몸이 긴장으로 뻣뻣하게 굳었다. 순간 공기가 사라진 것처럼 가슴이 얕게 오르락내리락 했다. 혹여 자신이 뱉은 숨이 선재에게 가닿을까 봐 숨도 크게 내쉬지 못했다.

재희가 슬쩍 몸을 뒤로 젖혔다.

"……진짜야. 오랜만에 해서 그런 거라고."

눈을 굴린 재희가 있는 힘을 다해 아무렇지 않게 대화를 이었다. 그렇겠지, 라든가 설마, 라며 놀리는 말이 돌아와야 하는데 선재에게선 아무런 반응이 없었다. 재희의 의아한 시선이 다시 선재에게 가닿았다.

눈이 마주쳤던 그 시간에 멈춘 사람처럼 선재는 꼼짝하지 않았다. 그의 목울대가 살짝 오르내렸다. 시선은 곧았지만, 눈동자에 담긴 의미는 복잡하다. 갈등인지, 갈증인지 모를 것들이 전해져 피부에 오소소 소름이 돋아 올랐다. 뭔가를 직감한 것처럼 온몸이 긴장으로 뻣뻣하게 굳었다.

계속 이렇게 있다간 심장이 멈출 것 같아, 재희는 입술을 꽉 깨물며 몸을 슬그머니 뒤로 물렸다. 그러고는 금세 입꼬리를 끌어올리며 분위기를 반전시키려는 듯 장난스럽게 말했다.

"배고프다. 오랜만에 머리를 썼더니. 뭐 먹을까?"

재희가 방금 아무런 것도 느끼지 못했다는 듯 태연하게 물으며 몸을 일으켰다. 물었지만, 사실 대답은 정해져 있었다.

"오늘은 가볍게 라면 어때? 외출하기 귀찮아."

재희가 일부러 어색함을 털어 버리려는 듯 부산하게 싱크대 문을 열며 물었다. 제 집처럼 자연스럽게 냄비를 꺼내 정수기 물을 받았다.

"두 개? 세 개?"

생각나는 대로 질문을 던져도 돌아오는 답이 없다. 대답 대신 쿵, 쿵. 다가오는 발소리에 재희가 돌아섰다.

방금 전까지 PC 앞에 멈춰 서 있던 선재가 어느새 제 앞으로 빠르게 다가오고 있었다. 성큼. 한 걸음 다가오자 거리가 훅 좁아졌다. 얼결에 재희가 한 걸음 물러섰다. 그러자 등이 차가운 싱크대에 닿았다.

쪼르륵.

냄비에 물이 담기는 소리만 가득했다.

"왜 도망쳐?"

"……내가? 아닌데."

재희가 부인했다. 그러나 말과 달리 눈동자가 이리저리 흔들렸다.

"정말 아니야?"

조용히 물어오는 선재의 목소리가 평소보다 낮았다. 재희가 저도 모르게 어깨를 웅크리자, 선재의 시선이 재희의 어깨로 닿았다.

"무슨 일이 생길까 봐?"

이어 선재의 시선이 어깨를 타고 목덜미를 스쳐 뺨, 코를 타고 올라왔다. 시선이 닿는 모든 곳을 외우려는 사람처럼. 섬세한 눈동자는 신중하게 타고 올라와 마침내 마침표를 찍듯 눈에 닿았다. 그의 시선이 묻고 있었다.

무슨 일이 생기면 어쩔 건데.

재희는 그 물음에 가슴이 내려앉았다. 간신히 유지하고 있던 머릿속 생각이 푸스스 흩어지고, 이성보다 본능이 앞섰다. 예민해진 감각이 전해 오는 선재의 뜻을 모두 이해하고 있었다.

한 손으로 싱크대를 짚은 선재가 다른 한 손으로 천천히 재희의 목뒤를 감쌌다. 큰 손이 목을 감싸고도 넉넉히 남았다. 목에서 전해지는 그의 손이 뜨겁다. 마치 터질 듯이 뛴 심장 때문에 혈액이 손끝까지 뻗친 사람처럼. 그 뜨거움이 어떤 말보다 적나라하게 선재의 긴장과 흥분을 전달했다.

방금 선재가 물었었다. 무슨 일이 생길까 봐 도망친 거냐고. 재희는 그에 대한 답을 이제야 찾았다.

무슨 일이 생길까 그런 게 아니라, 무슨 일이 생겼으면 하고 바라는 제 마음에 놀라 도망친 거라고.

동의를 구하듯 선재가 느릿하게 다가왔다. 코끝이 닿았다. 재희는 대답 대신 손을 뻗었다. 허리를 감싸고 싶었는데 굳은 손이 애꿎게도 그의 허리춤 옷자락만 거머쥐고서 당겼다. 그 힘에 응답이라도 하듯 선재가 턱을 들었다. 아슬아슬하게 숨만 주고받던 입술이 마침내 맞닿았다. 쁙-. 심장이 멈춘다면 이런 느낌일까.

내내 신경 쓰였던 목뒤의 손도, 그 손이 전해 주는 뜨거움도 더는 느껴지지 않았다. 온 신경이 입술로 쏠렸다. 마치 입술만 남은 사람 같다.

선재의 입술이 움직이자 재희가 자연스레 입술을 벌렸다. 그사이로 선재의 혀가 성급하게 밀고 들어왔다. 혀의 돌기가 스치고 제멋대로 얽힌다. 누가 가르쳐 준 것도 아닌데 서로를 깊게 탐하는 움직임에 뒷덜미에 소름이 돋아 올랐다. 혀가 얽혔다가 풀어질 때마다 누군가가 머릿속을 막대로 휘젓는 것처럼 아득해졌다.

자연스레 고개가 비틀어졌다. 더 깊은 곳을 원 없이 누리려는 것처럼. 선재와 재희의 몸이 겹쳐졌다. 서로를 있는 힘을 다해 끌어안아 깊은 곳으로 파고 들었다. 재희는 선재의 허리를 감싸 안았다.

코끝으로 그의 체온이, 피부로 전보다 뜨거워진 체온이, 맞닿은 가슴에서 흐트러진 호흡이 여실히 느껴진다. 자신도 크게 다르지 않을 거라 재희는 직감했다.

문득, 처음으로 물감을 사용했던 어린 시절이 떠올랐다. 물이 한 가득 담겨 있는 투명한 물통에 처음으로 붉은 물감을 떨어뜨렸을 때. 투명한 물 가운데로 떨어진 붉은 물감 몇 방울이 물통을 모조리 붉게 물들였던 그때.

그때의 물통이 된 것 같았다.

그때의 물감처럼 신선재가 제 안에서 붉게 퍼져 간다.

· · ·

대학 입학 후, 첫키스를 했다는 친구에게 궁금해서 물어본 적이 있었다.

"키스 후에 어떻게 해?"

그러자 친구가 무슨 소리냐는 표정으로 쳐다보았다.

"뭘 어떻게 해? 진도 나갔냐고?"
"아니. 아니. 그게 아니라 키스 하고 떨어진 후에 어떻게 하냐고. 그러니까 엄청 어색하잖아. 그 후에 어떻게 되냐는 거지! 집 앞에서 키스하고 헤어져?"

할 상황도 아닌 데다, 별 관심이 없어 연애를 제쳐 두고 있었지만 친구가 키스를 했다고 하니 궁금했다. 드라마나 영화를 보면 늘 키스 신 후에 다른 신으로 넘어가던데, 그사이엔 무슨 일이 있는 건지 늘 궁금했다.

"별거 없는데? 그냥 밥 먹었어."

"밥?"

"응. 밥."

"내가 아는 그 밥? 식사?"

"응. 식사."

친구의 쿨한 대답에 재희는 더 이상 묻지 못했다. 밥을 먹었다는데 어떻게 그 상황 후에 밥을 먹었냐고 따지고 들 수도 없는 노릇이었다. 그때 친구의 대답은 늘 미스터리였고, 그건 20분 전까지도 마찬가지였다.

그런데 친구 말이 맞았다. 키스 후엔, 식사를 할 수 있는 거였다. 아니, 식사를 할 수밖에 없었다.

키스가 끝난 후, 선재는 싱크대를 부술 것처럼 거머쥐고서 얕은 호흡을 내쉬었다. 얼마나 힘을 주었는지 반팔 아래로 드러난 팔엔 힘줄이 솟아 있었고, 손가락은 하얗게 질려 있었다.

그때 재희는 자신이 기로에 서 있음을 알았다. 여기서 선재를 조금이라도 더 자극하면 침대로 향하는 거고, 멈추면 멈춰지는 거라고.

선재와 하는 게 싫은 건 아니었다. 분위기에 홀린 것처럼 그를 끌어안으려고 할 때, 무심히 제 속옷이 떠올랐다. 짝은 맞췄지만 그렇다고 내보일 만큼 예쁘지 않은 속옷.

거기다가 문이 열린 안방까지 눈에 들어왔다. 빨래를 맡겨 커튼 없이 환한 창가 아래에 붙어 있는 선재의 침대까지도 봐 버렸다. 이런 상황에서 처음 할 자신도 도무지 없어진 재희는 분위기를 모면하려는 듯 말했다.

"이제······라면 먹을까? 배고픈데."

그 말 한마디에 선재와 거실에서 라면을 먹는 지금의 상황까지 오게 되었다.

소파에 앉아 젓가락질을 하던 재희가 흘깃 선재를 쳐다보았다. 그는 이유 없이 켜 놓은 TV에 시선을 두고 있었지만, 딱히 보는 것 같진 않았다. 그러다 고개를 홱 돌리더니 자신을 쳐다보았다.

시선을 느낀 건가. 귀신같이.

뭐라고 말이라도 해 줬으면 좋겠는데, 선재는 아까 전부터 묵언 수행이라도 하기로 작정한 건지 별다른 말이 없었다. 달그락거리는 소리와 TV 소리가 집안이 적적함을 대신 메워 주고 있었다. 이런 분위기는 싫었다.

"······나, 프로 게이머 할까?"

뭐래.

재희는 자기가 말하고도 지나치게 아무 말이나 했음을 알았다. 어색한 건 죽어도 싫으니 뭐라도 대화를 이어가려고 했는데 그게 실수였다. 당황하니 아무 말이나 튀어나왔다.

"네가 프로 게이머는 노력이라며. 난 게임하는 것도 좋아하니까. 어쩌면 내 안에 숨겨진 자질이 있을지도 모르잖아."

그러나 이미 뱉은 말. 꿋꿋하게 이어갔다. 어색하게 분위기에 휘둘리고 있는 모습은 보여 주고 싶지 않았다. 평소보다 더 의연한 표정을 짓는 것도 잊지 않았다. 그러자 그 말이 꽤 충격이었는지 선재가 묵언 수행을 깨고 심각한 표정으로 대꾸했다.

"정정할게, 그 말."

"……."

"노력이 아니라 재능이야."

오늘부로 확실히 깨달았다는 듯 선재가 단호하게 대답했다. 그 말에 재희가 눈을 가느스름하게 떴다.

"……그 정도로 최악이야?"

"꼭 대답해야 해?"

선재가 난처한 표정으로 되물었다. 재희가 노려보자 선재가 그제야 농담이었다는 듯 입꼬리를 늘이며 웃었다. 방금 전까지 잔뜩 높아져 있던 긴장감이 한순간에 허물어지는 걸 느꼈다.

"사실 나도 알겠더라. 난 도저히 게이머 체질은 아니야. 긴장하면 당황해서 버벅거리니까."

한 시간에 자책골 두 번 넣는 것도 재능이다, 싶었다. PC 게임은 또 어떻고. 내려오자마자 죽을 줄이야. 재희가 절레절레 고개를 가로저었다.

"조급해하지 마."

선재의 뜬금없는 말에 재희가 그를 흘깃 쳐다보았다.

"조급해하는 것 같아서."

"뭘?"

"이것저것."

"……"

아무렇지 않은 척 놀고 장난쳤는데, 선재는 제 안에 있는 불안함을 용케도 알아본 모양이었다.

"……언제 신내림 받았어? 선재 동자님?"

재희가 몸에 힘을 풀며 장난스럽게 물었다.

"이재희에 관해서는 웬만한 건 다 알아. 게임하는 것보다 더 열심히 알려고 노력했으니까."

선재가 눈을 접으며 건넨 말에 재희는 아니라고 부인하지 못했다. 방금 전까지만 해도 선재는 제 마음을 들여다본 사람처럼 말했으니까.

재희는 들고 있던 젓가락을 테이블에 내려놓은 후 소파에 기대 천장을 바라보았다. 편하고, 즐거운데, 그 가운데 불안함과 조급함이 습관처럼 한 번씩 불쑥 치솟아 올랐다. 뭐라도 해야 할 거 같은데, 뭘 해야 할지 모르겠다. 이런 막막함이 싫어서 그동안 회사 생활에 매달렸는지 모르겠다.

"뭘 해야 할지 모르겠네."

재희가 작게 중얼거리듯 말했다. 그사이, 커피를 마시려고 전기 포트를 켜고 온 선재가 자리에 앉으며 말했다.

"그럼 좋아하는 걸 찾아봐."

선재가 소파에 팔을 대고서 턱을 괴었다. 그러고는 재희를 가만히 올려다 보았다.

"딱 그게 아니더라도, 그 주변에 찾던 게 있을 수도 있으니까."

"……"

"내가 아는 사람 중에 프로 게이머가 되고 싶어서 매번 도전한 사람이 있거든? 그런데 안타깝게도 별로 재능이 있는 쪽은 아니었어. 한동안 안 보이더니 어느 날 게임 중계를 하더라. 지금은 잘되고 있어. 얼마 전에 만나 보니 즐겁대. 게이머 쪽보다 이쪽이 더 자신한테 맞는 것 같다고. 그러면서 그러더라."

선재가 그 사람이 해 준 말을 떠올리는 듯 눈을 가느스름하게 뜬 채 말했다.

"프로 게이머가 못 돼서 넘어지니 그제야 제 길이 보였다더라. 좋아하는 것과, 잘하는 것, 그사이 어디쯤. 그게 자신의 길이었다고."

"……"

"좋아하는 길을 따라가 봐. 그 근처에서 분명히 기다리고 있을 거니까."

선재가 나긋나긋한 목소리로, 한 자씩 짚어 주듯 말했다. 그 말이

제 마음에 콕콕 박혔다. 알 수 없는 불안함으로 일렁거리던 마음 한 가운데 그 말들은 징검다리가 되었다.

좋아하는 것과 잘하는 것. 그 사이 어디쯤이 나의 길…….

감격한 재희는 손을 들어 선재의 머리를 쓰다듬었다.

"이제 나보다 어른이네."

"키는 늘 내가 더 컸어."

"……."

"그리고 내가 어른이 된 건 누나 덕분이니까."

"내가? 어른스러운 나랑 어울리다 보니 어른스러워진 거야? 아니면 내가 철없어서 챙기다 보니 어른이 됐다는 거야?"

어느 쪽이냐는 듯 재희가 묻자, 선재가 고개를 더욱 기울이며 지긋이 쳐다보았다.

"어른이 되어야 상대해 줄 거니까."

돌아온 대답은 생각 외였다.

"어린애는 싫다며."

"……."

"그래서 어른이 되려고 노력했어. 그러고 보니 별의별 짓을 다했네. 수염도 길러 보고."

편하게 말하던 선재가 뭔가 생각난 듯 짧게 웃었다.

"수염? 네가 그런 걸 기른 적이……."

그 말에 잠시 재희가 생각에 잠겼다. 그 말을 듣자마자 뭔가 생각나는 게 있는데……. 간신히 떠오른 기억의 끄트머리를 붙잡고서 골몰이 생각에 잠겼다.

"……아!"

그러다 뭔가 기억났다는 듯 짧게 탄성을 질렀다.

선재가 스물이 되던 해, 갑자기 수염을 기르고 나타났다. 그런 선재를 향해 재희는 심각하게 물었다.

"무슨 일이야?"

그 당시 재희는 선재에게 무슨 일이 있다고 확신했다.

"아무 일 없어요."

"아닌 것 같은데. 요즘 등산 동아리라도 들었어?"

그러다가 도인의 세계에 눈을 뜬 거냐고. 재희가 농담인지 진심인지 모를 말을 계속 심각하게 했었다.

"아니면 이상한 종교에 들었어? 그것도 아니면 요즘 늦게까지 게임해?"

그래서 그런 폐인의 꼴이 된 거냐고 재희가 눈으로 물었다. 그 모든 질문에 선재는 무표정으로 대답을 대신했다.

"그렇게 이상해요?"

헤어지기 전, 선재가 조용히 물었다.

"사실대로 말하자면 응. 걱정스럽다. 진짜."

"그 정도예요?"

"계속 보다 보니 그렇게 심각하진 않은데, 그래도 수염 없는 편이 나은 것 같아."

"좀 더 어른스럽지 않고요?"

"어른? 대체 어떤 어른이 그러고 다녔어? 말해 봐. 혼내 줄게."

"진짜 아니에요?"

"응. 전혀 아니야."

이런 건 단호하게 말해 줘야 할 것 같다며 재희가 고개까지 내저었다. 그날은 평소보다 일찍 헤어졌고, 그 다음부터 선재가 수염을 기른 모습을 본 적 없었다.

갑자기 무슨 바람이 불어 그런 짓을 했나 했더니, 그런 사정이 있었을 줄이야. 그날의 기억을 떠올린 재희가 피식피식 바람 빠지는 소리를 내며 웃었다.

"귀여웠네, 신선재."

재희가 빙긋 웃었다. 그러다 그녀의 얼굴에서 웃음이 사라졌다. 선재가 반쯤 일어난 상태에서 소파를 짚은 손에 힘을 주어 제 몸을 지탱한 채 다가왔다. 소파의 가죽이 짓눌리는 소리가 들리는 것과 동시에, 입술이 닿았다.

언젠가 들었던 친구의 말이 떠올랐다. 자신의 친구 중 가장 먼저 연애를 하고, 가장 많은 연애를 했던 친구가 술에 취해 술집이 울리도록 쩌렁쩌렁하게 소리친 그 명언.

"스킨십에 후진은 없어. 전진만 있을 뿐이지. 더 큰 자극을 위하여 언니는 다음 주 떠난다! 건배!"

다음 날 남자친구와의 여행이 정해졌다며 흥분한 친구의 말에 재희는 테이블 밑에라도 들어가고 싶었다. 그 친구의 말이 그땐 부끄러웠지만, 지금은 무슨 뜻인지 알겠다.

한 번 허락하니 두 번은 너무도 쉬웠다. 그런데 또 그게 이상하게도 싫지가 않다. 앞으로 나아갈 길이 이상하게 궁금해서 가속하게 된다.

재희의 입술이 벌어졌다. 다시금 혀가 얽혔다. 타액에 서로가 젖어간다. 자연스레 눈이 감기자 혀가 얽히며 내는 질척이는 소리와, 얽히는 부드럽고 몰캉한 느낌에 전율이 인다.

좋다. 안에서 찰랑거리는 이 느낌이.

긴 키스 끝에 느릿하게 선재가 멀어졌다. 느릿하게 눈을 뜨는 선재의 눈동자에 빛이 스며 반짝였다. 붉어진 채 살짝 벌어진 입술은 또 한없이 야하다. 재희는 그런 선재의 얼굴을 옅게 웃으며 바라보았다.

"……왜? 이번에도 어른스럽게 보이고 싶었어?"

재희가 선재의 뺨을 부드럽게 쓰다듬으며 물었다. 그러고 보니 선재의 얼굴을 이렇게 만지는 건 처음이다. 다시금 달라진 관계가 느껴졌다. 동생과 누나 사이에 처져 있던 벽이 허물어지고 완전히 남자와 여자로서의 관계가 되었다는 것을.

약간 감격에 차오른 재희가 선재를 가만히 바라보았다. 선재의 선한 눈매가 부드럽게 휘어졌다. 재희는 그러지 않아도 된다고 말하려 했다.

너는 이제 충분히 내게 남자이자, 어른이라고. 자신을 온통 뒤흔드는, 무서울 정도로 영향력을 크게 행사하는 그런 남자.

"아니."

"……."

"웃고 있는 이재희가 귀여워서."

그러나 돌아오는 대답이 의외였다. 선재가 눈에 빛을 낸 채 그녀를 쳐다보고 있었다.

"내 생각하면서 웃는 게 좋아서."

이어지는 선재의 말에 재희의 눈이 살짝 벌어졌다 이내 휘어
졌다.

  보글보글.

  전기 포트에 물 끓는 소리가 들렸다.

  그런데 왜일까. 그 소리가 제 안에서도 들리는 이유는.

12장

커다란 가방을 어깨에 메고 집에서 나온 재희가 복도 난간을 짚고 섰다. 창문을 열자 어른거리던 오전의 바람이 훅 몰아쳐 머리카락을 흐트러뜨리고 저 멀리 사라졌다.

스읍. 숨을 들이마신 재희는 자신이 볼 수 있는 가장 먼 곳을 바라보았다. 이름 모를 건물이 우뚝 서 있다. 시선을 그곳에 둔 채 멍하니 서 있었다.

마음이 심란해서 이런저런 생각을 하는데 달칵, 하고 문 열리는 소리가 들렸다. 곁눈으로 문을 열고 나오는 익숙한 사람이 보였다.

뭐 해, 라고 질문할 줄 알았는데 선재는 말없이 재희의 곁에 서서 같은 방향을 바라보았다. 재희가 뭘 보고 있는지 찾으려는 사람처럼.

"신슬에서 연락 왔어."

재희가 여전히 시선을 앞에 둔 채 덤덤하게 말했다.

"뭐래?"

"복직 의사 있냐고 묻더라. 그간 쉰 건 연차, 휴가로 대체할 수 있다고."

"갑자기 왜?"

벌써 재희가 회사를 관둔 지 2주가 흘렀다.

"나도 궁금해서 물어봤는데, 김단우가 그간 해 온 악행들이 밝혀졌나 봐. 김단우는 지방 지사 발령 난 후에도 징계 먹고, 여차저차 일이 많았던 모양이야. 회사에선 김단우한테 사직서 내라고 압박하는데, 김단우가 거절하고 있대. 오기 부리나 봐. 어쨌든 윗선에서 피해자 구제라도 할 겸 가장 최근 피해자인 날 다시 부른 거지."

"그래서 뭐라고 대답했어?"

"거절했어."

재희가 덤덤하게 대답했다.

"그래. 잘했어."

뒤따르는 선재의 대답도 덤덤했다.

"왜 그랬냐고 안 물어?"

재희가 고개를 돌려 선재를 보며 물었다. 그러자 선재의 시선이 뒤따라 움직여 재희를 바라보았다. 재희는 물어 달라는 얼굴을 하고 있었다. 어딘가에 말하고서 마지막 정리를 하고 싶은 사람처럼.

"왜 그랬는데?"

선재가 물었다.

"새로 출발하고 싶어서."

"……"

"신슬을 관둔 후에 물건도 정리해 두고, 생각도 다 정리해 뒀는데 다시 풀어헤치기 싫더라. 또 정리하느니 차라리 새로 시작하려고. 다시 가고 싶은 마음도 안 들고. 여기서 신슬이랑 인연은 끝인가 봐."

말을 마친 재희가 개운하다는 듯한 얼굴로 선선하게 웃었다. 방금 선재에게 말하면서 동시에 스스로에게 다짐한 모양이었다. 선재는 그럴 줄 알았다는 듯 옅게 웃으며 재희의 어깨를 토닥였다.

"잘했어."

선재의 말에 잔뜩 힘이 들어가 있던 재희의 어깨가 느슨하게 내려앉았다. 99퍼센트 만족스러운 선택이지만, 1퍼센트의 불안함이 남아 있었다. 그런데 그 불안함이 선재의 '잘했어'라는 말에 녹아 사라졌다.

"오늘 부모님한테 다녀올게."

한결 가뿐한 표정이 된 재희가 어깨에 멘 가방을 툭툭 치며 말했다. 그 말에 선재가 고개를 기울인채 눈을 가느스름하게 떴다.

"갑자기 왜?"

자식이 부모 집에 가는 건 당연한 일이지만, 재희에겐 무척 어색한 일이었다. 재희가 집에 가는 건 부모님의 생신, 명절이 전부였다. 그마저도 잠깐 가서 얼굴을 비추고 돌아오는 게 전부였다. 가끔 이 런저런 핑계로 용돈을 보낸 후 가지 않은 적도 있었다.

"무슨 일 있어?"

선재는 무슨 일이라도 생긴 거냐는 듯 물었다.

"그냥. 정리하다 보니."

재희가 말끝을 흐렸다.

신슬을 관둔 후, 재희는 푹 쉬었다. 시간이 생기자 자연스럽게 바쁘다는 핑계로 미뤄 두었던 것들이 눈에 들어왔다. 처음엔 방 청소를 했다. 묵은 먼지를 털어 내고 구석구석 닦아 냈다. 신슬에서 가져온 물건 중 불필요한 것들을 버렸다.

방과 물건이 정리되자 자연스레 다른 것들이 눈에 들어왔다. 미뤄 뒀던 일기도 썼다. 신슬에서의 회사 생활도 한 장의 일기로 빽빽하게 써 내려간 후, 스스로에게 그간 수고했다는 말로 끝을 냈다.

바쁘다고 건너뛰었던 것들을 하나씩 정리하다 보니 그 끝에 있던 벽과 마주했다. 아주 오래전에 생겨 이젠 단단해진 이 벽을 무너뜨리지 않으면 평생 한 발자국도 나아갈 수 없을 것 같은 예감이 들었다. 인생에 1막, 2막, 3막이 존재한다면 이번 막의 마지막 장면은 이것이어야겠다는 생각도 함께.

며칠의 고민 끝에 재희는 짐을 썼고, 조만간 들르겠다는 연락을 부모님께 드렸다.

"잘 다녀올게."

재희가 약간의 긴장감, 들뜸, 걱정이 뒤엉킨 복잡한 감정을 힘찬 웃음으로 감췄다.

"같이 갈까?"

"아냐. 혼자 다녀올게."

"그래. 잘 다녀와."

선재의 인사에 재희는 가볍게 손을 흔들며 그를 지나쳤다. 선재는 복도 끝으로 걸어가는 재희의 뒷모습을 물끄러미 바라보았다. 왠지 그녀의 걸음이 이전과 많이 다르다는 생각이 들었다.

• • •

오래되고 낡은 대문을 열고 들어가자 돌로 만들어진 징검다리 끝에 계단이 있었다. 대문만큼이나 낡고 오래된 돌계단 위에 굳게 닫힌 현관문이 자리하고 있었다.

재희는 그곳을 지나쳐 아래로 이어지는 계단으로 내려갔다. 그러자 그늘이 진 귀퉁이에 한 사람이 드나들 수 있는 작은 문이 자리하고 있었다. 이곳저곳 때가 끼고 낡은 문을 재희는 말없이 바라보았다.

이사 좀 가라고 넌지시 한번 말을 흘려 봤지만 부모님은 요지부동이었다. 본인들이 나고 자란 이 동네에서 떠나길 싫어하셨다. 사정은 어려워지고, 설상가상으로 이 동네의 집값은 천정부지로 높아졌다. 부모님이 선택할 수 있는 집은 몇 없었다. 이 정도면 사람이 집을 선택하는 게 아니라, 집이 사람을 선택하는 게 아닌가 싶을 정도였다.

저런 집에서 살아 봤자 1년은 살겠나 하던 우려와 달리 부모님은 이 집에서 오래 지내고 있었다.

재희가 문을 두드리려는 찰나, 먼저 문이 벌컥 열렸다. 재희의 손이 어색하게 허공에서 멈췄다.

"재희 왔니? 생각보다 일찍 왔구나."

뭔가를 정리 중이었는지 아버지의 손에 빗자루가 들려 있었다.

"네. 차가 안 막혀서요."

"어서 들어와라."

아버지가 몸을 틀다가 그마저도 안 되겠는지 문 밖으로 나오더니 재희에게 들어가라는 듯 손짓했다. 반가움과 조심스러움이 담긴 손길을 따라 재희는 집 안으로 들어섰다. 좁은 문과 달리 내부는 두 사람이 지낼 정도로 널찍했다. 물론 옛날 집에 비하면 창고 수준이지만. 재희가 신발을 벗고 들어서자 싱크대 앞에 서 있던 엄마가 입꼬리를 끌어 올렸다.

"왔니?"

반가운 얼굴 위로 어색함이 잔뜩 어려 있었다.

"네."

재희는 못 본 척 평소처럼 대답했다.

"방에 들어가 있어. 밥 안 먹었지?"

"음식 했어요?"

"응. 그럼. 했지."

재희는 몇 해간 집에서 밥을 먹고 간 적 없었다. 그러나 몇 해간 엄마는 한 번도 빼 놓지 않고 음식을 잔뜩 만들어 놓았다. 자신이 먹고 가지 않으면 음식들을 싸 주겠다고 했지만, 버스 핑계로 들고 가지 않았다.

여유가 생겨서인지, 아니면 마음을 조금 열어서인지 궁금하지 않던 것들이 궁금해졌다. 자신이 먹고 가지 않은 음식들은 다 어떻게 되었을까.

아마도 엄마와 아빠의 밥상에 며칠간 부지런히 올랐겠지. 매일 같은 음식을 먹었을 부모님을 생각하자, 오늘따라 쉽사리 '먹고 왔으니 됐어요'라는 말이 나오지 않았다.

어쩌면 '가서 밥 먹고 와'라는 선재의 말 때문인지도 모른다.

"밥, 안 먹었어요. 주세요."

재희가 조심스럽게 꺼낸 말에 부지런히 움직이던 엄마의 행동이 뚝 멈췄다. 잠시 제 귀를 의심하듯 잠시 멍하게 서 있던 엄마가 있는 힘을 다해 고개를 끄덕였다.

"그래. 그래. 얼른 줄게. 앉아 있어."

누가 보면 딸의 사시 패스 합격 소식이라도 들은 줄 알았겠다 싶을 정도로 엄마는 기뻐했다. 그 모습을 잠시 지켜보던 재희가 걸음을 옮겨 방에 들어간 지 얼마 되지 않아 엄마는 뚝딱뚝딱 상을 차려 내왔다.

넓은 상 위에 여러 음식이 놓여 있었다. 돼지고기가 듬뿍 들어간 김치찌개, 매콤달달한 닭볶음탕, 당근이 잘게 들어간 계란말이, 메추리알 장조림, 고구마 줄기 볶음. 모두 다 재희가 좋아하는 것들이었다. 그것도 어마어마한 양이었다.

그러고 보면 이 집에 올 때마다 같은 음식 냄새가 났었다. 매번이 음식들을 한 모양이었다. 자신이 쳐다보지 않아도, 다음번에 또 다시. 또 다시. 혹시나 하는 마음에.

갑자기 개안한 것처럼 이것저것들이 눈에 들어오기 시작한다. 기쁘면서 뭉클했다. 그러나 동시에 마음 어딘가에선 그런 것들을 외면하려 했다.

이제 와서 잘해 주면 뭐 해. 자식이라곤 자신밖에 남지 않아서 이러는 거겠지. 그런 거겠지. 하지만 마냥 그렇기만 할까. 내가 오해한 게 아닐까. 아니, 그렇게 믿고 싶은 거 아닐까…….

마음이 충돌했다. 치열하게 맞부딪친 생각들이 날카롭게 제 안을 긁어댔다. 이유 없이 목이 멘 재희가 숟가락을 꽉 움켜쥐며 눈을 내리깔았다.

"잘 먹겠습니다."

재희는 엄마가 차려 준 밥을 입에 밀어 넣듯 넣었다. 우물우물 씹어 떠오른 생각과 함께 삼켰다.

그러다 주변이 지나치게 조용해서 고개를 들자, 자신을 빤히 쳐다보고 있는 부모님과 눈이 마주쳤다.

놀란 듯, 그러나 기쁜 듯 쳐다보고 있던 엄마의 표정이 어색하게 얼어붙었다. 순식간에 분위기가 어색해졌다. 어떻게 선재와 첫키스 한 후 눈이 마주쳤을 때보다 더 어색할 수가 있나 싶었다.

갑자기 체할 것 같은 기분이 들어 물잔을 들어 한 번에 비웠다.

"식사하세요."

재희가 재촉하고서야 그제야 엄마와 아빠도 밥숟가락을 들었다.

드문드문 안부가 오가는 식사를 마친 후, 손님을 대접하듯 엄마는 그녀에게 예쁘게 깎은 과일을 내어 놓았다.

"먹어 봐. 요즘 사과가 맛있더라."

"네."

대답만 할 뿐, 재희는 포크에 손대지 않았다. 그녀는 가방을 열어 오늘 온 목적인 봉투를 내밀었다. 부모님이 의아한 듯 서로를 쳐다보았다.

"이게 뭐야?"

"보세요."

재희의 말에 아버지가 손을 뻗어 봉투를 열어 보았다. 아버지의 눈이 휘둥그레졌다. 아버지의 반응에 엄마가 뒤따라 봉투 안을 보더니 뒤따라 눈을 크게 떴다.

"갑자기 이 돈은 다 뭐야?"

"여태껏 제가 회사 생활 하면서 모은 돈의 일부예요."

"왜 갑자기 이걸 줘? 무슨 일 있어?"

돈을 받고도 아버지의 눈에는 걱정과 두려움이 가득했다.

"아뇨. 회사 관뒀어요."

재희가 홀가분한 표정으로 희미하게 웃었다.

"관둬? 회사를?"

"왜? 어쩌다가?"

부모님이 동시에 물었다.

"어쩌다가 관뒀어요. 그래서 말인데. 당분간 용돈 못 드릴 것 같아요."

재희가 희미하게 웃었다.

그녀에게 부모님은 여러 가지 의미였다. 자신을 낳아 준 분, 유복한 어린 시절을 제공해서 부족함 없이 자라게 해 준 분, 갑작스레 빚을 져서 생활 전선에 내몬 분, 한때 아들을 잃은 실의에 빠져 자신을 잠시 나 몰라라 했던 분.

재희는 그런 부모님을 안타깝게 생각하면서도 원망했다. 그러면서도 그들을 향한 책임감을 내려놓지 못했다. 자신이 유일하게 남은 자식이기에 엇나가면 안 될 것 같았다. 어쨌든 부모님 덕에 고등학교 시절까지 부유하게 살아 왔으니 은혜를 갚아야겠다는 생각도 저변에 깔려 있었다.

그 마음 때문에 직장을 관두지 못한 것도 있었다. 자신이 보내는 적지 않은 용돈이 부모님에게 어떤 의미인지 알기 때문에.

"이제 잠시 쉬려고요. 여행도 다니고, 조금 돌아보는 시간을 갖고 싶어요."

숨을 흡 들이마신 재희가 용기를 내어 말했다. 이건 부모님의 허락을 구하는 말이 아니라 통보였다.

"안 좋은 일이 생긴 건 아니에요. 그냥, 스스로를 살펴보고 싶어서요."

부모님을 걱정시키더라도, 자신이 우선이어야 할 때가 필요하다는 걸 이젠 안다.

"말씀 안 드릴까 하다가 나중에 알면 더 놀라실 것 같아 말씀드리러 왔어요."

이건 그 시작이었다. '걱정 시키지 않는 당신의 완벽한 딸'보다 '이리저리 헤매고 다니면서 무럭무럭 자라는 이재희'가 되겠다는 포부의 시작.

"걱정하지 말라고 해도 걱정하시겠지만, 그래도 제가 드릴 말씀은 하나뿐이네요. 걱정하지 마세요. 저는 어느 때보다 아주 잘 지내고 있으니까요."

소속감이 없어져 불안했지만, 이젠 그 불안함마저 당연한 것이라고 받아들였다. 그러자 자신이 나아갈 길이 조금씩 보이는 기분이었다.

"이 말씀 드리려고 왔어요. 이제 그만 가 볼게요."

재희가 어색한 분위기 속에서 웃으며 자리에서 일어났다. 자신을 어쩔 줄 몰라 하는 표정으로 쳐다보고 있는 부모님을 계속 보고 있는 게 불편했다.

"재희야."

엄마가 부르는 소리에 재희가 일어나다말고 고개를 돌렸다.

"잠시만."

먼저 자리에서 일어난 엄마가 서랍장에서 무언가를 꺼내더니 재희가 준 봉투를 얹어 내밀었다.

"이거 가져가. 비밀번호는 네 생일."

재희가 엄마의 얼굴과 내밀고 있는 통장을 번갈아 보았다. 이게 뭐냐고 눈으로 묻자, 엄마가 받으라는 듯 손을 흔들며 말했다.

"네 통장이야."

"제 통장이 왜 여기 있어요?"

더군다나 자신이 만든 적도 없는 은행의 통장이었다.

"네가 어릴 때 만들어 놓은 통장이야. 받아."

엄마의 재촉에 재희가 얼떨떨한 표정으로 통장을 받아들었다. 확인해 보라는 말에 재희가 통장을 열어 한 장씩 넘겼다.

"너 어릴 적에 용돈 받으면 거기다가 차곡차곡 저금해 뒀었어. 너스무 살 되면 주려고. 그런데 알다시피 집에 그런 일이 생기는 바람에 다 써 버렸어. 그 후에 다시 차곡차곡 모아 놓은 돈이야."

재희는 언젠가부터 균일하게 입금되는 통장 기록의 날짜를 보았다. 자신이 입사한 지 한 달 후의 날짜였다. 거기에 드문드문 몇 만 원, 몇십 만 원씩 추가로 입금된 기록들이 보였다.

"네가 준 돈들도 거기 다 넣어 놨다."

"……."

"쉬면서 여행 다니려면 돈 필요할 거 아냐. 그거 가지고 가서 써. 나름 제일 좋은 이율 주는 은행가서 넣어 놓은 거라 이자도 제법 붙었어."

빚 갚고 있었던 거 아니었어?

재희가 거의 끝장에 다다른 통장의 기록을 놀란 눈으로 쳐다보았다.

가끔 이상하다고 생각은 했었다. 부모님이 모두 일하고, 자신도 적지 않은 돈을 드리는 것 같은데 부모님의 살림살이가 조금도 나아지고 있는 것 같지 않아서. 그때마다 길게 생각하고 싶지 않아서 그만큼 빚이 많아서 그런 거겠지 하고 여겼다.

그런데 이러고 있었던 거였다. 알 수 없는 감정이 휘몰아쳤다.

"그냥 쓰지 그랬어요."

그냥 빚을 갚지. 이사를 가지. 5년째 입고 있는 그 티셔츠 버리고 차라리 새 옷을 사 입지. 귀퉁이 까진 상도 바꾸고, TV도 좀 바꾸고 그렇게 살지. 이게 뭐라고 모아 놔.

재희는 울컥했다. 자식에게 부담 주지 않으려고 노력한 부모님의 마음이 눈물 나게 고마워야 하는데, 이상하게 화가 났다.

"쓰기 미안해서 그랬어."

"……."

"아깝기도 하고, 내가 무슨 자격으로 네가 피땀 흘려 버는 돈을 쓰나 싶기도 하고."

엄마의 말에 통장을 꽉 움켜쥐고 있던 재희가 눈을 들었다. 그러자 고개를 푹 숙인 엄마가 보였다. 재희는 치솟은 감정을 힘겹게 갈무리하며 말을 하려 할 때였다. 엄마가 한발 앞서 입을 열었다.

"너한테 그런 말도 안 되는 소리를 했는데도, 엄마라고 꼬박꼬박 보내 주는 돈 쓰려니 염치가 없더라."

찬물을 뒤집어쓴 것처럼 순간적으로 머릿속에 아무 생각도 들지 않았다. 엄마가 말하는 '그런 말'이 자신이 지금 생각하고 있는 말인가 싶었다.

"……지금 무슨 말을……. 혹시, 혹시 기억, 하고 있었어요?"

떨릴 줄 알았는데 막상 흘러나온 목소리는 덤덤했다. 자신의 의문에 대답이라도 하듯 엄마의 눈에 눈물이 고였다.

"그걸 어떻게 잊어?"

엄마의 새빨간 눈동자에 죄책감이 가득했다.

"넌 그 와중에 공부를 했구나, 그 말 맞냐고요."

재희가 고집스럽게 확인하려고 덤벼들었다. 이 말을 기억하는 게 맞냐고. 그러자 엄마의 얼굴이 처참하게 무너졌다.

"미안해. 정말 미안하다."

기어코 엄마의 고개가 꺾인 꽃처럼 아래로 떨어졌다. 동시에 재희의 가슴도 함께 나동그라졌다.

알고 있었구나. 기억 못 하는 줄 알았는데……. 그때 당시 엄마의 상태가 좋지 않았다. 그 일이 있은 후, 자신이 아는 엄마로 돌아오는데 1년이 넘는 시간이 걸렸다. 그동안 많은 일들이 있었기에 엄마는 자신과 있었던 그 일을 잊은 줄 알았다.

어차피 말 한마디뿐이었으니까.

그 후로 자신과 엄마 사이에 어색함이 흐르긴 했지만, 그건 자신이 거리를 둔 탓이라 여겼다.

그런데 엄마가 고백하고 있었다. 실은 기억하고 있었다고.

"그땐 내가 제정신이 아니었어. 나 빼고 너도, 네 아빠도 너무 멀쩡해 보였거든. 너무 다들 멀쩡하게 제 일을 하러 가 버리니, 그렇게 허망하게 가 버린 태우가 더 불쌍했어. 나 말고 태우를 기억하는 사람이 없어지는 것 같았거든. 그 불쌍한 녀석을 나라도 기억해 줘야지 싶어서 집착하다 보니……."

"……."

"그래. 이것도 다 변명이지."

엄마가 말끝을 흐리며 바닥만 망연한 눈으로 바라보았다. 태우가 죽은 후, 힘겨워하는 그녀를 남편과 딸이 달래 주었다.

"괜찮아. 어쩔 거야. 마음 단단히 붙들어."

"엄마, 식사해요. 산 사람은 살아야죠."

그건 그들의 위로 방법이었다. 그러나 그땐 그게 제대로 보이지 않았다. 너무 멀쩡한 얼굴로 일을 하고, 공부를 하는 가족들이 멀게 느껴졌다. 동시에 원망스러웠다. 어떻게 태우가 죽었는데 다들 멀쩡하게 일을 하고 공부하고, 장학금까지 받아올까.

어쩌면 자신만 슬퍼하는 게 아닐까. 태우가 섭섭해할지 모른다는 생각이 들자 두려웠다. 불쌍한 그 녀석이 저승가다 울면 어쩌나, 내 새끼 불쌍해서 어쩌나, 늘 아픈 손가락처럼 신경이 가던 녀석인데, 고2라고 해도 제 눈에는 늘 일곱 살 어린 아들이었다.

가슴이 무너진 것처럼 진심으로 슬펐고, 또 슬퍼해야 할 것 같아 더 슬퍼했다. 슬픔이 자신을 잡아먹는 걸 지나 겨우 버티고 있는 딸의 마음을 잡아 찢은 것도 모른 채.

이마저도 남편이 화를 내듯 말하지 않으면 몰랐을 일이었다. 어찌 저찌 산 사람은 산다고 정신을 다잡고 나니 딸은 저만치 멀어진 후였고, 집안은 풍비박산이 나 있었다.

그때부터 딸에게 사과해야겠다고 생각했지만 이미 딸은 다가가기 어려울 정도로 높은 벽을 세우고 있었다.

"진즉 사과해야 했는데……. 시간이 지나니 그게 또 왜 그렇게 어렵니? 괜히 말했다가 네가 영영 이 집에 안 오면 어쩌나 싶고…….

그래서 미루고 미루다 보니 이제야 하네."

"그런데 왜 지금 해요?"

왜 말을 안 하다가, 이제야.

"근데 오늘 안 하면 영영 못할 것 같은 이상한 기분이 들더라. 네가 왠지 앞으로 더 드문드문 집에 올 것 같기도 하고……. 이때가 아니면 안 되겠다 싶어서 말해."

"……"

"……미안하다, 재희야. 엄마가 정말 미안해."

엄마가 조심스럽게 손을 뻗어왔다. 재희가 손을 피하자 엄마의 눈이 충격으로 굳었다.

"왜요? 내가 안 오면 왜 안 되는데요?"

재희가 저도 모르게 툭 물었다. 어떤 말이 가슴을 건드린 건지 알 수 없었다. 아니, 모든 말들이 제 가슴을 건드렸는지도 모른다. 그저 가슴이 소리 없이 와르르 무너져 내려 슬픔과 화가 쏟아져 나왔다.

엄마도 상처 입은 사람이니 이해해야 한다는 걸 알면서도 입이 멈춰지지 않았다.

엄마는 나와 아빠가 이해하지만, 그럼 난? 나는 대체 누구한테 이해를 받고, 위로를 받아야해?

"왜요? 이제 자식 하나 남았는데 그 자식이 안 온다고 생각하니 막상 아쉬워요? 그래서 지금 이래요? 태우가 살아 있었어도 이랬겠어요?"

갈등을 외면하는 동안 나아가고 있다고 생각했는데, 곪았나 보
다. 당신의 상처를 무작정 받아내야만 했던, 정작 자신의 상처를 못
본 척해야만 했던 시간들이 이런 식으로 되돌아오나 보다. 못된 말
이 차갑게 흘러나왔다.

"재희야."

아버지가 당황한 목소리로 그만하라는 듯이 그녀를 불렀다.

"말을 먼저 한 건 엄마였어요."

재희가 지지 않고 받아쳤다. 엄마가 재희를 쳐다보며 오해를 풀
겠다는 듯 빠르게 고개를 가로저었다.

"아냐. 절대로 아니야. 내가 그때 너한테 그랬던 건, 그땐 네가 태
우를 너무 빨리 잊고 있다고 생각해서 그랬던 거였어. 네가 나름 네
식대로 노력하고 있다는 걸, 네 식대로 나를 위로했다는 걸 너무 늦
게 깨달았어. 네가 너무 의젓해서 그만 잊었어. 네가 아무리 성숙하
고 어른스러워도, 어리다는 걸. 그걸 잊고 내가 주책맞게 말도 안
되는 짓을 저질렀어."

"……."

"네가 태우보다 덜 소중해서 그런 건 아니야. 정말로. 진심으로."

재희의 어깨가 탁 풀어졌다. 동시에 재희의 눈에서 눈물이 조금
씩 차올랐다. 설명할 수 없는 복잡한 감정에 목이 멘다.

'태우보다 덜 소중해서.'

그 말이 사정없이 가슴을 내리쳤다. 아니라고 부인하고 싶은데 전의를 상실한 군인처럼 부인할 수가 없었다. 깨달음을 얻은 후, 그녀의 눈동자가 허망함으로 가득했다.

이거였나. 자신의 모든 복잡한 감정 한가운데 있던 감정이. 겨우…… 이런 감정이었나. 장학금 통지서에 대한 대답으로 차가운 눈길을 받았던 날, 자신조차 설명하기 어려웠던 괴로운 마음이 이제야 보였다.

엄마에게 죽은 태우보다 살아 있는 자신이 덜 중요한 느낌이었다. 만약 자신이 죽고 태우가 살아 있었어도 엄마는 저랬을까. 왠지 금방 잊어버리지 않았을까. 어쩌면 엄마는 차라리 자신이 죽고 태우가 살길 바란 게 아닐까.

여태껏 자신조차 제대로 제 마음을 파악하지 못한 채 무의식의 흐름대로 움직였다. 그리고 너무 많은 시간이 흐른 지금에서야, 모든 게 명확하게 보였다.

하얗게 얼어붙어 있는 재희에게 엄마가 웅얼거리듯 말했다.

"넌 너대로 내게 가장 소중한 딸이야……. 모자란 엄마라서 미안하다. 그때 그렇게 상처 줘서 미안해. 정말 미안해. 재희야."

몇 번이고 사과하던 엄마가 이내 고개를 숙인 채 고인 울음을 터트렸다.

태우의 장례식장에서 들었던 울음과 결이 다른, 그러나 지독하게 애끓는 소리가 집을 채웠다. 그 소리는 파도처럼 밀려와 가슴을 툭 치고 달아났다. 괜찮아질 만하면 또 밀려와 툭 치고 사라졌다.

말로 설명 안 될 감정이 치솟아 오른다.

뒤이어 아버지가 울음을 참지 못하고 터트렸다.

"그동안 네 엄마가 정말 많이 미안해했어."

용서해 달라는 듯 아버지가 그 말을 덧붙였다. 재희의 텅 빈 눈동자 위로 점점 눈물이 차올랐다. 울지 않으려고 눈을 부릅뜨는데 보람도 없이 눈물이 툭 떨어졌다. 신호탄이라도 쏜 것럼 눈물이 쏟아진다. 눈물로 시야가 모조리 가려지자 입이 움직였다.

"……그래도 그런 말은 하지 말았어야죠. 어떻게 그런 말을 해요? 자식한테 어떻게 그런 말을 하냐고요. 이제와 미안하다고, 그때 실언이었다고 하면 그동안 내가 겪었던 상처와 상실감은 어떻게 해요? 어떻게 그런 말을……."

오랜 시간동안 묵혀도 빛바래지 않은 그 원망이 날것 그대로 쏟아졌다.

"흐흡. 미안하다. 재희야."

엄마가 거듭 사과했다. 그러나 원망은 끝도 없이 쏟아졌다. 그 말에 엄마가 상처 입는다는 걸 알면서도 멈춰지지 않았다.

"어른이었잖아요. 어른이, 어떻게 그래요."

어른이라고 해서 마냥 어른스러울 수 없다는 걸 아는 나이가 되었음에도 그런 말이 나왔다.

"미안하다고 사과하면, 나는 무조건 받아들여야 해요?"

받아들이고 싶은 마음과 억울한 마음이 강하게 부딪쳤다. 수많은 생각과 말이 휩쓸고 간 끝에, 재희는 울음을 터트렸다.

"나도 똑같은 상처를 입었어요. 나도 슬펐다고요. 나도 동생을 잃은 거니까……"

그때 그 시절로 돌아간 것처럼 입이 제멋대로 움직였다.

장학금 통지서를 내밀면서 수고했다고 말할 엄마와 울면서 나누고 싶었던 이야기가 이제야 나왔다.

하나밖에 없는 동생이 죽어서, 정말 죽을 것 같이 힘들었다. 그간 구박했던 일들만 떠오르고, 누나답게 챙겨 준 적이 없는 것 같아서.

죽기 직전까지 투닥거리며 살 거라고 생각했던 녀석이 시체로 돌아왔다. 그때 낫지 못한 상처가 10년이 넘게 시간이 흐른 지금에서야 흘러나왔다.

"이제 어째야 하나 싶고……. 남겨진 우리도 너무 불쌍하고……. 태우는 또 어떻게 보내야 하는지……. 대체 난 뭘 어떻게 해야 하는 건지……"

처음으로 받아 본 답이 없는 문제 앞에서 그녀는 소리 없이 좌절했었다. 그리고 그 좌절은 지금도 한 번씩 그녀를 무릎 꿇게 만들었다.

누군가가 몸을 와락 끌어안았다.

"재희야, 재희야."

제가 하는 말을 마냥 죄인처럼 듣고 있던 엄마가 그녀의 등을 두

들기며 울음을 터트렸다. 엄마의 세찬 손길을 따라 몸이 텅텅 울렸다. 묵직한 그 손길에 재희가 눈을 질끈 감았다. 거짓말처럼 막혔던 울음이 터져 나왔다.

어린 시절, 엄마의 손길만 닿으면 나았던 그때처럼.

재희는 아주 오랜만에 어린아이가 된 것처럼 엉엉 소리 내어 울었다.

. . .

"자고 가지……."

현관에서 신발을 꿰어 신는 재희를 보며 엄마가 아쉬운 목소리를 냈다. 예전이라면 제 눈치를 보느라 서운한 표정만 짓고 아무 말 못했을 엄마가 변했다. 후련하게 울고 서로에게 밑바닥을 보인 후, 서먹하고 어색하지만 이전보다 편안하다.

"아무것도 준비 안 해 와서요. 하다못해 로션도 하나 없잖아요."

"네 건 다 집에 있는데."

엄마가 작은방 문을 가리켰다. 창고처럼 좁은 방 안에 그녀와 태우의 짐으로 가득 차 있다는 걸 알고 있다. 좁은 집으로 이사 오느라 온갖 물건을 다 버려야 하는 상황인데도 꾸역꾸역 챙겨 온 것들이었다. 저 짐들을 챙겨오기 위해 엄마는 제 짐을 모두 다 버렸다.

"버려요. 벌써 몇 년이나 지나서 물건들 다 삭았을 거예요."

"그래도. 너 오면 필요할지도 모르는데."

"저런 건 안 필요해요."

재희의 말에도 엄마는 아쉬운 눈길로 작은 방을 흘깃거렸다.

"새로 가져올게요."

"……."

"그걸로 천천히 채워 가요."

재희가 신발을 다 신고 몸을 일으키며 말했다. 그 말에 엄마의 눈가에 눈물이 맺혔다. 잠시 목이 멘 듯 입술을 달싹거리던 엄마가 마침내 대답했다.

"그래. 그러자."

몇 해간 용돈 말고는 제 물건이라곤 하나도 남기지 않고 가던 딸의 그 말이 고맙다는 듯 엄마가 눈물 맺힌 얼굴로 싱긋 웃었다.

"조심해서 가고."

아버지가 말했다.

"조만간 내려올게요. 선재랑요."

"그래. 안 그래도 선재도 조만간 인사하러 오겠다고 연락 왔어."

"……선재가요?"

재희가 미심쩍은 목소리로 물었다.

"응."

"……다른 별말은 안 하고요?"

"응, 안 하던데. 왜?"

엄마가 별 의심 없는 얼굴로 되물었다.

"아니에요, 아무것도. 그럼 가 볼게요."

재희는 꾸벅 인사한 후 집을 나섰다. 늘 그렇듯 엄마와 아빠는 그녀를 대문 밖까지 배웅했다. 평소와 다른 건, 그녀의 손에 들린 엄마의 음식이었다.

"잘 먹을게요."

재희가 반찬통을 들어 보인 후 완전히 돌아섰다. 등에 와닿는 부모님의 시선이 느껴졌다. 누군가가 불을 밝혀 나아갈 길을 살펴 준다면 이런 느낌일 것 같았다. 재희가 옅게 미소 지으며 버스 정류장으로 가볍게 걸어갔다.

· · ·

시외버스터미널은 평일인 데다 늦은 시각이라, 한산했다. 평소한두 시간만 있다가 얼른 일어나던 것과 달리, 오늘은 저녁까지 든든하게 얻어먹고 나오느라 늦었다.

재희는 집에서 가족들과 한바탕 운 후에도 간간이 몇 번 더 울음을 터트렸다. 재희가 참으려하자, 엄마는 벌게진 눈으로 '다 울고가'라고 말한 후, 끌어안았다. 재희가 울면 그 등을 쓸어내리며 '미안해. 내 새끼. 엄마가 정말 미안해'라며 끊임없이 사과했다.

"하아."

고개를 뒤로 꺾은 재희가 시외버스터미널 천장을 바라보았다. 한참 울어서인지 온몸이 텅 빈 기분이었다. 여기서 한숨을 한 번 더 쉬면 몸이 파사삭 내려앉을 것 같은 기분마저 들었다.

다시 고개를 숙인 재희는 귀퉁이에 앉아 휴대폰을 만지작거렸다. 문자를 썼다가 지웠다가, 다시 한 번 더 썼다가 또 지웠다가. 그러고도 포기를 못해서 또 한 번 썼다.

[부모님이랑 화해했어.]

싸운 적도 없는데 화해라고 하니 이상하다. 그리고 이런 말을 대뜸 문자로 하는 것도 이상하고…….

[어디야? 밥 먹었어?]

문자를 치고 보니 시간이 아홉 시다. 먹고도 남았을 시간이었다.

할 말이 그다지 없다. 없는데 말을 하고 싶다. 아니, 실은 하고 싶은 말이 있다. 잠시 허공에 멈춰져 있던 재희의 손가락이 움직였다.

[보고 싶다.]

제 마음이 모조리 담긴 한 문장을 재희는 말없이 바라보았다.

그래, 실은 보고 싶다. 미주알고주알 떠들고 싶은 게 아니라, 그냥 나를 보고 있는 네가…… 보고 싶다.

"아."

멍하니 있던 재희가 탄식했다. 글자를 지운다는 게 한 끗 차이로 전송 버튼을 눌렀다. 메시지 옆에 떠 있던 숫자 '1'이 금방 사라졌다.

재희가 뺨을 긁적거렸다. 키스까지 한 주제에 이런 말을 하는 게 이상하게 부끄럽다. 늘 듣기만 하던 말이라서 그런 건가.

이런 저런 생각을 하는 사이 손에 쥔 휴대폰이 진동했다.

[신선 같은 신선재]

액정에 뜬 이름을 바라보던 재희의 입술이 느슨하게 늘어났다. 휴대폰을 귀에 가져다대며 재희가 상체를 앞으로 숙였다.

"응."

-어디야?

"이제 터미널. 집에 가려고. 도착하면 열한 시쯤 될 것 같아. 안 자면 그때 같이 치킨이라도 먹을래? 내가 쏜다."

-호두과자부터 먹고.

"호두과자?"

되묻기가 무섭게 시야로 불쑥 신발이 보였다. 자신이 작년에 생일선물로 사 줬던 너무 익숙한 선물. 신발을 타고, 긴 다리를 훑어, 목을 한껏 꺾고서야 마침내 자신의 앞에 선 남자의 얼굴을 확인했다.

재희가 자신도 모르게 입술을 벌렸다. 아, 하는 맹한 소리가 입술 밖으로 흘러나갔다. 선재가 호두과자가 담긴 봉투를 흔들었다.

"보고 싶으면 보면 되지."

그가 터미널을 스쳐 지나가는 바람처럼 선선한 미소를 지었다.

"네가 왜 여기 있어?"

정신이 든 재희가 깜짝 놀라 물었다.

"데리러 왔어."

"언제 도착했는데?"

"방금. 너무 안 와서 무슨 일 있나 싶어 내려왔어."

선재의 말에 재희의 눈이 가느스름해졌다.

"거짓말 하지 말고."

"진짠데."

"그 호두과자 아저씨 오늘 오후 3시에 문 닫고 간댔거든? 집에 가는 길에 사 먹으려고 물어봐서 알고 있는데?"

"……."

그런 일이 있었는지 몰랐다는 듯 선재의 표정이 미묘해졌다.

"자, 다시 물을게. 언제부터 있었어?"

"여섯 시간 전부터."

그제야 선재가 순순히 답했다.

"뭐?"

자신이 타고 내려온 버스 뒷 타임의 버스를 타고 내려왔다는 말이었다. 재희가 이마를 짚었다. 가끔 대책 없는 짓을 하곤 하는데, 그 일을 오늘 벌일 줄 몰랐다.

"근처 PC방에 있었어. 잘 놀았어. 걱정하지 마."

선재가 옆자리에 앉아 긴 다리를 쭉 뻗으며 대꾸했다.

"내가 자고 오면 어쩌려고."

"그러기엔 가방이 단출하기도 하고, 그럴 확률이 낮으니까."

선재의 말에 재희는 기가 막힌 표정을 지었다. 그래서 오늘따라 버스 타기 전에 연락해 달라고 한 거였구나. 머릿속에 퍼즐이 착착 맞아 떨어졌다.

"당황스럽다. 당황스러운데, 또 이게 뭐라고 이렇게 반갑니."

재희가 작게 중얼거리며 늘어지는 입가를 손으로 가렸다. 그사이 버스 시간표를 알리는 전광판이 번쩍였다.

"일단 버스 타자. 시간 다 됐어."

재희가 몸을 일으켰다. 뒤따라 일어난 선재가 그녀의 손에 들린 짐을 빼앗아 들었다.

"내가 들 수 있는데."

"이거나 들어."

그러더니 선재가 제 손을 내밀었다. 피식 웃은 재희가 그의 손을 있는 힘을 다해 깍지 껴 잡았다.

"떨어질지도 모르니 꽉 잡고 가야겠네."

재희의 말에 선재가 정면으로 고개를 홱 돌렸다. 그 탓에 선재가 입술을 깨문 걸, 재희는 미처 보지 못했다.

· · ·

버스를 타고 오는 길에 재희는 창밖을 바라보며 오늘 부모님과 있었던 일들을 조용히 이야기했다. 선재는 한 번도 끼어들지 않은 채 그 이야기를 모두 들어 주었고, 이따금씩 가볍게 고개를 끄덕이는 게 전부였다.

"결론은 그렇게 됐어."

엄마는 실수를 했고, 그녀는 그 실수에 오래도록 상처받아 있었다. 그러나 둘 다 먼저 그 날의 일을 말할 용기가 없었다. 두 사람 다 침묵했고, 그사이 시간이 흘렀다. 그러는 사이 시간은 벽처럼 쌓여 두 사람 사이를 갈라놓게 되었다. 그리고 이제야 서로의 실수가 있었음을 이해하고 받아들이게 되었다. 온전히 다 받아들이진 못했지만, 나아갈 정도는 되었다.

"만족해?"

선재가 물었다.

"응. 홀가분해."

재희가 가로등 불빛이 점점이 이어진 거리를 멍하니 바라보며 고개를 끄덕였다. 홀가분했다. 혹여 자신이 꺼낸 옛이야기에 서로가 상처입고 돌아서게 될까 봐 눈치만 봤던 시간들이 아깝게 느껴질 정도였다.

"잘했어."

선재의 말이 마음을 다독였다. 그 말에 재희가 길게 기지개를 켜다가 손을 바라보았다.

"손 좀 놔줄래? 기지개 켜고 싶은데."

선재가 무표정한 얼굴로 맞잡은 손을 바라보더니 고개를 가로 저었다.

"그럼 기지개는 어떻게 켜?"

"손 들어."

"응?"

선재가 팔을 들어 올리자 재희의 팔도 자연스레 들렸다. 선재가 턱짓으로 남은 한 팔을 들어 올리라는 제스처를 취했다. 졸지에 깍지 낀 채로 기지개를 켜게 된 재희는 어이없다는 듯 웃었다.

잠시 손 놓는 건데 그걸 왜 이리 싫어하나 싶다가도, 이런 선재의 모습이 귀엽고 조금은 떨린다. 누군가가 자신의 가슴 안을 간지럽히는 것처럼.

연애를 처음 해서 이러는 건가. 그렇다기엔 왠지 신선재라서 이만큼 떨리는 것 같다.

"피곤해 보이는데 잠시 자."

선재가 재희의 피곤한 얼굴을 보며 말했다.

"아냐. 나 잠 안 와."

"눈이 반은 감겼는데?"

"아닌데."

"맞는데."

"그래도 너 여기까지 내려와서 여섯 시간이나 기다렸는데 내가 재미있는 이야기라도 해 줘야지. 있어 봐. 어린 시절 이야기해 줄게.

옛날 옛적에……."

일부러 전래동화 톤으로 재희가 장난스레 말을 꺼냈다.

"날 재울 생각하지 말고, 그냥 자."

"진짜 자도 돼?"

"응."

선재의 진심 어린 말에 재희는 잠시 고민하다가 후드를 푹 눌러 쓴 채 그의 어깨에 기댔다.

"그럼 조금만 잘게."

"후드는 왜 써? 불편할 텐데."

선재가 벗는 게 어떠냐는 식으로 후드를 잡아 흔들었다.

"아냐. 이게 편해."

재희는 고집스럽게 버텼다. 아침에 머리를 감았지만 혹시나 냄새날까 봐 그런다는 말은 못 한 채 벗겨지지 않도록 후드를 꽉 움켜쥐었다. 예전에는 그런 말 잘도 한 것 같은데, 이젠 그 말이 뭐라고 하기 어렵다. 선재가 포기한 듯 손을 내리는 걸 확인하고서야 재희도 뒤따라 손을 내렸다.

버스가 덜컹거렸다. 풍경은 차창 밖으로 빠르게 흘러갔다. 버스 안에는 손님이 몇 없어서 조용했다.

재희의 눈이 점점 느릿하게 감겼다가 뜨길 반복했다. 선재에게 기대어 있으니 좋은 향기가 났다. 사람을 아늑하게 만드는, 그런 향기.

"네 향기 참 좋다."

잠에 취한 재희는 스스로 그 말을 하는지도 모른 채 웅얼거렸다. 이윽고 재희의 완전히 눈이 감겼다. 툭, 하고 앞으로 고꾸라지는 재희의 머리를 선재의 반대편 손이 받아들었다. 조심스럽게 뒤로 보내자 재희의 자세가 안정적으로 변했다.

선재는 살짝 고개를 기울여 창문에 비친 재희와, 제 어깨에 기댄 재희를 번갈아 보았다. 어느 쪽으로 봐도 얼굴이 잘 안 보인다. 깊게 쓴 후드 탓이었다. 선재의 표정이 미미하게 구겨졌다.

후드 같은 건 왜 쓰나 싶었다. 여섯 시간 기다린 보람도 없이 얼굴도 못 보게.

선재는 휴대폰을 꺼내 카메라를 켰다. 셀프 카메라 모드로 변경하자 그제야 재희의 얼굴이 눈에 들어왔다. 곤히 잠든 얼굴을 바라보던 선재가 옅게 웃었다.

참 편하게 잔다 싶었다.

떨려서 아무것도 못 하는 자신과 다르게.

· · ·

열한 시가 다 되어서야 집에 도착했다. 각자의 집 앞에 선 두 사람은 꼼짝하지 않았다. 손이 붙은 사람들처럼 여전히 손을 깍지 껴 잡고 있었다. 둘 중 누구도 손을 놓자고 말하지 않았다. 재희는 자신의 손을 힘주어 잡고 있는 선재의 손을 가만히 바라보았다.

헤어지기 싫다. 이럴 줄 알았으면 버스에서 자는 게 아닌데.

잠에서 깨어나 정신 차려 보니 이미 버스가 터미널로 들어서고 있었다.

"데리러 와 줘서 고마워."

재희가 말을 하며 선재의 손을 먼저 놓았다.

"잘 자고."

인사를 구구절절 늘어놓던 재희의 말은 더 이상 이어지지 못했다. 자신을 향해 저벅저벅 다가오는 선재가 보였다. 살짝 벌어진 입술이 앞으로의 일을 예고하는 듯했다. 슬쩍 내려앉은 선재의 눈매가 야릇하고, 숨이 거칠어져 있었다.

훅 하고 바람이 밀어친다 싶더니 뺨에 뜨끈한 손이 닿았다. 뒤이어 입술 위로 입술이 내려앉았다. 노크를 하듯 가벼운 입맞춤은 금세 격렬하게 안으로 파고든다.

순간 눈이 멀어 버린 것처럼 아득해졌다. 아쉬움에 덜컹거리던 가슴은 이미 저만치 나동그라졌다. 저절로 손끝이 오므라들었다. 본능적으로 몸이 움직였다. 재희는 선재의 목을 끌어안았다. 몇 차례 세찬 바람이 불었지만, 느끼지 못했다.

자신의 세상이 맞닿은 입술로 한없이 좁아진 듯했다.

· · ·

샤워를 마치고 나온 재희는 싱숭생숭한 표정으로 거울 앞에 앉았다. 스킨을 바르고 그 위에 로션을 바른 후 머리까지 다 말렸는데도 앉은 자리에서 꼼짝도 하지 않았다. 시선이 거울에 비친 제 모습이 닿았다. 정확히는 입술로. 샤워를 했는데도 살짝 부은 입술은 돌아오질 않는다.

입술의 피부가 약한 편이라 매운 걸 먹으면 곧바로 부어오르고, 깨물어도 부어오르는 입술이긴 하지만 키스 후에 이렇게까지 가라앉지 않을 줄은 몰랐다. 어쩌면 샤워를 하다가 자신이 몇 번이나 매만져서 그런지도 모른다.

재희는 무릎을 앞으로 모은 채 그 위에 턱을 괴었다. 선재의 마음을 받아 주기로 결정하면서 설렘은 사실 포기했었다. 자신과 선재의 사랑은 두터운 신뢰와 편안함이 전부라 생각했다. 이런 관계도 쉽게 가질 수 없다는 걸 알기에 감사한 마음이었다.

그런데…… 시간이 지날수록 이렇게 사정없이 떨리면 어쩌나 싶었다. 허공을 보면서 실실 웃기도 하고, 밤에 자기 직전까지 생각나고…….

"후우. 미치겠다, 정말."

이래서 늦바람이 무섭다고. 서른 넘어 첫사랑이라니. 어이가 없어서 잠시 눈을 감고 있는데, 그 틈에 또 터미널에서 호두과자를 들고 있던 선재가 떠올랐다.

뒤이어 버스에서 깨어났을 때 자신을 바라보고 있던 선재의 눈이 부드럽게 접히던 것, 방금 전 집 앞에서 자신을 향해 말없이 저 벅저벅 다가와 미칠 것 같은 표정으로 키스를 퍼붓던 모습까지 필름처럼 이어진다.

발가락을 꼬물거리던 재희가 휴대폰을 들었다. 손이 허공에서 뱅글뱅글 돈다. 지금 자신이 하는 말이 선재에게 어떻게 이해될지는 몰랐다. 모르지만, 어떻게 이해되든 말든. 당장 말하지 않으면 가슴이 터질 것 같다.

[보고 싶다.]

그 문자를 보낸 후 재희는 멍하니 휴대폰을 바라보았다. 감정에 못 이겨 문자를 보내고 나니 화들짝 정신이 들었다. 방금 헤어졌는데, 그것도 시간이 몹시 늦었는데.

[당장 보자는 건 아니고 내일 일찍 봐. 아침 같이 먹자.]

재희가 서둘러 뒷 문자를 보냈다. 휴대폰이 잠잠했다.

자는 건가?

피곤하니 그럴 만했다. 알 수 없는 허망함과 쓸쓸함에 휴대폰을 내려놓은 재희가 바닥에 벌러덩 드러누웠다. 천장 위로 자신에게 다가오던 선재의 얼굴이 둥둥 떠다녔다. 이 정도면 중증 아닌가 싶다. 재희가 손으로 제 입술을 만지작거렸다.

딩동, 하는 벨 소리에 재희가 흠칫했다. 몸을 일으킨 재희가 문 쪽을 바라보았다.

설마?

문으로 걸어가는 사이 뭐가 그리 급한지 네 번 넘게 벨 소리가 더 이어졌다.

"누구세요?"

혹시나 하는 마음에 물었다.

"나야."

목소리만 들어도 누군지 알기에 재희가 순순히 문을 열었다. 문을 열자마자 선선한 바람이 불어쳤다. 그 가운데 선재가 우두커니 서 있었다. 선재를 보니 입술 끝이 실없이 위를 향했다.

"보고 싶다는 그 말에 달려온 거야?"

재희가 더는 참지 못하고 환하게 웃으며 물었다.

"아니."

"뭐?"

"보고 싶어서."

"……."

"내가 이재희가 보고 싶어서 왔어."

그 말에 재희의 얼굴에서 차츰차츰 미소가 사라졌다. 자신이 보고 싶어 해서 기꺼이 달려와 준 게 아니라, 자신이 보고 싶어 자진해서 찾아왔다는 이 말에 왜 울컥하는지 모르겠다. 슬쩍 입술을 깨물자 선재가 엄지손가락으로 턱을 끌어당겼다. 입술이 쏙 빠져나왔다.

"입술 붓는다."

"그런 것도 알아?"

재희의 물음에 선재가 그녀의 눈을 빤히 쳐다보았다.

"그것만 알까?"

"……."

그것 이상으로 다 안다는 선재의 말에 재희는 다시금 입술을 꾹 다물었다.

"이재희가 전공과목이면 난 에이쁠이야."

확신에 찬 그 말에 반박할 수 없다.

"벌써 퉁퉁 부었네."

선재가 재희의 입술을 뚫어져라 쳐다보며 말했다.

"응."

"입술 부을까 봐 살살하려고 얼마나 애쓰는데 이렇게 돼?"

선재가 속상한 듯 혼잣말처럼 중얼거렸다. 그러고 보면 선재는 키스할 때마다 꽃잎이 내려앉듯 조심스럽게 사뿐히 입을 맞추고 시작했다.

그렇지만.

"그 뒤가 안 그렇잖아. 안 그래?"

재희의 장난스러운 말에 선재의 표정이 묘해졌다.

"하, 진짜."

선재가 난처한 듯 미간을 구기며 작게 중얼거렸다. 그가 큰 손으로 눈가를 가리더니 몸을 비스듬히 돌렸다. 긴 손가락 사이로 질끈 눈을 감고 있는 선재의 눈이 보였다.

늘 어른스럽게 행동하더니 또 이런 말에는 약한 모양이었다. 색다른 선재의 반응이 신기해서 재희가 한 걸음 다가섰다. 이런 그의 얼굴을 언제 보겠나 싶어 자세히 쳐다보다가 눈이 마주쳤다.

순간 사위가 고요해진 기분이 들었다. 서서히 선재의 표정에서 웃음기가 사라졌다. 무언가를 감지한 듯 신경이 곤두섰다. 재희의 얼굴에도 더는 웃음이 남아 있지 않았다.

"입술 또 부을 텐데."

그래도 괜찮겠냐고 선재가 물어왔다. 그게 뭘 의미하는지 단번에 알아들었다.

재희는 그런 선재를 가만히 쳐다보다 대답 대신 손을 뻗어 그를 끌어당겼다. 한 손으로는 선재의 목을 끌어내리고, 까치발을 한 채 선재의 입술에 입을 맞추었다. 거리와 속도 조절 실패로 부딪치듯이 입술이 강하게 맞닿았다.

혀가 얽혔다. 누가 먼저랄 것도 없이 열린 현관문으로 몸이 움직였다. 쿵, 하고 현관문이 닫히자마자 센서 등에 불이 들어왔다. 재희의 등이 신발장에 닿았다. 입을 맞춘 채 아무렇게나 신발을 벗어 던지고 집 안으로 들어섰다. 이리저리 갈지자로 걷느라 여기저기 부딪쳤지만, 입술은 떨어지지 않았다.

마침내 푹신한 침대에 등을 닿은 순간, 재희는 꿈에서 깨어나듯 정신이 확 들었다. 재희의 멈칫거리는 행동을 읽은 듯 선재가 느릿하게 입술을 떼어 냈다. 한 뼘 사이에 얼굴이 마주했다. 재희는 말 없이 선재를 바라보았다. 흥분을 참는 듯 목울대가 오르내렸다. 그 는 재희의 결정을 기다리는 사람처럼 견뎠다.

해도 될까.

그렇게 스스로에게 물었다. 그러자 머뭇거려진다.

그럼 하면 안 되는 이유는?

그렇게 물으니 없다. 아니, 하고 싶다. 선재가 흥분에 취한 지금 이 얼굴 너머의 표정이 보고 싶다. 사정없이 매달리고 어쩔 줄 몰라 하는 그 얼굴이 궁금했다.

그리고 무엇보다도, 너를…… 온전히 겪고 싶다.

몽롱한 눈을 한 재희가 선재의 손을 끌어당겨 손바닥에 입을 맞 추었다. 손바닥 위로 구름처럼 몽실거리는 입김이 퍼져 나간다. 간 지러우면서 아찔한 기분에 선재의 눈썹이 확 모여들었다.

"이재희, 진짜."

선재가 이를 악문 채 중얼거렸다. 마지막 이성이 뚝 끊어진 듯 선 재의 입술이 다급히 재희의 입술에 닿았다. 맞닿은 입술 사이로 혀 가 얽혀들었다. 큰 손이 재희의 몸을 쓸어내렸다.

어두운 밤, 겹친 두 사람 사이에서 비슷한 숨소리가 새어 나왔다.

. . .

치고 들어오는 햇살에 무거운 눈꺼풀이 들렸다. 몽롱한 눈으로 잠시 천장을 바라보던 선재는 제 방과 다른 천장무늬에 어젯밤 일이 생생하게 떠올랐다.

자신에게 있는 힘을 다해 안기던 재희의 가느다란 손가락과, 어쩔 줄 몰라 하며 흔들리던 시선, 그 안에 뒤엉켜 있던 수많은 감정까지.

선재의 고개가 천천히 옆으로 돌아갔다. 모로 누운 재희가 쌔근쌔근 숨소리를 내며 잠들어 있었다. 이불을 누가 가져갈 새라 가슴께에서 꼭 끌어안고서.

어제 사람을 정신없이 홀리던 표정이 싹 사라지고, 대신 아기같이 순한 얼굴만 남아 있었다. 그중 통통하고 부은 입술로 눈이 갔다. 살살 한다고 했는데, 중간부터는 정신을 놓아 버렸다. 입술이 닿는 곳마다 사정없이 먹어 치우려고 덤벼들었다. 그런 자신이 버거웠을 만도 하건만 재희는 끝까지 받아 주었다.

재희와 마주 보게끔 똑같이 모로 누운 선재는 가만히 재희를 바라보았다. 이윽고 재희를 담은 눈빛이 깊고 짙어졌다.

이재희는 알까.

지금 이 순간이 자신이 이루고 싶은 소망 중 하나였다는 것을. 그리고 자신의 소망 대부분은 이재희만이 이뤄 줄 수 있는 거라는 걸.

동향으로 난 창문으로 햇살이 점점 더 깊게 치고 들어왔다. 점점 재희의 얼굴이 일그러졌다. 커튼을 칠까하다가 움직이는 소리에

깰까 봐 선재는 손을 들었다. 햇살을 손으로 가리자 재희의 얼굴에 그림자가 졌다. 그러자 언제 그랬냐는 듯 재희가 평온한 표정을 지었다.

　그 모습을 선재는 눈에 새기듯 오래도록 바라보았다.

결혼식장 로비로 사람들이 부산스럽게 오갔다. 한복을 입은 가족들, 축의금을 받는 곳, 손님들을 맞이하는 신랑, 정신없이 오가는 사람들과 삼삼오오 모여 이야기를 나누는 사람들. 그 풍경을 바라보던 재희는 언젠가의 이야기를 떠올렸다.

"누군가의 결혼식에 갈까 말까 깊게 고민이 된다면 가지 마요. 왜냐면 미리 감이 오는 거예요. 가면 별로인 사람을 마주한다거나, 재수 없는 일이 생기게 된다거나, 뭐 그런 식으로 일이 꼬이게 될 거라는 걸 말이죠!"

술자리에서 은아가 한 말이었다. 그땐 한 귀로 듣고 한 귀로 흘려 들었는데 진리였나 보다. 이제와 그 말이 뼈저리게 와닿는 걸 보니.

오지 말걸.

재희는 둥근 테이블에 둘러앉은 동창들의 면면을 바라보다가 나오려는 한숨을 꾹 참았다. 고등학생 졸업한 후, 대학에 진학하면서 연락하는 친구는 총 여섯 명이었다. 시간이 흘러 자연스럽게 무리가 나눠져 지금껏 친하게 지내며 연락하는 친구는 넷이었다.

오늘 결혼하는 신부는 대학에 진학해서 연락하다가 나중엔 안부만 이따금씩 묻던 친구였다. 모바일 청첩장만 보냈다면 축의금만 보내고 말려고 했는데, 그 아래에 정성스럽게 담긴 개별 멘트에 마음이 흔들렸다.

거기다가 다른 친구들도 온다는 소식을 전해 왔고, 무엇보다도 집에 있기 싫었다.

3일 전, 재희는 장고 끝에 TJ 마케팅팀 구직 공고에 서류를 넣었다.

아무리 고민해 봐도 자신은 게임 회사가 좋았다. 다만 부서가 달라졌다. 신슬에서 마케팅팀이 하는 일을 보며 자신이라면 이런 걸 할 텐데, 저런 것도 제안해 볼 텐데, 재미있겠다, 라고 자주 생각했었다.

그러다 이왕 이렇게 된 거 마케팅팀에 서류라도 넣어 보자 싶어서 넣었는데 그때부터 하루에 몇 번씩이나 메일함에 접속했다. 주

말이라 연락 없을 거라는 걸 알면서도 혹시나 싶어 또 들어가 봤다.

이러다가 폐인밖에 더 되겠나 싶어 바람이라도 쐴 겸 나서기로 결정했다. 모처럼 예쁘게 단장하고 결혼식장을 찾은 재희는 어찌 저찌 하다 보니 친구들끼리 빙 둘러앉게 되었다. 거기까진 괜찮았다. 그중에 고등학생 때부터 유난히 마찰이 많았던 동창인 소영이 있다는 것만 빼고.

친구의 친구이다 보니 빼고 앉자고 할 수도 없고, 다른 곳으로 혼자 자리를 옮기려고 해도 다른 자리가 마땅찮은 데다 귀찮기도 했다.

굳이 재 때문에 내가 자리를 옮길 필요가 있을까, 싶어 관두었는데 그게 실수라면 실수였다.

"어머, 재희야. 너 그렇게 공부 잘하고 잘나가더니 결국은 게임 회사 다닌다며? 어머, 진짜 사람 일은 알다가도 모를 일이다. 이래서 고등학교 때 잘나가 봐야 소용이 없는 거야."

그 말에 재희가 어이없다는 표정으로 소영을 쳐다보았다.

"게임 회사가 뭐 어때서?"

"뭐 어떻긴. 일 많고 힘들다며. 우리 사촌동생이 게임 회사 다니는데 매일 다크서클이 이만큼 내려와서는. 어휴. 난 정말 돈 많이 줘도 못 하겠더라. 뭐, 딱히 돈을 많이 버는 것 같진 않더라만은."

소영의 말에 재희의 미간이 좁아졌다. 소영의 말대로 게임 업계는 일 많고 고되기로 유명하다. 그런데 그 말을 소영에게 들으니 썩 기분이 좋지 않았다.

"그래서 관뒀어."

재희가 덤덤하게 대답했다. 그러자 소영이 눈을 동그랗게 떴다.

"응? 뭐? 관뒀다고? 그럼 이직이라도 하게? 경력이 게임 회사인데 어디로 이직하려고?"

"더 좋은 게임 회사. 난 어쩔 수 없이 게임 회사가 좋더라."

해 온 일이 게임이라서 좋아하나 싶었는데, 방금 전 소영의 말에 확실해졌다. 자신은 게임을 좋아하고, 게임 회사의 일이 좋다는 것도. 다른 누군가가 허튼 소리를 하는 게 진저리나게 싫을 정도로.

"어머, 얘. 그래. 하긴, 그렇게라도 정신승리 해야지."

소영의 말에 재희는 기가 막혔다. 재희의 곁에 있던 친구들도 소영을 왜 저러냐는 듯한 눈으로 쳐다보다 재희의 눈치를 살폈다. 특히 소영을 테이블로 데려온 친구만 좌불안석이었다. 그녀는 몇 번이나 소영에게 자리를 옮기자고 했으나, 그녀는 작정한 듯 재희에게 쏘아붙였다.

"아니면 우리 회사에 인턴 구하는데 들어올래? 다른 데 인턴이랑 다르게 월급도 꽤 좋아."

소영의 말에 기가 막힌 재희는 말없이 소영을 쳐다보았다.

쟤랑 왜 틀어졌더라. 어쨌기에 저렇게까지 사람을 귀찮게 구는 거지?

한참 고민한 끝에 이유가 떠올랐다. 소영이 짝사랑하던 남자애가 자신에게 고백을 했었다. 그건 자신의 탓이 아니었는데, 소영은 제 뒤에서 자신을 욕하고 다녔다. 그걸 안 재희가 한바탕 교실을 뒤엎었고 소영이 울며불며 자신이 안 그랬다고 우기는 걸로 끝이 났었다.

재희는 그 후로 소영을 유령 취급했는데, 소영은 끝까지 그들의 무리에 끼여 다녔다. 그중에 마음 약한 애를 공략해서 몇 달 동안 어디든 따라다녔다. 그러면서 자신이 대답 안 해도 꿋꿋하게 질문을 하고 저 혼자 웃고 했다.

해가 바뀌어 반이 달라지면서 소영의 질척거림이 끝났고, 자연스레 노는 무리도 달라졌다. 자신은 소영을 친구라고 생각한 적 없는데, 소영은 아직도 그런 관계를 친구라고 생각하는 모양이었다.

"그래? 내가 다닌 회사는 아무나 인턴으로 안 받던데, 너희 회사는 진입 장벽이 낮아보다? 아무나 다 인턴으로 받아 주고?"

재희가 무심히 툭 던진 말에 방실방실 웃고 있던 소영의 얼굴이 굳었다.

"아무나 안 받는 게 아니라 게임 회사 박봉에 고된 일이라 신청을 안 하는 거 아니고?"

"너희 사촌 어지간히 안 좋은 게임 회사에 취업했나 보다. 다 그런 줄 아는 걸 보니. 너희 사촌이나 이직하라고 해."

"아냐. 꽤 유명한 곳이야."

"회사명이 뭔데?"

"글쎄. 저번에 들었는데 기억이 잘 안 나네."

소영이 어물거렸다. 그러다 변명하듯 덧붙였다.

"내가 게임을 잘 안 해서 모르거든. 그나저나 이제 어쩌려고? 그 나이에 갈 곳 있어? 게임 회사 이직해도 복지도 별로고, 여자들 결혼하면 쫓겨난다던데."

소영이 손사래 쳤다. 듣다 못한 친구 하나가 더는 못 참겠다는 듯 발끈해서 한마디 하려 하자 재희가 테이블 아래에서 친구 손을 잡았다. 그러고는 작게 고개를 가로저었다. 여기서 다른 친구가 나서면 소영은 건수를 잡았다는 듯 더 날뛸게 뻔했다.

좋은 날이라서 조용히 넘어가려 했는데 이젠 그럴 수가 없을 것 같았다. 표정이 싹 달라진 재희가 소영을 처음으로 똑바로 응시했다.

"너, 화장품 뭐 써? 너희 회사 거 써? 이름 뭐야?"

재희가 테이블에 상체를 기울이며 관심 있다는 듯 물었다.

"응. 왜? 샘플이라도 줄까?"

소영이 피식 웃으며 대답했다.

"아니. 안 쓰려고. 잡티 다 보이잖아. 다크도 다 보이고. 아! 아니면 친자연주의 화장품이야? 그래서 밀가루 쓰는 건가?"

재희의 말에 친구들이 품, 하고 웃음을 터트렸고 소영의 얼굴이 빨갛게 물들었다.

"야! 너!"

"그렇게 괜찮은 회사라는데 화장품 질이 왜 그래? 이건 화장품의 문제야? 사람의 문제야?"

이어지는 재희의 말에 소영이 입술을 깨물었다. 어느 쪽을 택하든 제 얼굴에 침 뱉기였다.

"너, 말 참 희한하게 한다."

"내가? 너 따라가려면 한참 멀었지."

"성격 진짜 이상하구나, 여전히?"

"내가? 그것도 너 따라가려면 한참 멀었는데?"

그런 말 말라는 듯 손을 내저으며 재희가 태연하게 대꾸했다. 동시에 생각했다.

아, 그래. 원래 내 성격은 이랬지. 그간 이런 저런 일들에 치여 참고, 견디며 지냈지만 이젠 그럴 생각 없었다. 누가 와서 들이박든 똑같이 들이박을 생각이었다.

"식을 시작하겠습니다."

결혼식 시작을 알리는 사회자 멘트에 뭐라고 쏘아붙이려던 소영이 타이밍을 놓치고 입을 꾹 다물었다. 이후에도 자신을 노려봤지만, 재희는 개의치 않았다.

고개를 돌리자 화려한 조명이 시선을 사로잡으려는 듯 정신없이 움직였다. 그러다 일제히 길의 끝에 서 있는 신랑에게 향했다. 쏟아지는 조명 아래에 긴장한 얼굴의 신랑이 보였다. 그는 나아갈 길만 보겠다는 듯 꼿꼿하게 앞을 바라보고 있었다. 새로운 삶을 시작하는 그의 얼굴에는 희미한 들뜸이 보였다.

그 얼굴 위로 재희는 다른 얼굴을 떠올렸다.

……너라면 어떤 표정을 지을까.

문득 궁금해졌다.

만약 우리가 결혼한다면, 너는 어떤 표정을 짓고 어떻게 입장할지. 나는 또 어떤 마음일지.

재희의 표정이 아득해졌다. 그러다 재희는 자신이 너무 앞서 생각한다 싶어 얼른 머릿속 상상을 털어 버렸다.

・・・

아직도 포기를 못한 건가.

재희가 나오려는 한숨을 참은 채 제 앞에 마주 앉은 소영을 쳐다보았다. 계속된 소영의 직업 공격은 재희의 '그래서 너희 화장품은 친환경 밀가루 제품이냐고. 그거 아니면 관리 좀 받으러 가'라는 말에 완전히 막혔다.

이제 좀 잠잠할 줄 알았는데 이어진 2차전은 남자친구 자랑인 모양이었다.

"나도 곧 결혼해."

소영이 남의 결혼식장에서 제 청첩장을 죽 돌렸다. 다들 떨떠름한 얼굴로 받아들었고, 재희는 제 앞에 놓인 청첩장에 손도 대지 않은 채 쳐다보다 외면했다.

"석 달 뒤에 해. 조만간 연락할게. 다 같이 밥이나 먹자. 물론 지
금은 언제 보자고 말 못 할 것 같아. 신랑이 해외 출장이 잦은 사람
이라."

아무도 묻지 않았는데 소영은 목에 힘을 빳빳하게 준 채 홀로 떠
들어 댔다. 이제 소영을 데려온 친구는 고개를 푹 숙인 채 죄인처럼
앉아 있었다. 소영이 이럴 줄 자신도 몰랐다는 얼굴이었다.

재희는 그런 친구를 측은하게 바라보다가, 이내 소영을 냉정한
눈길로 바라보았다. 지인들 사진 찍는 것만 아니면 당장이라도 자
리를 박차고 나갔을 텐데.

"내가 그러지 말라고 하는데 꼭 올 때마다 선물을 사들고 온다?
이것 봐 봐. 이 가방도 우리 오빠가 사 준 거야."

소영이 무릎에 고이 얹어 둔 명품백을 들더니 이리저리 흔들어
보였다. 재희는 조용히 이마를 짚었다. 김단우 버금가게 피곤한 인
간이었다.

재희는 소영의 자랑을 일절 무시한 채 지인 사진 촬영을 마쳤다.
뷔페로 내려가 자리를 잡고 앉은 재희가 자리에서 막 일어나려 할
때였다. 소영이 맞은편 자리에 핸드백을 내려놓았다.

"너 나 좋아하니?"

재희가 무표정하게 물었다.

"뭐?"

"아닌데 왜 이렇게 따라다녀?"

"자리가 없으니 그런 거지. 그리고 친구들끼리 만난 김에 수다 떨고 얼마나 좋아. 안 그래?"

"난 아닌데. 그리고 누가 친구야? 어디 가서 그러지 마. 오해할까 겁나니까."

재희의 냉정한 말에 소영은 새초롬한 표정을 짓더니 못 들은 척 그녀를 지나쳤다. 오늘 안에 제 자랑을 꼭 마치고야 말겠다는 필살의 의지가 보였다. 그리고 소영은 그 의지를 강력하게 현실화시켰다.

재희는 소영의 옆자리에 앉은 남자를 어이없다는 눈으로 쳐다보았다. 평범한 남자였다. 키도 적당하고, 생김새도 적당한. 선한 생김새지만 길가다 마주치면 기억나지 않을 정도였다.

"여기는 우리 오빠. 다행히 시간이 된다고 해서 나 데리러 올 겸 온 거야."

소영이 옆자리에 앉은 남자의 팔짱을 끼며 말했다. 남의 결혼식을 축하하러 온 자리에 결혼할 남자친구를 불러 자랑하는 소영이나, 그 자리에 나타난 소영의 남자친구나 기가 막혔다. 다른 친구라면 그러려니 하겠지만, 밥값 들이지 않고 남자친구를 소개하려는 소영의 계산이 훤히 보여 기가 막혔다.

"재희, 너도 우리 결혼식에 올 거지?"

소영이 결혼식장에서 자랑할 게 있는 모양이었다. 실제로 소영은 자신이 얼마나 비싼 결혼식장을 예약했는지, 그곳의 뷔페 값이 얼만지에 대해 시시콜콜 늘어놓았다.

"아니. 요즘 바빠."

재희가 대놓고 거절할 거라 생각하지 못했는지 소영의 얼굴이 굳었다가 금세 풀어졌다.

"백수가 뭐가 바빠?"

"백수라서 바쁘지. 이직 준비가 쉬운 줄 알아? 몸과 마음이 얼마나 바쁜 일인데."

"이직이 그렇게 쉬운 줄 알아?"

"그러니까. 안 쉬우니까 열심히 준비해야지."

"……."

태연한 재희의 말에 소영이 입을 다물었다. 재희는 쥐고 있던 물 잔을 내려놓았다.

"난 다 먹었다. 그만 간다."

재희가 몸을 일으켰다. 자연스레 친구들이 뒤따라 일어났다.

"나도 재희 따라 가야겠다."

"나도."

그러자 소영이 떨떠름한 얼굴로 자리에서 일어났다. 그러면서 흘깃 제 남자친구의 눈치를 살폈다. 온 지 10분도 안 됐는데 파하는 분위기가 되자 난처한 모양이었다.

"조심히 가세요."

오늘 만나 뵈어서 반가웠다는 말은 예의상으로라도 나오지 않아, 재희는 웃으며 소영의 남자친구에게 인사를 건넸다.

소영이 죄지, 그는 무슨 죄인가 싶어서.

"네. 다음에 뵙겠습니다."

소영의 남자친구가 서글서글하게 웃으며 대답했다.

아뇨, 저는 다음에 뵐 생각이 없어요.

재희는 떠오른 생각을 굳이 입 밖으로 뱉지 않았다. 대신 까딱 숙여 인사를 한 후 돌아서서 뷔페를 빠져 나왔다. 친구들이 엘리베이터 안에서 소영을 빼고 가볍게 차라도 한잔 마시고 가자고 청했지만, 재희는 거절했다.

"지금 차 마시면 코로 들어가는지 입으로 들어가는지 모를 것 같아."

"미안해. 나랑 있을 땐 안 저러는데 왜 갑자기 저러는 건지."

소영을 한 테이블에 끼워 넣은 친구가 난처한 표정으로 말했다. 대답을 한 건 다른 친구였다.

"원래 소영이 재희한테 열등감 있었잖아. 자기가 좋아하는 남자들마다 재희 좋아한다고. 그래서 재희가 좋아하는 브랜드 다 따라 쓰고, 재희 따라 머리 기르고 그랬잖아. 이제 이 나이 됐으면 신경 끌만도 한데 어쩜 저렇게 계속 재희를 신경 써?"

"됐다, 됐어. 다음에 만나서 밥 한 끼 먹자."

재희가 이런 뒷이야기조차 나누기 싫다는 듯 대화를 잘랐다.

"그래. 알았어. 다음에 또 봐."

"응. 우리는 차 한잔하고 갈게."

일이 있는 친구와 재희를 제외하곤 다른 친구들은 삼삼오오 모여 근처 카페로 향했다. 건물 입구에 선 재희는 긴 한숨을 내쉬었다.

"피곤하다."

피곤하다는 말로 다 표현이 안 될 만큼.

재희가 누군가를 기다리며 버스 정거장 앞에 앉았다. 얼마 되지 않아 도로가에 멈춰선 흰색 자동차를 보았다. 차의 창문이 열리더니 조수석에 앉은 소영이 고개를 내밀었다.

"데려다줄까?"

이쯤 되면 각설이가 아닌가 싶다.

죽지도 않고 살아왔네. 어절씨구.

재희가 그런 생각을 하며 기가 막힌 듯 시선을 돌리다 멈칫했다. 익숙한 사람이 걸어오고 있었다. 재희를 발견한 듯 걸음걸이에 거침이 없었다.

"내 말 안 들려?"

"왜 여기 있어?"

차 안의 소영과, 제 곁으로 다가온 선재가 동시에 말했다. 재희는 선재를 쳐다보았다.

"답답해서 나와 있었어."

"그래?"

무심히 대꾸한 선재의 시선이 누구냐는 듯 소영에게로 향했다. 소영은 입을 떡 벌린 채 선재만 빤히 쳐다보다가 눈이 마주치자 화들짝 놀라 표정을 고쳤다.

"누구야?"

소영이 재희를 쳐다보며 목소리를 낮춰 물었다. 재희는 소영의 속이 훤히 보였다.

"남자친구."

선재를 쳐다보고 있던 소영의 표정이 단번에 달라졌다. 재희는 소영의 묘한 눈빛을 보고서야, 소영이 남자의 얼굴을 무척 밝힌다는 게 떠올랐다. 물론 이젠 현실과 많이 타협해서 지금의 남자친구는 그런 것 같지 않지만.

"뭐 하는 분인데?"

소영이 캐물을 기미를 보이자 재희가 손을 들었다.

"그만 말하고 가. 나도 데이트 좀 하게. 가."

다시는 보지 말자.

재희는 속으로 대답하며 선재의 팔을 끌어당겼다. 소영이 연락하겠다며 질척댔지만, 재희는 대답하지 않았다. 연락 오면 차단해야지, 라고 생각하면서.

"누구였어?"

꽤 멀어지고서야 선재가 물었다.

"고등학교 동창."

"아아."

눈치 빠른 선재는 굳은 재희의 얼굴과 방금 전 분위기를 보고 대충의 상황을 파악한 듯했다. 자랑하려는 친구와 그 자랑에 짜증이 잔뜩 난 재희.

인도를 하이힐 신고도 성큼성큼 잘 걸어가던 재희가 뭔가 생각한 듯 홱 돌아섰다. 그러고는 선재를 위에서 아래로 죽 살폈다.

"그런데 너 왜 슈트 입고 있어? 오늘 어디 갔다 왔어?"

지인 사진 촬영하기 전, 재희는 선재에게 나오라고 연락했었다. 생각보다 일찍 마칠 것 같아 데이트할 겸, 소영이 친구들 모임에 들러붙으면 선재를 방패삼아 도망치려고 했다. 그런데 마치 이런 상황이 생길 걸 안 사람처럼 선재는 슈트를 입고 나타났다.

"드레스 코드 맞추려고."

선재가 손끝으로 원피스 차림의 재희를 가리켰다.

"그리고 시간적 여유가 되면 친구들에게 인사라도 하려고 했지."

선재가 한마디 덧붙였다.

"그러게. 친구들한테 인사했으면 참 좋았겠……."

그 말에 이해했다는 듯 고개를 끄덕이던 재희가 실소를 터트렸다. 갑작스러운 변화에 선재가 의아한 듯 쳐다보았다.

"미안. 갑자기 내가 너무 어이없어서."

재희가 머리를 쓸어 넘기며 중얼거렸다.

"나, 진짜 못났다."

"……."

"방금 네가 내 친구들한테 다 인사했으면 좋았겠다고 생각하면서, 방금 소영이한테 널 보여서 다행이라고 생각했어. 너 같은 애 만나는 줄 알면 되게 부러워할 게 뻔하거든. 걔 신경 안 쓰는 줄 알았는데 생각보다 의식하고 있었나 봐."

재희가 자기 고백을 하면서 다시금 어이없다는 듯 웃었다. 소영이 그러거나 말거나 신경 쓸 가치도 없다고 생각했는데, 막상 선재를 바라보던 소영의 얼굴을 떠올리니 어깨에 힘이 들어갈 정도로 뿌듯했다. 묘하게 이긴 것 같은 유치한 쾌감마저 들었다.

자신이 아무리 괜찮다고 외쳐도 자신을 바라보는 소영의 시선은 '안타까운 백수'다 보니, 이렇게라도 대신 위로받고 싶었나 보다.

"차라도 뽑아 올 걸 그랬나 봐."

선재의 말에 재희가 피식 웃었다.

"뭐 그렇게까지야."

재희가 불어온 바람에 흐트러진 머리를 쓸어 넘긴 채 가만히 서 있었다. 잠시 다른 곳에 시선을 둔 사이, 선재가 다가왔다.

"멋있어지고 싶다."

선재가 꺼낸 말에 재희가 가만히 그를 올려다보았다.

"지금도 충분해."

충분하다 못해 넘친다. 큰 키에, 넓은 어깨, 선한 것 같으면서도 때때로 날카로운 눈매. 자그마한 얼굴에 깨끗하고 흰 피부. 일자로 굳게 다물린 예쁜 입술이 멋지면서 묘하게 색스럽다. 무표정할 땐 냉정한데 미소를 머금고서 살짝 내려다볼 땐 한없이 야했다. 빛을 받으면 시시각각 달라지는 보석 같았다.

"그래도 더."

"……."

"이재희가 데리고 다니면서 자랑할 수 있게."

선재의 나지막한 말에 재희의 입술이 엷게 늘어났다. 그를 바라보는 재희의 눈빛이 따스해졌다.

말을 해도 어쩜 이렇게 예쁘게 할까.

"그럼 나도 열심히 가꿔야겠네. 너한테 그런 사람이 되려면."

재희의 말에 선재가 눈을 내리깐 채 웃었다.

"그 말 돌려줄게."

"……."

"지금으로 충분해."

선재가 재희의 손을 잡으며 작게 속삭였다.

· · ·

"뭐? 네가? 정말로?"

재희가 저녁 겸 술 한잔할 겸 찾은 식당에서 어묵탕을 한술 뜨다

말고 깜짝 놀라 되물었다. 흘러가는 말로 선재에게 물었다. 너는 뭘 하고 싶냐고. 그랬더니 선재는 태연하게 이미 일하고 있다고 대답했다.

'프리랜서로? 무슨 일 하는데?'라고 물으니 선재가 '유튜브'라고 답했다.

유튜브? 신선재가?

"그럼 너 막 먹고 그래? 먹고, 게임하고 그래?"

"먹진 않고, 게임은 하는데……."

선재가 설명하다 말고 백문이 불여일견이라는 듯 휴대폰을 꺼내 자신의 채널을 찾아 보여 주었다. 숟가락을 내려놓은 재희가 냉큼 휴대폰을 받아들었다.

썸네일에 전부 게임 화면밖에 없었다. 유튜브 영상이라면 사람의 호기심을 자극하는 멘트가 있어야 하는데 그마저도 없었다.

[배틀 30분 만에 격파]

[부스터 엔딩]

간략한 제목에, 보이는 건 게임 화면뿐이었다.

"구독자 60만 명? 60만?"

동영상당 조회수도 편차가 크긴 했지만 어마어마했다. 동영상당 평균 재생 수는 10만이 넘었다. 클릭해 보니 게임을 설명하는 차분한 목소리만 들릴 뿐, 어디에도 얼굴은 보이지 않았다.

아마도 말과 실력으로 끝장낸 거겠지. 게임에 대해 잘 아는 그녀가 봐도 동영상 제목은 간략했지만 내용은 말도 안 되는 것들이 많았다.

어느 누가 배틀을 30분 만에 클리어한단 말인가.

부스터는 얼마 전 새롭게 나온 플스 게임이었다. 난이도가 극악이라는 이 게임의 엔딩을 벌써 보다니.

이게 사람이야, 괴물이야?

재희는 얼이 빠진 얼굴로 선재를 쳐다보았다.

"게임하는데 심심해서 취미로 올렸어. 생각보다 반응도 좋고 수익도 괜찮더라고."

선재가 태연하게 대답했다.

"아니. 그래도 게임 유튜버들이 얼마나 많은데 벌써 이래?"

"시작한 지는 꽤 됐어. 취미삼아 올린 지 몇 해 됐거든."

"그래? 그럼 스트리밍도 해?"

"가끔."

"아니, 그래도 그렇지……."

재희가 어이없다는 눈으로 다시 휴대폰 화면 속 댓글을 보았다.

→ 이 게이머 SJ랑 스타일 비슷함.

→ SJ 아님?

→ SJ 같은데.

→ 목소리도 비슷함.

→ 아이디도 비슷하잖아. SJ 맞음.

→ 아, 답답해 주인장 시원한 막걸리 같은 대답 한 사발 부탁!

아무래도 SJ이라고 추정되면서 더 인기를 끈 모양이었다.

아무리 그래도 그렇지.

"……이 정도면 밸런스 붕괴가 아닐까 싶다."

이미 SJ로 활동할 당시, 웬만한 사람들이 평생 만지기 힘든 돈을 번 그였다. 거기다가 얼마 전에 들은 바로 어머니가 물려주신 재산까지 생각하면 대충 몇십 억 자산가였다. 여생은 숨만 쉬면서 살아도 될 정도였다.

그런데 알고 보니 구독자 수 60만에 달하는 게이머다. 아마도 이 60만의 숫자는 한국이 아니라 글로벌 구독자 수일 거다. 게임 영상만 보여 주는 거다 보니 굳이 자막이나 해설이 필요하지 않으니까.

그 말인즉, 뻗어 나갈 구석이 많다는 거였다.

"와."

재희는 어이없다는 듯 작게 중얼거렸다. 뭐 이렇게 자비 없이 다 가진 녀석이 있나 싶었다.

"대단하다, 정말."

감탄은 끊이지 않았다.

"겸사겸사 아는 사람들 통해서 오는 일들도 하고 있어."

선재가 덤덤하게 덧붙였다. 더는 놀랄 힘도 없어서 재희가 넋 나간 얼굴로 물었다.

"그건 또 무슨 이야기인데?"

"SJ 때 알고 지냈던 사람들이 아직 게임 업계에 있더라고. 어떻게 알았는지 알음알음 여기저기서 연락이 오고 있어. 오픈 베타 참여, 플레이 후 모니터 작성 등. 그런 것들."

"……"

"유튜브 통해서 협찬 연락 오기도 하고."

"……"

아, 그러십니까.

재희는 더 놀라지도 않았다. 아무것도 안 하는 줄 알았는데, 누구보다 앞서 가고 있었다. 놀라우면서 대단했다.

"내 꿈은 여전히 직장인인데."

재희가 작게 중얼거렸다.

"그것도 능력이야. 나는 회사 생활이 안 맞는 체질이라."

"그건 그래."

재희가 인정한다는 듯 고개를 주억거렸다. 선재는 회사 생활에 맞지 않았고, 좋아하지 않았다. 신슬에서 지켜본 바로 그랬다.

"회사에 이재희라도 있으면 모를까."

선재의 능청스러운 말에 재희가 웃음을 터트렸다.

"그래. 뭐, 네 말처럼 열심히 회사 생활하고, 사람들이랑 어울려 지내는 걸 좋아하는 것도 능력이지."

재희가 이내 덤덤하게 인정했다. 그녀는 사람들과 어울려 일하는 걸 좋아했다. 그리고 한 프로젝트를 다 같이 머리 모아 진행하는 것도 즐거웠다. 자신에겐 자신의 길이, 선재에겐 선재의 길이 있다고 받아들이자 마음이 편안해졌다.

"그런 마음에서 기쁘게 술 마시자."

재희가 소주잔을 들었다. 뒤따라 선재가 잔을 들더니 조용히 물었다.

"그런데 어디 연락 올 곳 있어?"

"응? 아니."

"휴대폰을 계속 흘깃대기에."

"아……. 그냥. 엄마 아빠 연락 오지 않을까 해서. 요즘 연락 자주 오거든."

재희가 어물쩍 둘러대며 선재의 잔에 제 잔을 부딪쳤다. 재희는 소주잔을 한 번에 비웠다. 쓴 소주를 한 번에 꿀꺽 삼키며 생각했다.

TJ에서 얼른 연락이 왔으면 좋겠다고.

• • •

지잉.

울리는 진동 소리에 깼다. 이불에서 쑥 튀어나온 손이 협탁 위를 더듬었다. 손에 잡히는 대로 들고서 눈을 떴더니 거의 다 읽은 마케팅 서적이었다. 툭, 그와 동시에 아슬아슬하게 끄트머리에 걸려 있던 휴대폰이 바닥으로 떨어졌다.

"아."

재희의 입술에서 탄식이 새어 나왔다.

어젯밤 선재와 늦은 시각까지 데이트를 하다가 평소보다 술을 많이 마셨다. 모처럼 치킨과 맥주를 먹고 마셨는데 어제는 소주까지 시킨 게 화근이었다. 무거운 몸을 힘겹게 일으킨 재희가 휴대폰을 들고 화장실로 향했다. 어제 양치질을 하고 잤는데도 입 안이 텁텁했다. 술을 많이 마신 다음 날은 이상하게 그랬다.

욕실로 들어간 재희가 습관처럼 양치질을 하며 남은 한 손으로 휴대폰을 확인했다.

[TJ 마케팅팀 면접 결과 안내]

메일 도착 알림에 재희가 멍한 표정으로 액정만 바라보았다. 입 안에서 거품이 부글부글 차오를 때까지 재희는 그 자리에서 꼼짝도 하지 않았다. 거품이 입 밖으로 흐를 지경이 되어서야 입을 헹군 재희는 밖으로 나와 조마조마한 표정으로 휴대폰만 바라보았다.

살면서 이렇게 떨린 적이 언제였던가. 신슬 입사하기 전 면접 통보 때였나, 수능 때였나. 아니, 그때보다 더 떨리는 것 같다.

휴대폰을 보물이라도 되는 것처럼 쥐고 있던 재희가 거실을 정신 산만하게 오갔다. 열어 봐야 하는데, 겁이 난다.

"후우."

긴장 어린 한숨을 내쉬며 액정을 다시 확인했다. 툭. 그녀의 손끝이 알림을 건드렸고 화면이 메일 내용으로 바뀌었다. 하나도 놓치지 않겠다는 듯 재희의 눈이 커졌다.

• • •

샤워를 마치고 나온 선재는 커피포트에 물을 올린 후, 냉장고를 열었다. 치킨과 맥주를 먹는 것도 하루 이틀이라며 며칠 전 재희가 된장찌개에 밥을 차려 주었으니, 오늘은 자신이 뭐라도 해 먹여야 할 것 같았다. 오므라이스가 적당할 것 같아 야채와 계란을 미리 준비해 놓은 후, 선재는 휴대폰을 들었다.

재희에게선 이렇다 할 만한 연락이 없었다. 자는지, 일어나서 침대에서 뒹굴거리는지, 아니면 엎드려서 마케팅 서적을 읽고 있는 건지, 뭘 하는 지 하나하나 다 궁금했다.

선재의 시선이 자연스레 재희의 집 방향으로 향했다. 가끔은 이 벽을 부수고 싶었다. 재희가 뭐 하는지 들여다보고 싶고, 다가가고 싶다. 함께 뒹굴거리고 싶고, 같이 잠들고 싶다. 아주 가끔씩 같이 잠드는 게 아니라 매일 그러고 싶었다.

그러려면 벽이 없어져야 하는데 역시 방법은 하나밖에……

선재가 눈을 가느스름하게 뜬 채 생각에 잠겨 있을 때였다.

딩동, 딩동. 다급한 벨 소리가 이어졌다. 그걸로 부족했는지 문을 쿵쿵 두드렸다. 무슨 일이 생긴 거라고 생각한 선재가 문을 확 열어젖혔다. 걱정과 달리 문밖에 서 있는 재희의 얼굴은 감격에 차 있었다.

"선재야! 나! 됐어! 됐다고!"

재희가 방방 뛰었다.

"천천히 말해 봐. 뭘 말이야?"

선재가 진정하라는 듯 차분하게 말했으나, 재희에겐 씨알도 먹히지 않았다.

"TJ 마케팅팀에 지원했거든? 안 될 줄 알았는데, 됐어! 됐다고! 다음 주 월요일부터 출근하래!"

"……거긴 언제 이력서 넣었어?"

처음 안 소식에 선재의 표정이 굳었다. 서류 넣었을 때부터 면접 합격 소식이 전해지려면 몇 주의 시간이 걸렸다는 건데, 그간 재희는 내색 한번 하지 않았다. 섭섭함에 선재의 표정이 굳었다.

"아! 그게…… 몇 주 됐어. 나중에 떨어지면 사실대로 말하고 위로주 얻어먹으려고 했지. 잘되면 이렇게 짜잔 하고 놀라게 해 주려고 했고."

"……."

"대박이지? 개발기획팀 경력만 있어서 마케팅팀은 안 될 줄 알았는데, 면접 때 가져간 포트폴리오가 효과를 발휘했나 봐! 다 네 덕이야! 너라면 떨어질 때 떨어지더라도 보여 주고 싶은 건 다 보여 주겠다고 했잖아!"

언젠가 재희와 함께 식사를 하다가 면접이 가장 어렵다는 그녀의 말에, 선재가 흘러가듯 대답해 준 적 있었다.

"안 될 때 안 되더라도 뭐라도 해 봐. 안 하면 아무것도 안 남지만, 하고 나면 뭐라도 남잖아."

사실 그 말은 재희가 자신에게 해 준 말이기도 했다. 언젠가 게임 경기가 있는 날, 재희는 응원을 와서는 '네가 하고 싶은 대로 마음껏 경기해! 보여 주고 싶은 건 다 보여 주자! 안 하면 아무것도 안 남는데, 하면 뭐라도 남잖아!'라고 외쳤다. 정작 그 말을 하는 재희는 게임을 하는 자신보다 더 긴장한 얼굴을 하고 있었다. 아마도 스스로 그런 말을 하고 있다는 것조차 인지 못하는 상태처럼 보였다.

그런데 어이없게도 긴장한 재희를 보니 제 긴장이 거짓말처럼 녹아 사라졌다. 마치 재희가 자신의 긴장을 다 가져간 기분이었다.

그때 그 말에 힘입어 그는 지금껏 두고두고 회자되는 압도적인 경기를 치를 수 있었다.

"뭐, 어쨌든 첫 월급 타면 맛있는 것 사 줄게!"

재희가 기쁜 듯 환하게 웃으며 의기양양하게 말했다.

이재희는 여전하다. 세상에서 제일 좋은 선물이 '맛있는 거'인 줄 안다. 슬플 때도, 미안할 때도, 고마울 때도 재희는 늘 '맛있는 것 사 줄게!'라고 했다.

변함없는 이재희를 담은 선재의 눈빛이 녹진해졌다.

한없이 사랑스럽다는 듯이.

"세상에서 제일 바삭바삭한 치킨에 제일 비싼 흑맥주 마시자!"

여전히 '맛있는 거'라는 건 철저하게 본인 취향이지만.

"다른 거 먹자."

"어떤 거?"

"일단 다른 거."

"그래. 그럼 양념치킨 먹자."

재희의 말에 선재가 못 이기겠다는 듯 웃음을 터트렸다.

"아, 좋다!"

재희가 선재의 허리를 와락 끌어안았다. 선재가 시선을 내리깔 아 제게 안긴 재희를 쳐다보았다. 재희의 곧은 눈동자엔 빛이 가득 하다.

"네 덕이야."

"……."

"네가 응원해 주고 옆에 있어서 해낼 수 있었어."

"……."

"첫 월급 타면 치킨 말고 비싼 뷔페가자. 레스토랑도 좋고. 어디든 가자. 너랑 먹으면 다 맛있겠지만."

재희가 고개를 기울인 채 생글생글 웃었다. 치킨은 농담인 모양이었다. 그 얼굴을 가만히 바라보고 있던 선재가 재희의 후드를 덮어씌웠다.

"야!"

선재가 그 후드 끈을 훅 잡아당겼다. 재희의 얼굴이 사라지고 입술만 덩그러니 나와 있었다.

"야! 야!"

재희가 버둥거렸다.

"잠시만 좀 그러고 있어. 30초만."

나 좀 진정하게.

선재는 한손으로 후드 끈을 잡은 채, 다른 한 손으로 붉어진 얼굴을 가렸다. 어린애 같은 이런 얼굴을 보여 줄 자신이 없었다. 그런데 10초가 흘렀는데도 얼굴에서 열이 빠지질 않았다. 그 와중에 재희는 풀라며 버둥거리고 난리법석이었다.

"잠시만."

선재는 부족하다는 듯이 눈가를 완전히 덮었다. 눈을 가렸는데도 자신을 보며 방긋방긋 웃고 있는 재희의 얼굴이 아른거렸다.

정말 미치겠다, 이재희. 어디서 저런 표정을 배워 와서는.

재희는 모처럼 장롱에 있는 옷들을 와르르 꺼냈다. 출근을 앞두고 재희는 패션쇼를 진행 중이었다.

"이거 어때?"

재희가 푸른 색 셔츠에 짙은 색 면바지를 몸에 가져다대며 물었다. 그러자 침대에 걸터앉아 강제로 관람객이 된 선재가 턱을 괴고서 천천히 그 옷을 살폈다. 셔츠가 생각보다 얇다. 비칠 것 같다. 선재의 얼굴이 슬쩍 구겨졌다.

"괜찮긴 한데 다른 건?"

"이건?"

재희가 그럴 줄 알았다는 듯 얼른 다른 옷을 치켜들었다. 플라워 패턴의 셔츠에 청바지였다. 그녀가 알아본 바로 TJ는 신슬과 달리 복장이 더 자유롭다고 했다. 그래도 첫 출근이다 보니 신경 쓰였다. 자유롭다고 했지, 아무렇게나 입고 오라는 말은 아닐 테니까. 옷을 들었다가 놓길 반복하며 들뜨게 움직이는 재희를 선재가 말없이 쳐다보았다.

재희는 작게 콧노래를 불렀다. 자그마한 얼굴에 웃음이 가득하다. 기뻐하는 재희를 보니 덩달아 기쁘긴 하지만, 마음 한쪽이 무거웠다. 이재희가 자신이 모르는 세상으로 쑥 가 버리는 것 같아서.

사람 좋아하는 이재희가 친하게 지낼 사람들이 벌써부터 신경 쓰였다. 그중에 남자도 있을게 분명하니 더 기분이 가라앉았다.

자신과 재희가 사귄다는 스캔들이 퍼지자 다른 부서 남자들이 아쉬워하는 소리가 여기저기서 들렸었다.

재희를 못 믿는 것도 아니고, 자신감이 없는 것도 아니었다. 다만, 뭣 모르고 재희를 마음에 품고서 온갖 상상을 다할 놈들이 있을 거라 생각하니 기분이 가라앉았다.

심기가 불편해진 그의 미간이 작게 좁아졌다. 이런 저런 생각을 하던 선재가 무언가 떠오른 듯 눈을 가늘게 떴다.

역시 그 방법밖에 없나. 귀찮긴 하지만.

이런 저런 생각을 하는 사이 재희가 말을 걸어왔다.

"이 옷 어때?"

재희가 이내 무릎까지 오는 원피스를 들어 보이며 물었다. 선재는 단번에 고개를 가로저었다.

"예쁘긴 한데 다른 거."

그냥 있어도 예쁜데 꽃까지 달고 가려고 저런다. 사람 속도 모르고.

선재가 가라앉은 눈으로 재희의 얼굴을 쳐다보았다. 그 시선을 느끼지 못한 재희가 바닥에 늘어진 제 옷들을 심각한 눈으로 바라보았다.

"그럼 대체 뭐 입지? 다 별로면?"

재희가 한숨을 내쉬며 옷을 사러 가야 하나, 라고 작게 중얼거렸다. 자리에서 일어난 선재가 바닥에 떨어진 헐렁한 검은색 블라우스와 통이 넓은 바지를 들었다.

"이거."

선재가 확고한 표정으로 말했다.

"이거?"

"편하고 일 잘할 것 같은 이미지의 옷이네."

"……진심이야?"

"응."

선재가 뻔뻔하게 얼굴색 하나 바꾸지 않고 대답했다. 재희가 미심쩍은 얼굴로 선재가 내민 옷들을 쳐다보았다.

"아무래도 이상한데. 너무 옷 못 입는 것 같지 않아?"

"아니. 이게 제일 나은데. 옷 잘 입는 직원보다 일 잘할 것 같은 직원이 동료들 보기에 나을 테니까."

선재가 여전히 뻔뻔한 얼굴로 대답했다. 아무렇게나 덧붙은 변명인데, 꽤 설득력 있었는지 재희의 눈이 흔들렸다.

"좀 가리고, 덜 예쁘게 해서 다닙시다. 이재희 씨."

기어코 선재에게서 본심이 툭 튀어나왔다. 그 말에 재희가 눈을 크게 뜨더니 금세 피식 웃었다.

"왜? 불안해?"

재희가 장난처럼 물었다.

"응. 조금."

"……."

"아니, 실은 아주 많이."

"……."

생각보다 빠르게 나온 대답에 재희는 자기가 먼저 농담해 놓고도 놀란 표정을 지었다.

"우리 이미 사귀고 있는데?"

그럴 필요 있냐는 표정을 지었다. 재희의 무심함에 선재는 작게 한숨을 내쉬었다. 이럴 때마다 자신만 매달리는 기분이다. 바닥에 둔 시선을 치켜든 선재가 재희의 눈을 똑바로 응시했다.

"상황을 한번 바꿔서 생각해 봐."

선재가 차분하지만 강하게 말했다.

"나라면……."

재희가 잠시 고민에 잠긴 표정을 지었다.

선재가 여자들이 많은 회사에 출근한다면……? 그냥 있어도 잘생기고 멋있는데 굳이 더 잘생기게 해서 출근한단다. 그것도 들뜬 얼굴로 옷까지 준비해 가면서.

그리고 경험상 회사에 분명 선재를 좋아하거나 관심 갖는 여자가 한 명쯤은 있을 거다. 아무리 선재가 무신경하게 군다지만 그 여자랑 하루에 여덟 시간 넘게 한 사무실에 있다고 생각하니 신경이 쓰인다.

"그건 그렇네."

재희가 금세 고개를 주억거렸다.

"좋았어."

재희는 선재가 추천한 옷을 거머쥐었다.

"대신."

"……."

선재가 대답 대신 그녀를 물끄러미 바라보았다.

"다음에 너도 미팅 갈 때 내가 추천한 옷 입고 나가야 해."

"알았어."

선재가 그게 대수냐는 듯 순순히 대답했다. 시원시원한 선재의 대답이 마음에 든다는 듯 빙긋 웃었다.

· · ·

재희는 신기하다는 표정으로 모니터를 들여다보았다.

며칠 전, 선배인 여진이 참고하라며 메일로 보내 준 자료들이었다. 3년에 걸쳐 진행된 마케팅 프로젝트들이었다. 나름 게임 회사에서 오랫동안 몸에 담아 눈에 익은 것들이 많을 줄 알았는데 부서가 다르다 보니 전반적으로 많은 부분이 달랐다. 몇 개의 프로젝트는 재희가 면접 때 말했던 것들도 있었다.

이미 내부에서 진행하다가 실행을 앞두고 엎어진 것들이었다. 이전의 마케팅들을 보면서 재희는 머릿속으로 떠오른 아이디어를 수첩에 별도로 작성했다. 동시에 실패한 마케팅들은 왜 실패했는지 자기만의 분석과 의문점을 작성했다. 나중에 선배들 시간 될 때 찾아다니며 일일이 물어볼 생각이었다.

"재희 씨."

여진의 부름에 뭔가를 쓰고 있던 재희가 고개를 돌렸다. 단발머리에 붉은색 티셔츠, 흰색 통 큰 바지를 입은 세련된 차림의 여진이 자리에 서서 그녀를 보고 있었다. 슬리퍼를 신고 최대한 편하게 있으려고 노력하던 개발기획팀과 달리, 외부 및 내부 미팅이 많은 마케팅 팀의 특성상 직원들은 언제 있을지 모를 미팅에 대비해 늘 말끔하게 꾸미고 다녔다.

"미팅 있을 거예요. 회의실에서. 그러니까 준비해요."

"네."

여진의 말에 재희가 얼른 준비했다. 출근한 지 보름 만에 처음으로 미팅에 참석하는 거라, 들뜬 표정을 감추지 못했다. 물론 참여라고 해 봤자 지켜보는 게 전부겠지만, 그렇게라도 업무 익히는 속도를 높이라는 여진의 뜻을 재희는 단번에 이해했다.

"오늘은 어떤 미팅인지 여쭤 봐도 될까요?"

재희는 여진과 발을 맞춰 복도를 걸으며 조심스럽게 물었다.

"아, 그러고 보니 내가 말을 못 했네요. 급하게 오늘 잡힌 미팅이라. 저번 주에 봤던 '뉴트런' 홍보 마케팅 세 가지 안 기억나요?"

"네."

모두 다 숙지하고 있었기에 재희가 고개를 끄덕였다.

"그중 하나예요. 오늘 만나는 분은 이번 뉴트런 게임을 진행해 보고 어떤지 리뷰해 주는 외부 사전 모니터 담당자예요. 섭외하기 힘들었어요. 그러니 되도록 실수하지 말았으면 해요. 어차피 보는 게 전부긴 하겠지만요. 그리고……. 아, 저기 오시네요. 일단 미팅 후에 자세히 설명할게요."

여진이 다급히 말을 매듭 지으며 엘리베이터에서 내린 사람들에게 다가갔다. 한 명은 재희도 잘 아는 직원이었고, 다른 한명은……

그 상대를 확인한 재희의 얼굴이 딱딱하게 굳었다. 외부 모니터라고 할 때 묘하게 이상한 기분이 들었다. 그런데 그 감이 정확히 맞아 떨어졌다.

키가 훤칠하게 큰 남자는 재희가 추천해 주었던 흰색 목 폴라에 검은색 면바지를 입고 있었다. 무난하다 못해 심심할 정도의 패션일 거라며 자신만만하게 추천했는데, 저걸 또 근사하게 소화해 내고 있었다. 이쯤 되면 거적때기도 패션이라고 소화해 내지 않을까 싶었다.

그나저나 이러려고 오늘 출근하는 자신의 등 뒤에다 대고 '나중에 봐'라고 인사했구나.

재희의 입술이 삐딱하게 휘었다.

"회의실로 가실까요?"

여진이 정중하게 선재에게 회의실이 있는 방향을 가리켰다. 그제야 선재의 시선이 재희에게서 떨어져 여진에게 향했다.

재희는 나란히 걸어가는 두 사람의 뒤를 따라 걸었다. 회의실에 재희를 포함해 여섯 명이 앉았다. 마케팅팀의 대부분이 우르르 찾아온 게 불편할 만도 하건만, 선재는 개의치 않는 듯 덤덤한 표정을 지었다.

"몇 번이나 고사하셔서 이번 제안도 힘들겠다고 생각했는데, 받아 주셔서 깜짝 놀랐어요."

여진이 아나운서처럼 또랑또랑한 발음으로 반가움을 표현했다. 그녀는 실제로 선재를 섭외하는 데 많은 공을 들였다. 인터넷에서 SSJH로 활동하는 그는 게임 유튜버 중 가장 실력이 좋아 유저들 사이에서 믿고 보는 게이머로 불렸다. 업계에서 그의 이름을 모르는 사람이 없었다.

그가 재미있겠다며 시작한 신규 게임은 대체로 대박이 났다. 게임 자체가 재미있기도 하지만, SSJH가 하는 걸 보면 더 재미있어 보이는 효과가 있었다. 실제로 SSJH가 했다고 소문이 돌면 제대로 홍보되어 유저 수가 부쩍 늘기도 했다.

거기다가 요즘 들어 그의 정체가 실은 SJ일지도 모른다는 소문이 솔솔 돌기 시작하면서, 업계 사람들의 관심이 그에게 더욱 집중되고 있었다. 게임의 패턴이 SJ와 흡사하다는 내용의 댓글이 빗발치고 있었다. 그런데 그가 침묵으로 대응하면서 논란이 커져 더욱

이슈가 되고 있는 상황이었다.

만약 정말로 SSJH가 SJ라면, 그 사실이 혹여 뒤에라도 밝혀진다면, 그땐 천정부지로 몸값이 솟구칠 때니 지금 잡아서 홍보 계약을 하자는 게 TJ 마케팅의 생각이었다. 지금 광고 효과를 넘어서서 오랫동안 두고두고 홍보가 될 테니까.

그래서 마케팅 팀장과 여진이 온갖 방법을 동원해 접선했다. 그런데 SSJH를 실제로 만난 지금, 그 마음은 더욱 공고해졌다. 그가 설령 SJ가 아니라도, 후에 저 외모가 공개되면 어마어마한 파장이 일어날 거니까.

전직이 광고업이라 이런저런 연예인을 많이 만나 봤지만, 이런 아우라를 가진 남자는 드물었다. 이런 남자는 어딜 가든 사람을 끌어당기고 화제가 되는 법이었다.

"마음을 바꿔 주신 이유를 알 수 있을까요?"

여진이 생글생글 웃으며 말했다. 마음을 바꾼 이유를 알면 그 점을 파고 들어 장기 계약까지 노려볼 생각이었다.

"특별한 이유는 없었어요. 친한 사람이 이 회사를 다녀서요."

선재의 덤덤한 대답에 여진의 표정이 미묘해졌다.

"이 회사에요?"

놀란 건 여진만이 아니었다. 마케팅 팀장을 비롯해 남은 직원들도 눈을 동그랗게 뜨고서 서로를 쳐다보았다.

이 회사에 SSJH를 아는 사람이 있다고?

그들이 눈으로 그렇게 물었다.

"네."

"아, 그러셨군요."

"하지만 오해하진 마세요. 지인 때문에 무조건 한 건 아니고, 제안 자체가 좋아서 승낙한 거기도 하니까요."

말은 저렇게 하지만, 지인이 지대한 영향을 끼쳤을 거라는 걸 어렵지 않게 유추할 수 있었다.

"저희 제안을 긍정적으로 봐 주셔서 감사합니다. 그런데 정말 궁금하네요. SSJH 님과 친한 분이 누구실지요. 혹시 이 자리에 있는 건 아니겠죠? 회사로 직접 오겠다고 하신 게 기억나서요."

여진이 웃으며 던진 뼈 있는 농담에 선재가 옅게 웃었다. 그러나 그 얼굴에 잠깐 난처함이 스쳐지나갔다. 마치 맞다고 대답한 거나 다름없는 반응에 직원들의 시선이 빠르게 움직였다. 단, 한 사람만 빼고.

선재의 얼굴만 쳐다보고 있던 재희는 직원들의 시선이 점점 자신에게 쏠리는 걸 느꼈다. 그들이 바보가 아닌 이상 짐작 못할 리 없었다.

갑자기 SSJH가 마음을 바꿔 TJ 신작 게임 외부 모니터와 그 결과를 봐서 게임 플레잉 홍보 영상을 촬영하겠다고 나선 건 얼마 전이었다. 그 시점이 재희가 입사한 시기와 크게 다르지 않았다.

직원들이 눈으로 묻기 시작했다.

너지?

그 시선에 못 이긴 재희의 입꼬리가 뻣뻣하게 굳었다.

"저랑 아는 사이예요."

재희가 결국 시선의 압박을 이기지 못하고 실토했다. 그러자 마케팅 직원들의 표정이 미묘해졌다. 자신들이 공들여 섭외 요청을 아무리 해도 거절하던 그가, 이제 막 입사한 직원의 말 한마디에 넘어왔단다.

기뻐해야 할지, 우울해야 할지.

"우리 팀에 좋은 신입이 들어와 주었네요."

그 미묘하고 난처한 분위기는 여진의 칭찬으로 간단히 정리되었다.

"그럼 제대로 된 이야기를 나눠 볼까요?"

여진이 자연스럽게 제안서를 선재에게 내밀었다. 이후 간단히 업무상 대화를 오갔고, 한 시간 만에 양쪽 다 좋은 결과로 마무리지었다. 미팅이 끝난 후 함께 식사하자는 직원들의 청을 선재는 정중하게 거절했다.

"잠시 이야기 좀 하고 가도 될까요?"

선재가 재희를 가리키며 물었다.

"네, 안 될 거 없죠. 저희 회사 그렇게 빡빡하지 않답니다."

여진이 싱긋 웃으며 한 걸음 물러섰다. 선재가 고맙다는 듯 눈인사를 한 후, 재희의 앞에 섰다. 그러고는 아주 자연스럽게 물었다.

"오늘 언제 퇴근해?"

"그냥 가."

재희가 복화술하듯 조용히 대답했다. 직원들의 흘깃대는 시선이 이쪽으로 쏠아졌다. 팀장마저도 자리로 돌아가지 않고서 이쪽을 향해 귀를 쫑긋 세우고 있었다.

"뭐? 언제 퇴근하냐니까."

"후우, 일곱 시."

원하는 대답을 끝까지 듣고야 말겠다는 선재의 태도에 재희가 조용히 대답했다.

"그래. 그때 맞춰서 데리러 올게."

"아니. 내가 알아서 갈게."

재희가 어금니를 꽉 깨물고서 대답했다.

"그래. 그럼 집에 도착하면 연락해. 갈 테니까."

폭탄 발언을 태연하게 한 선재가 가볍게 손을 흔든 후 돌아섰다. 긴 다리를 쭉쭉 뻗어 멀어지는 선재의 뒷모습을 바라보던 재희는 암담한 표정을 지었다.

……그냥 차라리 애인 사이라고 대놓고 말하지 그랬냐.

아는 사이인데, 말 한마디에 덜컥 계약을 하겠다고 나설 정도로 친한 데다 퇴근 후 기다리겠다는 말까지 나왔다. 이 정도면 애인 사이라고 있는 대로 티 낸 거나 다름없었다.

아니나 다를까. 선재가 멀어지자마자 직원들이 그녀를 에워

썼다.

"무슨 사이예요?"

"애인 사이죠?"

"맞는 것 같은데."

직원들의 집요한 시선이 재희의 얼굴을 뚫을 것처럼 쳐다보았다.

아, 신선재. 진짜.

재희는 이미 자리에 없는 선재를 욕하며 낮은 한숨을 내쉬었다. 여기서 아니라고 해 봤자 의심만 살 뿐이다. 더군다나 애인 사이라고 밝힌들 상관있을까 싶었다. 어차피 사내 연애도 아니고……. 오히려 애인 있다고 말하고 다니는 게 가끔 더 편한 경우도 있었다.

그래. 이왕 이렇게 된 거 좋게 생각하자.

"네. 교제 중이에요."

재희가 어색하게 웃으며 인정했다.

"대박!"

"정말요? 와아! 저런 사람은 어디서 만나요? 어떻게?"

직원들의 질문이 쏟아졌다. 이쯤 되면 인터뷰 현장이 아닐까 싶었다. 재희는 자포자기한 얼굴로 사건 지 얼마 안 됐고, 오래 전부터 알던 누나 동생 사이라고 대답했다. 그러자 분위기가 한결 더 후끈해졌다. 다들 SSJH와 계약에 성공했다는 건 완전 뒷전이었다. 업무 시간만큼은 칼같이 지키는 여진마저도 그녀의 이야기를 듣고 있었다.

"진짜 대박이네요. 우리 근처에 SSJH의 애인이 있었다니. 혹시 다른 인맥은 없어요? 미리 알고 갑시다. 더는 안 놀라게."

"저도 더 있었으면 좋겠는데 아쉽게도 전혀 없네요."

재희가 손을 내저으며 웃었다.

"그래도 이게 어디예요? 완전 황금 인맥이었네요. 이재희 씨. 이 래서 부장님이 재희 씨 뽑아야 한다고 강력 추천한 거군요."

"아, 그래요? 그렇…… 잠시만요. 부장님이 저를 추천해요?"

직원의 말이 귀에 덜그럭 걸렸다. 재희가 무슨 소리냐는 표정으 로 쳐다보았다.

"응? 부장님이랑 재희 씨랑 아는 사이인 줄 알았는데? 아니었 어요?"

여진이 몰랐냐는 듯 되물었다. 재희는 면접관의 얼굴을 일일이 떠올렸지만, 자신이 아는 얼굴은 없었다.

그런데 부장이 자신을 추천했다고? 자신이 제출한 서류가 마음 에 든 건가. 그게 아니면 누군가의 추천을 받은 건가? 설마…….

선재를 떠올린 재희의 표정이 미미하게 굳었다.

· · ·

[아니야.]

선재에게서 온 메시지 답변을 재희가 게슴츠레하게 뜬 눈으로 노려보았다.

퇴근하기 전, 업무를 마치고 선재에게 '혹시 우리 회사 윗사람 중에 아는 사람 있어?'라며 물었다. 그러자 곧장 '아니. 몰라. 왜?'라고 답이 왔다. 아무래도 수상해서 재희는 있었던 일을 상세하게 이야기했다.

자신이 입사하게 된 연유가 부장의 추천이라는데, 면접관 중 자신이 아는 사람이 없었다고. 자신을 다른 사람으로 착각했다고 하기엔, 이력서에 버젓이 사진이 있는데 헷갈릴 리 없다고.

[난 모르는 일이야.]

다시 한번 선재에게서 답이 왔다.

[진짜지? 그럼 누구지? 이상하단 말이야. 생각해 보면 이 업계가 얼마나 좁은데 내가 신슬에서 한 짓을 TJ가 모를까 싶기도 하고. 인사과에 전화 한 통만 넣어 봐도 알 거잖아? 그런데도 합격한 걸 보면 누가 힘을 썼다는 건데.]

그럼 그 부장이라는 사람인데, 자신은 또 그 부장이라는 사람을 모르고……

생각이 막혀 한 자리에서 맴돈다.

[일단 만나서 이야기해. 퇴근하면 연락해. 회사 근처니까.]

선재의 답변에 재희의 입술이 느긋하게 늘어났다.

오늘 한 짓이 밉긴 하지만, 또 근처에서 기다리고 있다고 하니 반가웠다. 게임 관련 1인 방송 게이머들의 수가 급증하다 보니 그 속에서 살아남기 힘들 텐데, 자신의 시간에 꼬박꼬박 맞추는 게 신기하고 고마웠다.

"퇴근하겠습니다."

"다들 수고하셨습니다."

퇴근 시간이 되자 의례적인 인사가 오가며 직원들이 우르르 자리에서 일어났다. 재희도 뒤따라 일어났다. 얼른 기다리고 있을 선재에게 달려가고 싶은 마음과 달리 내려오는 엘리베이터마다 만석이었다. 반쯤 비었다 싶은 엘리베이터가 도착했을 땐 직원들이 다 타고나니 그녀의 자리가 없었다.

"먼저 가세요."

재희가 한발 뒤로 물러섰다.

"여기 타요. 탈 수 있어요."

"제가 타면 바로 인원 초과 알림 뜰 거예요. 절 부끄럽게 만들지 마시고, 그냥 가세요. 뒤돌아보지 말고 얼른요. 선배들이라도 얼른……."

재희가 마치 드라마 한 장면처럼 장난스럽게 절절한 표정을 짓자, 직원들이 품 하고 웃음을 터트렸다. 그사이 덜컹하고 엘리베이터 문이 닫혔다. 홀로 남은 재희는 숨을 깊게 들이마셨다. 차라리 다행이었다. 같이 가다가 회사 앞에서 기다리고 있는 선재라도 맞닥뜨리면…….

생각만으로 피곤해진 재희가 고개를 절레절레 내저었다. 얼마 지나지 않아 엘리베이터가 도착했다. 웬만큼 타고 갈 사람들은 다 타고 갔는지, 엘리베이터에는 한 사람밖에 없었다. 재희는 그 사람을 보자마자 '어?' 하며 멈춰 섰다.

"이재희 씨."

상대도 재희를 알아본 듯 환하게 웃었다. 얼떨떨한 얼굴로 재희가 상대방을 쳐다보았다. 편안한 카라 티셔츠에 청바지를 입은 40대 초반의 남자가 재희에게 손을 내밀었다.

"오랜만이에요."

"오랜만에 뵙습니다."

당황해서 쭉정이처럼 서 있던 재희가 황급히 그의 손을 맞잡았다. 그는 그녀가 신슬에 입사할 당시, 그녀의 팀장이었던 민우였다.

"그래요. 잘 지냈어요?"

아주 오랜만에 만났음에도 민우는 마치 일주일 전에 만났다가 헤어진 사람처럼 친근하게 말을 건네 왔다.

"네. 신슬에서 뵙고 처음이네요."

뒤늦게 반가운 마음이 솟구친 재희가 환하게 웃으며 대답했다.

그녀가 한창 일을 하고 있을 때, 민우는 돌연 회사를 관두었다. 본받을 점이 많아 그를 따르던 재희는 그때 몹시 상심했었다.

그런데 이렇게 다시 만나게 될 줄이야.

"그래요. 신슬에서 만나는 게 끝일 줄 알았는데, 사람 인연이 어찌 될지 모른다니까요. 돌고 돌아 다시 만나고 말이에요."

"그러게요. 정말 신기하네요."

"나도 그랬어요. 이력서에 이재희 씨께 끼어 있을 때, 내가 잘못 본 줄 알았다니까요?"

"……이력서요?"

재희가 눈을 크게 떴다.

"아, 이런. 내가 실수했네요. 사실 인사과가 아니라 이력서를 보면 안 되는데, 인사과 팀장이 학과 동기라 우연히 봤어요. 이재희 씨 발견하고 반가워서 내가 강력하게 추천했죠. 이건 비밀이에요. 알았죠?"

"네."

재희가 속삭이는 민우의 목소리에 고개를 끄덕였다.

"그나저나 됐다는 소리는 들었는데 이렇게 만나니 반갑네요."

인상 좋은 민우가 뿌듯한 얼굴로 웃었다. 마치 자신이 키운 제자를 만난 선생님 같은 표정이었다. 그 표정에 재희는 알 수 없는 감정을 느꼈다.

신슬에서 일할 때 힘이 되었던 말의 대부분은 민우가 해 준 것들이었다. 따로 연락하고 싶은 마음이 있었지만, 유부남이라 이상한 오해를 살 수 있는 데다 전 직장 동료가 연락하는 게 좋은 모습은 아닐 것 같아 참았다.

딩동. 1층에 도착한 엘리베이터 문이 열렸다. 먼저 내린 민우의 뒤를 따라 재희가 내렸다. 로비를 지나는 동안 간단한 안부 인사가 오갔다. 함께 건물에서 나온 민우가 멈춰 서서 인사를 건넸다.

"그럼 열심히 해요. 나는 이재희 씨라면 잘될 거라고 생각하니까. 기회가 되면 다음에 차 한잔하도록 해요."

"네. 열심히 할게요. 감사합니다."

"그래요."

간단한 말 한마디에 자신을 향한 신뢰가 가득 느껴져 재희는 기분이 이상했다. 민우는 싱긋 웃으며 돌아서서 갈 길을 갔다. 재희는 자신을 등지고 걸어가는 민우의 뒷모습을 보다가 돌아섰다.

한 발 걸었다. 왜 자신을 추천했을까. 함께 일한 건 몇 개월 되지 않았는데.

두 발 걸었다. 신슬에서 자신이 했던 일들은 듣지 못했을까.

세 발 걸었다. 묻지 않고 이대로 집으로 가면 후회하지 않을까. 하지만 지금 물어 봤자 뭐할까. 실망하지 않을까.

그래도 이대로 가기엔⋯⋯.

재희의 몸이 홱 돌아섰다. 그는 곧장 민우에게로 달려갔다. 갑작스레 앞을 가로막은 재희를 민우가 놀란 표정으로 쳐다보았다.

"무슨 일이에요?"

"왜, 왜 추천하셨어요? 하아, 그러니까 저를 왜 추천하신 건지 궁금해서요."

재희가 가볍게 헐떡거리며 물었다. 그러자 어리둥절한 표정을 짓고 있던 민우가 금세 웃음을 터트렸다.

"그걸 물어보려고 이렇게 뛰어온 거예요?"

"네. 저한테는 중요해서요."

재희가 겨우 허리를 펴고서 대답했다. 누군가가 자신을 신뢰하고 있다. 그 신뢰의 이유를 알아야, 더 그 장점을 부각시키도록 노력할 수 있을 것 같았다.

"재희 씨가 한 말 때문이에요."

자신이 무슨 말을 했더라.

아무리 고민해도 떠오르지 않자 재희가 난처한 표정을 지었다. 그러자 민우가 말했다.

"장기적인 관점에서 자료를 정리하고 관리한다. 실패한 자료라도 빠짐없이."

"......!"

"이재희 씨가 일한 지 일 년쯤 됐을 거예요. 남들은 폐기처분하는 것들을 재희 씨는 꼭 챙겨다가 정리하더군요. 왜 그러냐고 물었더니 그때 재희 씨가 그랬죠. 업무 중 제일 중요하게 생각하는 부분이 자료 관리라고 생각한다고. 실패한 것도 다 챙겨서 찾기 쉽게 정리하기에 내가 왜 그러냐고 물은 적 있었죠? 그때 재희 씨가 내게 한 말 기억해요?"

어떤 답을 했는지 기억나지 않지만, 재희는 자신이 무슨 대답을 했는지 알 것 같았다.

"실패한 거라도 언젠가 교훈을 줄 수 있다고 생각한다고. 그 말이 나한테는 참 많이 와닿았어요. 내가 너무 근시안적으로 일하고 있다는 걸 알았거든요."

민우가 빙그레 웃으며 말을 이었다.

"그때 이재희 씨가 해 준 말이 지금 나를 이 자리에 오게 만들었어요. 최연소 부장이라는 감사한 타이틀까지 달면서 말이죠. 재희 씨에게 이렇게라도 보답할 날이 와서 다행이라고 생각해요."

민우의 말에 재희가 당황한 얼굴로 손을 내저었다.

"아뇨. 그건 그때 팀장님이. 아니, 부장님이 좋은 분이라서 그렇게 생각해 주신 거였어요. 제가 한 일은 없어요."

"물론 그것만으로 추천한 건 아니었어요. 재희 씨가 보낸 첨부 자료도 다 봤어요. 그것만 봐도 알겠더군요. 재희 씨의 안목과 깊은 관찰력을. 그리고 여전히 변하지 않은 '중요하게 생각하는 부분' 같은 것들."

"……."

"내 생각에 지금 TJ의 마케팅팀엔 그런 사람이 필요해요. 반짝이는 아이디어도 좋지만, 긴 호흡을 가지고 멀리 보는 사람이요. 과거를 반추해서 지금을 준비하는 사람. 내게 이재희 씨는 늘 그렇게 일해 온 사람처럼 보였고, 앞으로도 그렇게 일할 거라 자신했어요."

그래서 민우는 평소 자신답지 않게 인사과 팀장을 불러다가 술을 마시며 말했다.

이재희를 놓치면 아주 많이 후회하게 될 거라고. 신슬을 관둘 때 다른 직원에게 스카웃 제안을 하지 않겠다는 약속만 하지 않았어도 데리고 나왔을 직원이라고.

그 말에 인사과 팀장은 '저도 보자마자 좋다고 생각했어요. 제가 사람 하루 이틀 봅니까? 딱 보면 견적 나오지. 첨부 자료까지 붙일 정도로 포부 있고, 내용도 공부 많이 한 것 같고, 다 좋아요. 좋은데, 소문이 이상해요. 이전 회사가 신슬이라고 해서 알아봤거든요'라 며 우물거렸다.

"그런데 제 소문은 못 들으셨나요? 그러니까 신슬에서 제가 한 행동들이요."

인사과 팀장이 했던 것과 같은 질문을 던지는 재희의 표정에 불 안함이 가득했다.

"알아요. 다 알아봤는데, 그런 건 문제가 안 된다고 생각했어요. 내 후임으로 그런 녀석이 왔었다고 생각하니 불쾌한 것 빼곤 말이 에요."

민우가 유쾌하게 대답했다. 그날 함께 술자리를 가진 인사과 팀 장에게도 민우는 그리 말했었다.

"나는 내 딸이 그랬다면 잘했다고 했을 거야. 불합리한 일을 무조건 참는 것보단 그렇게 터트려 줘야 앞으로 그런 일이 덜 생길 테니까. 이런 걸 자정 능력이라고 하지."

"하지만 우리 회사에서도 그러면……."

"그러면 우리 회사의 잘못이지. 직원이 업무를 빼앗기고, 그렇게 억울함을 호소해야 할 때까지 가만히 있었던 감사팀은 업무 태만이고."

민우의 말에 인사과 팀장은 한참 말이 없다가 이내 소주를 들이켰다. 그리고 일주일 후, 재희의 합격 소식이 전해졌다.

"그렇게 말씀해 주시니 감사합니다."

"나야말로 우리 회사로 와 줘서 고마워요."

민우의 말 한마디에 재희는 가방끈을 꽉 움켜쥐었다. 손가락이 하얗게 변할 지경이었다. 이러지 않으면 볼썽 사납게 울어 버릴 것 같았다.

갑자기 머릿속으로 힘들었던 일들이 차근차근 흘러갔다. 그중 가장 힘들었던 건, 사람들의 수군거리는 뒷소리보다 자신의 피나는 노력이 소문에 가려 사라진 것이었다. 자신이 무슨 일을 했고, 어떤 능력을 가졌는지에 대한 관심보다 사람들은 소문 속의 이재희를 기억할 테니까.

그런데 지금 처음으로 자신이 일한 시간들을 온전히 인정받은 기분이었다. 재희가 허리를 굽혔다.

"감사해요. 정말…… 정말 감사합니다."

태연하게 대답하고 싶은데, 목이 멨다.

"그래요. 기대할게요."

그 한마디에 다시금 뭔가가 울컥했다.

이러면 안 되는데. 여기서 울면 오해를 살지도 모르는데. 그런데…… 눈가가 자꾸 뜨거워진다. 재희는 간신히 눈물을 참은 채 민우에게 웃어 보였다. 민우는 재희의 복잡한 마음을 위로하듯 그녀의 어깨를 투툭 두드려 주었다.

• • •

선재는 아이스 아메리카노를 꽉 움켜쥐고 있던 손을 뻗어 재희의 눈을 덮었다. 갑자기 눈두덩이에 차가운 게 닿자 놀란 재희가 '뭐야.'라며 잠긴 목소리로 물었다.

"이렇게 울면 내일 눈 붓잖아. 지금이라도 식혀 놔야 덜 붓지."

"……."

선재의 말에 재희는 이내 힘을 푼 채 카페 의자에 몸을 파묻었다. 선재는 다른 손으로 차가운 잔을 움켜쥐었다. 얼음주머니라도 구해 주고 싶은데 그럴 상황이 아니었다. 손수건에 얼음을 싸서 줄까 했는데 그랬다간 금세 얼음이 녹아 재희의 얼굴이 젖어 버릴 거다. 그것도 처치곤란이었다.

"그래서 그렇게 울었어?"

선재가 옆자리에 앉은 재희를 보며 한결 풀린 목소리로 물었다.

"응."

재희가 순순히 대답했다. 선재는 짧게 한숨을 내쉬었다. 방금 전 상황은 다시 생각해도 아찔했다.

회사 앞에서 기다리다가 저 멀리서 걸어오는 재희를 본 순간 심장이 저만치 나가 떨어졌다. 좀처럼 우는 법이 없는 재희가 눈에 눈물을 그렁그렁하게 달고 있었다. 정신없이 달려가서 무슨 일이냐고 다급히 물었더니, 대답 대신 재희는 자신을 끌어안고 다시 울기 시작했다. 순간 눈앞이 아득해지면서 마음이 내려앉았다.

자리를 카페로 옮겨 한참 달랜 끝에야 민우와 있었던 이야기를 들었다. 생각보다 별일이 아니라 다행이다 싶으면서도, 그런 말 한마디에 울 정도로 그간 마음고생이 심했던 것 같아 마음이 쓰렸다.

"많이 놀랐지? 미안해."

재희가 선재의 손을 얹은 채 조심스럽게 말했다. 그러자 뜬금없는 대답이 돌아왔다.

"운 게 나 때문인 줄 알았어."

재희가 선재의 손을 밀어내더니 그게 무슨 소리냐는 듯 쳐다보았다.

"내가 회사에서 그렇게 행동해서 무슨 일이라도 생긴 줄 알았거든."

긴장이 풀린 선재가 고개를 떨구며 중얼거리듯 말했다. 자신의 유치한 도장 찍기 같은 폭로에 재희가 난처한 상황에 처한 줄 알았다. 재희가 우는 얼굴을 보는 순간 자신이 원망스럽다 못해 시간을 되돌리고 싶은 심정이었다. 자신은 그저 제 존재를 밝혀 재희에게 관심을 표하는 녀석들이 없길 바랐던 거였는데. 스스로가 한심했다.

"아, 맞다. 그래. 네 덕에 소문 다 났어."

재희가 이제야 기억났다는 듯 상체를 벌떡 일으키며 어쩔 거냐는 듯이 말했다.

"너랑 나. 사귄다고 소문났다고."

"……."

"고의적이었지?"

"모르고 그러진 않았겠지."

선재가 순순히 시인하자, 재희는 잠시 말문이 막혔다. 그러니까, TJ의 제안을 받아들인 것도, 부득불 우겨서 회사로 온 것도, 그 모든 과정을 자신에게 말하지 않은 것도 의도했다는 거다.

"왜 그랬어, 라고 물어볼 거라는 건 예상했지? 준비해 놓은 대답해 봐."

"내가 준비했을, 뻔하디뻔한 대답 짐작하고 있잖아. 내가 왜 고의적으로 스캔들을 냈겠어?"

선재가 언제 미안하다고 사과했냐는 듯 금세 뻔뻔한 표정으로 대꾸했다. 재희는 조용히 이마를 짚었다. 민우의 말에 몰려왔던 감동이 썰물처럼 싹 빠져나갔다. 그 뻔하디뻔한 대답이란 정말 뻔했다.

다른 사람과 엮이지 못하도록 애당초 못을 박아 놓으려고 오늘 작정하고 찾아온 거다. 그런 주제에 '아는 사이'랍시고 구멍을 만들어 놨다. 자신이 따지면 '애인이라고는 안 했는데'라고 치사하게 도망치려고.

똑똑한 건지, 영악한 건지.

"이제 업계에 소문나는 건 순식간이야."

재희가 심각한 표정으로 말했다.

잔소리 하긴 싫지만, 이건 꼭 해야 할 것 같다.

"그러라고 한 거야. 생각보다 이재희가 인기 좋아서 그게 고민이었거든."

"진짜 밖에서 이러지 마라. 누가 들으면 내가 부자인 줄 알아. 돈 많아서 너 꼬신 줄 안다고."

"왜?"

선재가 이해 못하겠다는 듯 되물었다. 재희는 할 말이 몹시 많았으나, 하지 않았다. 그저 저 어마어마한 콩깍지가 꾸준히 붙어 있길 바랄 뿐이었다. 다시 소파 등받이에 몸을 파묻은 재희가 웅얼거리듯 말했다.

"하아, 진짜 큰일이다. 진짜. 다시는 그러지 마."

"알았어."

선재가 순순히 대답했다. 지금 저렇게 대답해도 나중에 어떻게 변할지 모른다.

"그나저나 혼삿길 어쩔 거야."

재희가 작게 중얼거렸다.

"……결혼은 다른 녀석이랑 할 것처럼 말한다?"

선재의 눈빛이 단번에 날카로워졌다. 그러자 무슨 소리하냐는 듯 재희가 선재를 흘깃거렸다.

"아니. 나 말고, 너."

"……."

"나야 일개 직원이니 금방 사그라들 거고, 회사 옮기면 끝인데. 너는 나름 유명하잖아. 애인이 게임 업계에 있다고 소문이 쫙 났으니……. 진짜 어쩌려고."

"어쩌긴, 결혼하겠지. 이재희랑."

선재가 별거 있냐는 듯 가볍게 대꾸했다.

말은 참 쉽지.

재희가 고개를 절레절레 가로저었다.

"진심인데."

선재의 곧은 시선이 자신에게 닿았다. 재희는 대답 대신 선재를 마주 보았다. 안다. 진심이라는 거. 자신에게 고백할 때부터 선재는 거짓인 적 없었다. 누구보다 잘 알기에 가끔 어렵다. 지나치게 깨끗한 계곡물에 손 담그는 게 머뭇거려지는 것처럼.

말수가 줄어든 재희가 카페 창밖을 바라보았다. 어둠이 내려앉은 거리 위로 네온사인과 가로등 불빛이 세상을 밝히고 있었다.

이제 그만 슬슬 갈까, 라고 말하려는데 딩동, 하고 휴대폰 알림이
도착했다.

[SSJH의 새 영상이 업데이트 되었습니다.]

재희는 알림 팝업을 바라보며 감탄했다.

부지런하기도 하지. 자신을 보러 오면서 이런 것도 미리 설정해
두고.

재희가 속으로 혀를 내둘렀다.

"한번 봐."

선재가 휴대폰의 액정을 가리켰다.

"집에 가서."

선재의 게임 영상은 재미있었다. 밤에 잠들기 전에 보면서 잠드
는 게 낙 중 하나였다.

"지금 봐."

선재의 재촉에 재희가 휴대폰을 들었다. 이번 게임 영상이 어마
어마한가 보다 싶어서 클릭했다. 그러자 새까만 동영상 화면에 공
지가 떠올랐다.

[금일은 프로포즈 이벤트 준비로 게임 영상이 업데이트 되지 않
습니다.]

"……뭐?"

재희의 눈이 크게 벌어졌다. 동시에 화면이 바뀌더니 게임 캐릭

터들이 하트 모양을 그리며 서 있는 걸로 영상은 끝이 났다.

"여기서 할 생각은 아니었지만, 어쩌다 보니 시간상 여기네."

원래는 귀가해서 단둘이 이야기하려고 했는데 재희가 울고 오는 바람에 끝났다.

본래 인생이란 원하는 대로 되는 게 아니니까.

선재가 얕은 한숨을 내쉬었다.

"요란한 건 싫다고 하고."

선재가 무언가를 꽉 쥐고 있던 손을 놓았다.

"청혼 이벤트도 질색이고 청혼보다는 합의하에 결혼하고 싶다고 하지만."

그러자 툭하고 반지 케이스가 테이블 위에 놓였다.

"그래도 난 해야겠으니까."

선재가 반지 케이스를 열었다. 아주 자연스럽게 작은 사이즈의 반지를 꺼내 멍하게 있는 재희의 네 번째 손가락에 빠르게 끼웠다. 그러고는 빼지 못하도록 손을 꽉 거머쥐었다.

"결혼하자."

"……."

"나랑 결혼해."

어느새 허리를 곧게 펴고 앉은 선재가 선명한 눈을 빛내며 쳐다보고 있었다. 시선이 집요하다 못해 자신을 꿰뚫어볼 것 같았다.

"아니, 결혼해 줘."

"뭐 이렇게 예고 없이⋯⋯."

황당하다 못해 머리가 멍해진 재희가 중얼거렸다.

"예고했어, 늘."

"⋯⋯."

"실제로도, 게임에서도."

선재의 곧은 시선은 흔들림이 없었다. 실제로는 종종 선재가 결혼하자는 식으로 흘리듯 말했었다.

"그런데 게임에서라니?"

금시초문이라는 듯 물었다.

"기억 안 나?"

"아⋯⋯."

무언가 기억난 듯 짧게 탄성을 흘렸다. 좀처럼 게임 외의 내용을 영상에 담지 않던 그가, 요 근래 의미심장한 메시지로 영상을 마무리했던 적이 있었다.

[개인 사정으로 조만간 쉴 예정입니다]

[3일 후 업로드 될 영상은 게임과 무관하니 불편한 분들은 보시지 않으셨으면 합니다.]

아니, 저 메시지를 보고 어떻게 프러포즈할 거라고 예상해?

재희가 어이없다는 듯 속으로 중얼거리다가 제 손가락에 끼워진 반지를 보았다. 조명에 반사된 반지에 눈이 부셨다. 그런데도 이상하게 시선이 떨어지지 않았다. 눈이 아픈 것보다, 눈에 담고 있는 게 더 좋았다.

그러고 보면 선재는 늘 자연스럽게 결혼 후의 상황을 가정해서 이야기했다. 그렇다면, 자신은 아닐까. 누군가의 결혼식에 가서 신랑의 얼굴에 선재의 얼굴을 끼워 넣기 해 놓고 아니라고 말할 수 있을까.

하지만 준비가 되지 않았는데, 결혼해도 되는 걸까. 그러다가도 완전히 준비된 삶이 있을까, 하는 생각이 들었다. 수많은 생각이 반박과 가정을 거듭하며 이어졌다.

"이재희가 어디에 있든 불안하지 않도록, 그래서 이런 유치한 짓 하지 않게 해 줘."

"......"

"이재희한테 비어 있는 제일 중요한 그 자리, 나한테 줘."

갈등하는 사이 속삭이듯 말하는 선재의 목소리가 조용하게 스며들었다. 진심으로 간절하게 바라는 듯한 선재의 시선에 재희가 입술을 깨물었다.

사랑하는 사람이 저렇게 말하는데 넘어가지 않을 사람이 있을까.

이리저리 흔들리던 마음의 배에 닻이 내렸다. 불안함으로 뒤흔들리던 마음이 잠잠해졌다.

재희는 대답 대신 반지함에 남아 있는 큰 사이즈의 반지를 꺼내 선재의 네 번째 손가락에 끼워 넣었다. 고개를 들자 아득한 표정으로 자신의 네 번째 손가락을 쳐다보고 있는 선재에게 재희는 차분하게 대답했다.

"그래. 그러자."

"……."

"나도 너한테 제일 중요한 그 자리, 갖고 싶으니까."

재희가 분명한 목소리로 또박또박하게 이야기했다.

네 인생에서 가장 소중한 그 자리, 나 역시도 갖고 싶다고. 같이 살고 싶다고.

그 말에 긴장이 풀렸는지 선재의 어깨가 느슨하게 내려갔다. 소파를 짚고서 고개를 숙인 선재가 재희의 귓가에 낮게 속삭였다.

"그 자리는 원래 이재희 거였어."

재희가 입가를 가린 채 작게 웃었다. 네 번째 손가락에 반짝거리는 반지를 바라보던 선재의 얼굴에 재희와 같은 미소가 맺혔다.

에필로그

"안 이래도 되는데. 뭐 하러 굳이 이래? 응?"

말과 달리 어머니의 얼굴엔 감출 수 없는 미소로 가득했다.

"거 참. 그러게나 말이야. 이사가 뭐라고 이렇게 근사한 곳에서 식사까지 해. 누가 보면 집 산 줄 알겠다. 그냥 전셋집 좀 크게 옮긴 것 가지고."

그러면서 아버지의 흐뭇한 시선은 줄곧 상에서 떨어지지 않았다.

"상의 *끄트머리*까지 가득 찬 이 음식들을 언제 다 먹냐? 응?"

어머니가 중얼거렸다. 그들은 훨씬 넓은 집으로 이사를 간 기념으로, 재희와 선재가 내려와 저녁 한 끼를 사 주는 걸로 알고 있었다.

"······일단 드세요."

재희는 이어질 폭탄 발언에 대비해 식사라도 제대로 마음 편하게 하시라는 뜻을 담아, 식사를 권했다.

"그래. 얼른 먹자. 이 좋은 음식들, 따뜻할 때 먹어야지."

"맞아요. 맞아."

어머니와 아버지가 부지런히 젓가락을 움직였다.

"너는 안 먹니? 재희야? 그러고 보니 선재도 통 못 먹네."

어머니가 의아한 얼굴로 재희를 쳐다보았다.

"계산할 생각하니 음식이 안 넘어가? 그럼 아빠가 사마! 편하게 먹어!"

"아니에요. 엄마랑 아빠랑 드시는 거 보니까 좋아서요."

재희가 어물쩍 둘러대며 어색한 입꼬리를 바짝 끌어올렸다. 재희는 엄마와 아빠가 뭘 물으려고 하면 얼른 식사하고 이야기하자며 재촉했다.

대화가 제대로 시작된 건, 엄마와 아빠가 배불러서 더는 못 먹겠다며 젓가락을 내려놓으면서였다.

"그래. 선재, 너는 잘 지내고 있어? 요즘 튜브인가 뭔가 하느라 바쁘다며?"

엄마가 물로 입을 헹군 후, 선재에게 물었다.

"튜브? 여름철 해변가에서 장사해?"

아빠가 깜짝 놀란 얼굴로 선재를 쳐다보며 물었다. 어쩌다가 진로가 프로 게이머에서 해변가까지 흘러갔나 하는 침통한 표정이었다.

"아뇨. 인터넷 방송하고 있어요."

선재가 빠르게 정정했다.

"그게 뭐야?"

"당신이 밤마다 누워서 보는 거요. 유튜브. 빨간색 버튼 모양 되어 있는 거."

"아, 그게 유튜브야? 나는 '유'만 보여서 여태껏 '유'인 줄 알았네. 요즘 그거 잘된다고 하더니 선재도 하는 모양이구나."

"네."

인터넷 방송에 대해 알고 있는지 아빠가 고개를 주억거렸다.

"그리고 게임 회사에서 프리랜서로 일하고 있어요. 배타 서비스 전 외부 모니터 담당으로 일하고 있고, 유튜브 방송도 하고요. 그리고 얼마 전에는 지금 사는 동네에 작은 빌딩을 구매했습니다. 꾸준히 집값도 상승할 거고, 임대료도 웬만한 직장인들의 월급만큼 나옵니다."

선재가 이틈을 놓치지 않겠다는 듯, 본인을 어필했다.

"아이구, 그래? 대단하네. 선재. 진짜 누가 데려갈지. 아주 부럽다니까?"

아빠가 너털웃음을 터트렸다.

"그러게요. 그래서 제가 데려가려고요."

이때다 싶어 재희가 얼른 입을 열었다. 그 말에 엄마와 아빠의 시선이 벼락같이 내리꽂혔다. 재희는 얼굴이 타들어가는 고통에도 꿋꿋하게 버텼다.

"……뭐라고?"

"응?"

부모님이 의아하게 물었다.

"제가 선재 데려갈 거라고요. 우리, 결혼하려고요."

한정식 룸 안이 쥐죽은 듯 고요해졌다. 공기 중으로 까슬까슬한 모래알이 도로르 굴러다니는 듯했다. 뭐라고 대꾸할 힘조차 없는 듯 엄마와 아빠는 서로를 번갈아 보았다. 그럴 만했다.

태우가 죽은 후 남매처럼 자랐다. 그러나 실제로 피를 나눈 남매 사이는 아니기에 성인이 된 둘이 근처에서 산다고 했을 때, 부모님은 '저러다가 둘이 눈 맞는 거 아닌가.' 하고 의심의 눈길을 던졌다.

그때마다 재희는 남매라며 단호하게 선을 그었다. 그렇게 일 년이 흐르고, 이 년이 흘러도 별다른 일이 없자, 부모님도 둘 사이를 반쯤 친남매라고 받아들였다.

그런데 십 년이 훌쩍 지난 지금 결혼하겠다고 나섰다.

"먹여 놓고 이러기 있나? 비싼 밥 얻어먹었는데 얹히겠다, 이것아."

아빠가 어이없다는 듯 한숨을 내쉬며 둘을 쳐다보았다.

"엄마랑 아빠가 얼마 전에 그랬잖아요. 선재같이 점잖은 녀석 데려오라고요. 나보고 시집가라고요. 아무리 찾아봐도 선재 같은 남자가 없더라고요. 이렇게 잘생기고, 키 크고, 성격 좋고, 재력 좋은 남자 없어요. 그래서 신선재랑 결혼하려고요."

재희가 단호하게 말하자, 부모님은 말없이 서로의 얼굴만 들여다보았다. 제 딸이 저렇게 나오면 고집을 꺾기 어렵다는 걸 알기에 반대해 봤자 소용없다는 걸 알지만, 막상 승낙의 말이 쉽게 나오지도 않았다.

십 년 넘게 봐 왔다. 선재는 그들에게 마음으로 받아들인 아들이었다. 재희가 서먹서먹하게 거리를 둘 때에도, 선재는 자신들에게 꾸준히 연락하고 가끔 내려와 함께 밥도 먹고 갔다. 그 덕에 아들 잃은 억울함도, 멀어진 딸에 대한 슬픔도 그럭저럭 이겨 낼 수 있었다.

그런데 갑자기 둘이 결혼이라니?

반대할 일은 아니지만, 보면 안 되는 걸 본 것처럼 기분이 이상했다.

"둘이 무슨 일 있었던 거야?"

갑자기 둘이 결혼을 생각할 정도로, 심각한 일이 있었냐고 엄마가 조심스럽게 물었다. 그렇지 않고서야 이럴 리가 있나 싶었다.

"아뇨. 선재가 남자로 보여서 제가 먼저 고백했어요."

사실 정반대지만, 재희는 그렇게 이야기했다. 이렇게 말하는 게 부모님을 설득하기 쉬울 것 같았다. 실제로 재희가 먼저 좋아했다는 말에 부모님은 크게 동요했다. 이때다 싶어서 재희는 얼른 뒤이어 설명했다.

"제 고백에 선재가 깊게 고민하다가 내 마음 받아 준 거예요."

"세상에나."

엄마의 입에서 탄식이 흘러나왔다. 연애의 '연'자도 모르던 딸이 심지어 먼저 고백했다니.

엄마의 시선이 선재를 향했다. 그러거나 말거나 재희는 말을 이었다.

"일하는 회사, 이전 회사에 선재가 남자친구라고 소문 다 나서 지금 혼삿길 막혔어요. 그건 선재도 마찬가지고요. 그리고 선재가 다른 여자랑 결혼하면 아깝지 않겠어요?"

"……."

"선재 다른 여자랑 결혼하면, 엄마 아빠랑은 완전 남이에요."

"어떻게 남이야? 우리가?"

엄마가 자식이라도 뺏긴 표정으로 소리쳤다.

"남이죠. 어느 여자가 이런 상황을 이해하겠어요? 선재가 지금처럼 엄마 아빠를 챙기면 그 여자가 좋아하겠어요? 진짜 시부모도 아니고. 그럼 자연스럽게 연락이 줄어들다가 그렇게 남이 되는 거죠."

현실적으로 보라는 듯 재희가 콕 집어 설명하자, 부모님의 표정이 더욱 혼란스러워졌다. 그들의 얼굴에서 틈이 보였다. 재희는 이때다 싶어 강하게 밀어붙였다.

"그리고 반대하시면."

"……."

"저, 비혼 선언할 거예요."

재희가 못을 박듯 이야기했다.

"이 녀석아, 우리가 반대하겠다고 한 것도 아닌데 왜 이렇게 무섭게 협박이야? 응?"

아빠가 깜짝 놀란 얼굴로 웅얼거렸다.

"그러니 반대하지 마시라고 말씀드리는 거예요."

재희의 말에 엄마와 아빠는 다시금 서로의 얼굴만 들여다보았다. 지금 자신들이 들은 게 결혼 승낙을 바라는 요구인지, 결혼시켜달라는 협박인지 모르겠다. 어쨌거나 둘 사이를 반대했다간 겨우 가까워진 가족 사이가 어그러질 뿐만 아니라, 선재까지 잃을지도 몰랐다.

어차피 정해진 답은 하나였다.

하지만.

그들의 시선이 짠 듯이 선재에게로 향했다. 혹여 선재가 오랜 시간 가족처럼 지낸 관계를 잃기 싫어서 떠밀리듯 받아들인 건 아닐까 싶었다. 그럼 후에 크게 후회할 테니 차분하게 생각해보라는 말을 하려고 할 때였다.

선재가 먼저 입을 열었다.

"제가 많이 좋아합니다. 그래서 어렵지 않게 고백을 받아들였고요. 처음엔 달라진 관계에 당황스러우시겠지만, 지금보다 훨씬 더 좋을 거라 예상합니다. 그럴 수 있도록 제가 더 많이 아끼고 사랑하겠습니다. 그러니 좋은 마음으로 저를 가족으로 받아 주셨으면 좋겠습니다."

선재가 기다렸다는 듯이 차분하게 준비해 온 말을 꺼냈다. 제 딸보다 더 의젓하게 말하는 선재를 보며 엄마는 혼란스러운 표정을 지었다.

"후우."

아빠가 깊은 한숨을 내쉬었다.

"……언제 하려고?"

졌다는 듯 꺼낸 엄마의 말에 재희와 선재의 얼굴에 불이라도 들어온 듯 동시에 밝아졌다.

• • •

"후우."

재희가 조수석에 몸을 파묻은 채 깊은 한숨을 내쉬었다. 부모님을 모셔다 드리고 차에 타자마자 긴장이 풀렸다. 선재가 차를 뽑은 건 신의 한수였다. 덕분에 집으로 갈 땐 편하게 갈 수 있다는 사실만으로도 살 것 같았다.

"대단하던데."

운전석에 앉은 선재가 시동을 켜며 말했다. 그러면서 다시 생각해도 즐거운 듯, 웃었다. 이재희가 그렇게까지 비장하게 결혼 승낙을 받을 줄이야.

"말도 마. 엄마랑 아빠가 반대할까 봐 엄청 준비했어. 엄마랑 아빠가 반대하면 나도 나지만, 네가 상처받잖아. 그거 싫어. 나 때문에 네가 힘든 거."

그래서 강하게 밀어붙인 거야, 라고 재희가 손으로 눈가를 가리며 중얼거렸다. 시트에 몸을 파묻으니 살 만해졌다. 그런데 시동이 켜진 지 꽤 되었는데 차가 움직일 기척이 보이지 않았다. 이상해서 재희가 손을 치웠다.

"왜……."

동시에 입술에 따뜻한 감촉이 느껴졌다.

"뭐야."

가벼운 입맞춤이 끝난 후 재희가 희미하게 웃으며 물었다.

"안 할 수가 없게 만드네."

"……."

"예쁘게 말하니까."

선재가 재희를 눈에 담고서 다정하게 말했다. 자신이 좋아하는 여자가, 자신을 위해 비장하게 준비했다고 말하는데 반하지 않을 수가 있을까.

재희가 눈을 접으며 미소 지었다. 그러자 선재가 기다렸다는 듯이 고개를 숙여 입을 맞추었다. 응수하듯 재희의 입술이 벌어지며 키스가 깊어졌다.

삐리릭. 삐리릭.

차 안의 분위기가 농밀해질 즈음, 전화가 걸려 왔다. 핸드백에서 휴대폰을 꺼내자 액정에 [엄마]가 떠있었다.

"응. 엄마."

-차에 문제 있어? 왜 안 가?

그 말에 재희가 사이드 미러로 보았다. 2층에서 반짝거리는 빛이 보였다. 아마도 엄마 휴대폰인 모양이었다. 그 곁에 아빠가 휴대폰 손전등을 켜서 흔들고 있었다.

누가 보면 조난된 줄 알겠다.

지하에서 2층으로 이사 가니 이런 단점이 있구나. 부모님이 저기서 자신들이 가는 걸 지켜보고 있을 줄은 꿈에도 몰랐다. 방금 전까지 빽빽하던 분위기가 찬물이라도 한바가지 얻어맞은 것처럼 싸늘해졌다.

"……이제 가려고요. 푹 쉬세요."

-그래. 조심해서 가. 가서 전화해. 선재, 아니. 신 서방한테 운전 조심하라고 그러고.

"아니, 뭐 벌써부터……."

당황한 재희가 말끝을 흐리며 흘깃 선재를 쳐다보았다.

-미리 연습해 둬야 어디 가서 실수 안 하지.

"알겠어요."

통화를 서둘러 마치자마자 선재가 눈치 빠르게 차를 몰았다.

"오늘 우리 집에서 자고 가."

선재가 차를 몰며 말했다.

"아냐. 오늘은 그럴 기분 아냐. 너무 놀라서 일 년치 욕정이 식은 기분이야."

미간을 잡은 재희가 중얼거리듯 한 말에 선재가 피식 웃었다.

"그럼 내년 치 욕정을 끌어올 테니까 가만히 있어."

"그런 게 가능할까?"

욕정도 가불 가능하니? 재희가 표정으로 물었다.

"가능한지 아닌지 해 보면 알겠지."

선재의 말에 재희가 소리 내어 웃었다.

웃음을 멈춘 재희가 손을 쭉 뻗자 선재가 자연스럽게 그녀의 손을 거머쥐었다. 한손으로 운전하기 불편하다는 걸 알면서도 놓기가 싫다.

재희의 표정이 노곤해졌다. 손으로 온기가 전해진다. 피곤함이 조금씩 가시는 기분이었다.

· · ·

"어머, 어머, 어머."

어머만 벌써 열 번째였다.

"와아, 와."

지호는 벌써 '와' 소리만 열두 번째였다. 모처럼 만나는 날이, 공교롭게도 청첩장이 나온 다음 날이었다. 재희는 고민하다가 안 주는 것도 이상해서 챙겨 나왔다. 식사를 마친 후 카페에 간 김에 전해 주었다. 그리고 자신이 예상했던 반응 그대로였다.

"정말 두 사람 결혼해요?"

"네."

"대박이다. 정말. 결혼할 줄이야. 잘됐어요! 재희 씨는 좋겠어요! TJ에 입사하고, 잘생긴 연하남이랑 결혼도 하……. 대체 무슨 복을 타고 난 거야."

"김단우로 액땜했나 봐요."

지호의 말에 테이블 위가 싸늘해졌다. 은아의 뾰쪽한 시선이 지호에게로 향했다.

"말조심 좀 하랬죠."

"미안합니다."

지호가 냉큼 사과했다. 재희는 그런 두 사람을 묘한 시선으로 번갈아 보았다.

"저기, 아까 전부터 이상하다 싶었거든요. 혹시 제 말 기분 나쁘게 듣지 말고요. 지레짐작이긴 한데, 혹시 두 사람……."

재희가 말끝을 흐렸다. 그러자 지호가 뜨끔한 표정을 지었다. 은아는 애써 표정을 관리하려 했지만 흔들리는 눈동자까진 감추지 못했다. 자신의 추측이 맞다는 사실에 되레 재희가 깜짝 놀란 표정을 지었다.

"진짜요? 진짜?"

아니, 어떻게?

재희가 저도 모르게 큰 목소리로 물었다.

지호는 늘 은아에게 혼나는 입장이었다. 은아는 늘 지호에게 답답하다고 말했고, 지호는 은아 앞에서 대체로 주눅 들어 있었다. 그런데 어떻게 저런 고양이와 쥐 같은 관계에서 연애 세포가 만들어질 수 있나 싶었다.

"뭐, 이제 재희 씨도 다른 회사 다니니 말해도 상관없겠죠. 3개월 정도 됐어요."

은아가 민망한 표정으로 말했다.

"실은 제가 먼저 좋아해서 고백했어요."

"고백, 그놈의 고백. 아니, 재희 씨 들어 봐요. 이게 고백인지, 테러인지."

은아가 갑자기 생각났다는 듯 하소연을 시작했다.

"지호 씨랑 같이 하는 게임이 있었어요. 알잖아요. 지호 씨 게임 잘하는 거. 도움 받으려고 같이 하고 있다가 흘리듯이 타스 캐릭터 멋지지 않냐고 했더니, 그 주 주말에 타스 코스프레를 하고 우리 집 앞에 와 있는 거예요!"

재희의 머릿속에 타스가 떠올랐다. 그 찢어진 검은색 셔츠에, 찢어진 바지를 입고 있는 근육질 캐릭터를 말하는 건가. 거기다가 머리가 약간 뿔처럼 솟아 있었던 것 같은데.

"그것도 심지어 밤에!"

은아가 소리치자 지호가 억울하다는 듯 설명을 덧붙였다.

"아니, 준비를 하다 보니 너무 늦어져서……. 얼른 가려고 했는데 택시는 안 잡히고. 그렇다고 그 꼴을 하고 다음 날 아침에 가자니 그건 더 이상할 것 같아서 용기내서 갔죠."

"그 용기를 대체 왜 냈어요! 누구 좋으라고!"

"아니, 어쩌다 보니."

지호가 어물거렸다.

"근데 또 그걸 우리 아버지가 제일 먼저 발견하는 바람에 동네에 미친놈 있다고 신고하고, 경찰차 두 대 오고, 지호 씨 끌려갈 뻔하고, 내가 가서 경찰관한테 멀쩡한 사람이라고 거듭 이야기하고. 와, 이게 무슨 고백이에요! 테러도 이런 테러가 없죠. 아니 그 꼴로 장미꽃은 왜 들고 있어?"

"고백의 기본은 장미꽃이니까요!"

지호가 당연한 거 아니냐는 듯 소리쳤다.

"뭐라고요? 멀쩡한 옷차림이 기본 중에 기본이라는 건 못 배웠어요?"

"이왕이면 멋진 모습으로 고백하고 싶어서……."

"다 때려치워요! 누가 멋지대요! 그런 꼴이!"

"아니, 누가 제일 멋지냐고 물으니까 타스라면서요."

다시 생각해도 울화통이 터진다는 듯이 은아가 소리쳤고, 지호는 다시 죄인 모드가 되어 고개를 푹 숙인 채 꼬박꼬박 대꾸했다.

"그래도 용케 그 테러를, 아니. 그 고백을 받아 줬네요?"

재희가 놀랍다는 듯 물었다. 그런 고백을 한 지호보다, 욕을 하면서도 그 고백을 받아 준 은아가 더 대단하게 느껴졌다.

"그럼 어떻게 해요? 그렇게까지 할 만큼 내가 좋다는데. 뭐, 코스프레 할 때만 빼고는 대체로 괜찮으니까요."

은아가 새침한 표정으로 말했다. 그러자 지호가 싱글벙글 웃었다.

이렇게 보니 둘이 은근히 잘 어울리는 것 같기도 하고…….

재희는 찻잔을 들어 홀짝이며 생각했다.

"아! 말 나온 김에 김단우 어떻게 됐는지 이야기해 줄까요?"

말을 돌리고 싶었는지 지호가 다른 주제를 꺼냈다.

"눈치가 없으면 인간이에요? 그 인간 이야기를 왜 또 꺼내요? 내가 답답해서 미쳐요, 미쳐!"

그러나 그 주제에 은아가 눈을 부릅뜬 채 지호를 노려보았다. 방금 전 코스프레 할 때 빼곤 괜찮다고 하지 않았었나. 재희가 묘한 눈길로 은아를 쳐다보았다.

"궁금해할 것 같아서……."

"편하게 말하세요. 괜찮아요."

재희의 허락에 풀죽어 있던 지호가 고개를 번쩍 들었다.

"내가 말할게요. 지호 씨가 말하면 장황해지니까."

그러다 은아가 손을 들어 나서자, 기회를 강탈당한 지호가 풀 죽은 표정을 지었다. 그는 아주 작은 목소리로 '강탈당한 밭에도 꽃은 피는가'라는 알 수 없는 소리를 중얼거렸다.

"김단우 회사에서 완전히 쫓겨났어요."

"……쫓겨나요? 지방 발령 났다면서요."

재희가 생각지 못한 말에 놀라 물었다.

"그 후에 또 일이 있었어요. 재희 씨 행동에 용기를 얻은 다른 직원들이 김단우한테 당한 이야기를 감사과에 신고했거든요. 관둔 사람들 중에도 뒤늦게 그 사실을 알고 회사 메일, 전화 등으로 신고하고요. 그 일이 일파만파 커져서 회사 측에서 김단우를 쫓아냈어요. 지금은 지방 어디에서 회사를 다니고 있다던데, 그 후의 소식은 모르겠네요. 뭐, 마지막으로 김단우 봤다는 사람 말 들어보니 살 쫙 빠져 가지고 폐인이나 다름없다고 하긴 하던데……. 아마 쪽팔려서 이쪽은 기웃거리지도 못할 걸요?"

은아의 말에 재희는 작게 고개를 끄덕였다. 업계가 크다면 크지만, 좁다면 또 좁다. 지금 자신이 알게 된 것처럼, 점점 소문이 퍼질 거다. 더는 자신이 발붙이고 있을 곳이 없다고 판단했겠지. 단우의 비극적인 결말을 알게 되었지만, 딱히 기쁘거나 통쾌하지 않았다.

"되게 좋아할 줄 알았는데, 의외로 덤덤하네요? 재희 씨?"

"이젠 그런 관심조차 주기 싫은가 봐요."

재희가 무심하게 말에 은아가 이해한다는 듯 고개를 주억거렸다.

"하긴. 싫어하는 사람을 계속 생각하는 것도 불필요한 에너지 낭비죠."

"그러니까요. 이젠 아무렇지 않고요. 그냥 내 눈에 띄지 않길 바랄 뿐이에요."

재희가 대답한 후 빙긋 웃었다. 한결 어른스러워지고 여유로워진 그녀의 모습에 은아가 옅게 미소 지었다.

"그럼 결혼식은 언제예요?"

지호가 청첩장을 열며 말을 돌렸다.

"두 달 뒤에요."

"꼭 갈게요."

"고마워요. 그 전에 시간 괜찮으면 만나서 밥이라도 먹어요. 그땐 선재도 데리고 나올게요."

"꼭! 데리고 나오세요!"

대화를 가만히 듣고 있던 지호가 소리쳤다.

"저 SSJH 팬이거든요! 싸인 좀 받아야겠어요!"

SJ가 SSJH라는 소문이 파다하게 퍼졌다더니, 지호도 알게 된 모양이었다.

"알겠어요. 다음에 다 함께 봐요."

재희는 뿌듯함에 어깨에 힘이 들어가려는 걸 꾹 참으며 대답했다.

· · ·

웅성거리는 사람들의 소리가 꼭 뭉게구름 같다고 재희는 생각했다. 신부 입장을 코앞에 두고 신부 대기실 문이 닫혔다. 재희는 금박으로 새겨진 흰 문을 멍하니 바라보았다. 정신없이 지내다 보니 멀게만 느껴지던 결혼이 코앞까지 닥쳐왔다.

머릿속으로 그간 결혼 준비하느라 이리저리 뛰어다녔던 것들이 영화 필름처럼 지나갔다. 회사 근처 신혼집을 구한 것, 처음 함께 사는 집이라 이리저리 인테리어를 알아보러 뛰어다닌 것, 함께 혼수를 준비한 것들 등.

"곧 입장하실 거예요. 준비할게요."

직원이 재희를 일으켰다. 정신이 번쩍 들었다. 직원의 도움을 받아 자리에서 일어난 재희가 홀로 이어진 대기실 문 앞에 섰다. 그러자 문 너머의 사회자 목소리가 더 생생하게 들렸다. 그 사회자가 곧 선재와 자신을 부를 거라 생각하니 심장이 거세게 뛰었다.

"신랑 입장!"

사회자의 말에 사람들의 환호 소리가 들렸다. 재희는 조그맣게 열린 문 너머로 그 모습을 지켜보았다. 정면을 응시한 채 저벅저벅 걸어가는 선재의 모습이 당당하고 근사하다. 걸음걸이에 망설임이 없다. 그 모습을 보고 있자니 저절로 입가에 미소가 맺혔다. 저 남자가 내 남자다, 라고 소리치고 싶은 마음을 꾹 참았다.

"결혼식에서 가장 중요한 이벤트죠! 곧 신부 입장이 있겠습니다!"

사회자의 말에 대기실 문이 기다렸다는 듯이 활짝 열렸다. 조명이 재희에게로 쏟아졌다. 뒤따라 사람들의 시선이 그녀에게로 향했다. 환호가 쏟아지자 긴장이 사라지고 덤덤해졌다. 동시에 숨 막히게 벅차오른다. 재희는 난간을 잡고서 계단을 내려와 선재가 입장했던 곳에 멈춰 섰다.

"신부 입장!"

사회자의 말에 재희가 부케를 꼭 쥐고서 한 걸음씩 내딛었다. 부모님이 없는 선재를 배려해 재희의 부모님은 양가 부모 자리에 앉기로 했다. 그리고 아버지는 재희의 손을 잡고 입장하지 않기로 했다.

"널 키워 준 건 맞지만, 넌 대부분 혼자 잘해 왔어. 내가 널 선재에게 건네준다는 게 말이 안 되는 것 같구나. 내 딸에서 선재의 부인이 되는 것보다, 이재희가 신선재를 만난다는 의미로 혼자 입장하

는 게 좋을 것 같다. 섭섭하게 생각하지 말고. 요즘은 그게 유행이라
더라."

아버지의 뜻을 재희는 흔쾌히 받아들였다.

입장하고 있는 긴 길의 끝에 선재가 자신을 웃으며 바라보고 있
었다. 한 걸음 내딛자 이상하게도 자신을 향한 많은 사람들의 시선
이 더는 느껴지지 않았다. 오로지 길 끝에 서 있는 선재만이 보였
다. 한발 더 내딛자 오래 전의 선재가 떠올랐다.

무뚝뚝하고 무표정하던 중학생 신선재.

또 한 발 내딛자, 자신의 동생 노릇을 하겠다고 말한 선재가 떠오
른다. 친구를 잃은 너와, 동생을 잃은 내가 각기 다른 마음으로 끌
어안았던 순간.

또 한 발 내딛자, 스물이 된 선재가 늦은 밤 찾아와 아르바이트
비를 받았다며 밥을 사 주겠다고 말하던 때가 떠오른다.

그렇게 스물하나, 군 제대를 한 스물둘, 제대하자마자 자신에게
애인이 생겼냐고 묻던 모습, 자신의 집 근처로 이사 온 것. 한참 만
에 목걸이를 돌려주며 힘겹게 하던 고백, SJ가 이니셜이냐고 묻는
질문에 '신선재'와 '이재희'의 중간 이니셜이라고 말하던 것까지.

이렇듯, 내 머릿속은 네 기억으로 빽빽하다.

선재가 손을 내밀었다. 재희는 그 손을 가만히 바라보았다.

이 손은 자신이 넘어지면 일으켜 주었고, 울면 안아 주었다. 자신

을 지탱해 주었고, 때때로 살게 하는 힘이기도 했다.

너는 늘 네게 받았다고 하지만, 내겐 이렇듯 내가 받은 기억뿐이다.

재희가 손을 내밀었다. 두 손이 조금씩 가까워진다. 슬로우 화면처럼 느리게 보였다. 곧 닿을 거라는 걸 알면서도 애가 탄다.

마침내, 톡.

손끝이 닿았다. 재희의 입가에 환한 미소가 맺혔다.

가슴이 벅차고, 눈가가 뜨거워졌다. 온통 너로 물든 마음이 또 한 번 너로 물든다.

함께한 십 년이 넘는 시간. 그 이상 함께하겠다는 약속을 하는 두 사람의 얼굴이 환하게 빛났다.

〈끝〉